岳勇 著

猎凶记

② 黑暗绝杀

中国友谊出版公司

图书在版编目（CIP）数据

猎凶记．2 / 岳勇著．—北京：中国友谊出版公司，
2017.3
ISBN 978-7-5057-3950-5

Ⅰ．①猎… Ⅱ．①岳… Ⅲ．①推理小说—中国—当代
Ⅳ．① I247.5

中国版本图书馆 CIP 数据核字（2017）第 000427 号

书名 猎凶记．2
作者 岳 勇
出版 中国友谊出版公司
发行 中国友谊出版公司
经销 新华书店
印刷 三河市文通印刷包装有限公司
规格 710 毫米 ×1000 毫米 16 开
18.5 印张 292 千字
版次 2017 年 3 月第 1 版
印次 2017 年 3 月第 1 次印刷
书号 ISBN 978-7-5057-3950-5
定价 38.00 元
地址 北京市朝阳区西坝河南里 17 号楼
邮编 100028
电话 010-64668676

如发现图书质量问题，可联系调换。质量投诉电话：010-82069336

目录

第一卷
血色婴孩（上）

第二卷
血色婴孩（下）

CONTENTS

第三卷
白骨恨杀

第四卷
毒魔魅影

第一卷

血色婴孩（上）

第一章　夜半争吵

客厅墙壁上的电子时钟已经跳到夜里 11 点。

丁剑兰趿拉着拖鞋，怀抱女儿，一边轻轻地哼着儿歌，一边摇晃着胳膊在客厅里来回踱步。女儿雅思刚满半岁，断奶之后，反而更加黏她。虽然家里请了专业的保姆带孩子，但是每天晚上，雅思都要赖在妈妈怀里才能安然入睡。

直到丁剑兰哼唱完两首小曲儿，雅思才在她怀里渐渐安静下来。她低头看看，女儿已在她怀里睡着，也许是梦见了什么高兴的事儿，那胖嘟嘟的小脸蛋上还挂着一丝笑意。

丁剑兰忽然觉得自己的整颗心都已被融化，俯下身在孩子脸上亲一口，才把女儿交给一旁的保姆管阿姨，让她抱女儿去睡觉。

丁剑兰甩甩有点儿发酸的胳膊，朝儿子的房间看了看。

今年正读初中二年级的儿子小磊房间里的灯已经熄灭，他应该已经上床睡觉了。

丁剑兰是一名公务员，今年 35 岁，儿子小磊已经 14 岁了。因为国家放开了二胎政策，她今年才冒着高龄生育的危险，跟丈夫乔谦生了女儿雅思。

她回到书房，书桌上摆着几份写着“南州市教育局”字样的红头文件。

去年她刚被提拔为教育局副局长，公务繁忙，为了有更多的时间照顾女儿，她只好把一些工作带回家来做。

处理完几桩公务，再看表时已经是深夜 12 点，可是丈夫乔谦却还没有回家，这可是以前从没有过的事。

她丈夫乔谦是南州二中的校长。今天是周五，下午下班的时候，丈夫打电话告诉她说，上面有个检查组到学校检查工作，他要负责接待，可能会晚一点儿回家。

没想到他这个“晚一点儿”，竟然晚到半夜也不见人影。

丁剑兰不由得烦躁起来。

她起身走到窗户前，从她所住的三楼往下看去，这个名叫明珠花苑的小区，路边的几盏大灯都已经熄灭，夜风把小区里的树吹得摇摆起来。

初冬时节的夜晚已有些寒意，小区里静悄悄的看不到一个人影，就连平时负责巡逻的保安，也都偷懒躲进保安室不出来了。

她皱起眉头，掏出手机，正要给丈夫打电话，忽然看见小区门口闪过两束灯光，一辆小车开了进来，缓缓地停在楼下。

她以为是丈夫回来了，定睛一看，发现那是一辆红色跑车，并不是丈夫所开的黑色丰田，不禁有些失望。

她正要放下窗帘，却看见那辆红色小车副驾驶座的车门被打开，丈夫从车里走了出来，一个年轻的长发女子从驾驶室探出头来，与他挥手告别。

直到红色小车开出小区，乔谦还站立在夜风中看着小车驶离的方向，似乎在回味什么。

丁剑兰气不打一处来。

“你看看，现在都什么时候了？”

丈夫刚进家门，丁剑兰就抬起手腕，把手表伸到他面前，厉声质问。

“已经是半夜12点多了。”乔谦看着手表，老老实实地回答。

“你也知道现在已经是半夜了吗？”丁剑兰瞪着他，提高声音道，“乔校长，你最近可是能耐渐长啊，照这样发展下去，是不是马上就要夜不归宿了？”

“我哪有夜不归宿，只是回来得晚一点儿嘛。”

乔谦一边换拖鞋，一边小声地辩解：“我不是已经打电话向你报告过了吗？今天上面有人到我们学校检查，我要负责接待，应付完检查已经很晚了，吃过饭后，又陪他们在咱们学校多功能娱乐厅唱了一会儿歌，所以回来就这么晚了。”

“鬼话连篇，如果上面有人到你们学校检查工作，我在教育局会不知情吗？”

丁剑兰不仅是乔谦的老婆，还是他们上级单位的主要领导。如果上面有检查组下来，按程序一定会先通知市教育局。

“这个检查组不是教育系统派下来的，是由咱们市卫生系统的领导和专家组成的。前段时间我们学校不是有个叫乔建的孩子得狂犬病死了吗（详见《猎凶记 1 · 疯狂毒牙》)？后来这件事虽然被警方调查清楚，跟我们学校没有关系，但是卫生系统那帮官老爷仍不放心，还是组织了一些疾控中心的医生和专家到我们学校来查漏补缺。他们是直接过来的，来之前没有联系教育局，所以你们不知情。”

乔谦耷拉着头，用向领导汇报工作般小心翼翼的语气解释着。

这位乔校长之所以如此惧内，当然是有原因的。除了因为丁剑兰是他的顶头上司，更因为他那位当副市长的岳父大人。

乔谦是个出身贫寒的农家子弟。他幼年丧父，全靠母亲一个人含辛茹苦地将他拉扯大。乔谦很争气，学习成绩一直名列前茅，15 岁那年他以优异的成绩考进了南州一中。但是高二那年，他母亲因病去世，再也没有任何经济来源的他，面临辍学的困境。

丁剑兰的父亲丁树人当时是学校副校长，兼任乔谦他们班的班主任。

丁树人知道乔谦的困难之后，不但帮他向学校申请了助学金，这位膝下只有一个女儿没有儿子的丁副校长，还一直把他当干儿子看待，在学习上帮助他，在生活上资助他，寒暑假都让他住在自己家里，对他视如己出。

乔谦也没有让老师失望，高中毕业后，他跟同班同学、丁老师的女儿丁剑兰一起考上了一所重点大学。

乔谦大学毕业时，丁树人已经是南州市教育局局长。丁局长通过关系，让乔谦留在城里，跟女儿一起进二中当上了教师。丁剑兰与乔谦日久生情，两人很快就结婚了。婚后不久，丁剑兰被调到市教育局工作。

十多年来，丁树人仕途平坦，现在已经当上副市长了。乔谦在岳父的帮助下，也成了二中的校长。

不知是因为出身贫寒心中自卑，还是出于对丁树人父女改变自己命运的感激，抑或是慑于丁氏父女的威严，乔谦在丁剑兰和她父亲面前，始终保持着谨小慎微的态度。而出生于干部家庭、自小就有大小姐脾气、最近又被提拔为副局长的丁剑兰，不仅在工作中是个女强人，在家里也变得越来越强势。

“美女开车送你回家，这也是检查组领导安排的吗？”丁剑兰并没有打算就此放过丈夫，继续责问道，“你自己没有车吗？你自己不会开车回家吗？”

“晚上吃饭的时候，我陪领导喝了两杯酒，最近交警严查酒驾，我不敢自己开车回家，正好在场的一位女同事有车，所以就麻烦她驾车送我回来。不信你闻闻，我嘴里现在还有酒气呢，要是被交警抓住，肯定要按酒驾处理。”

乔谦说着，张开嘴巴，让妻子来闻他嘴里的酒味儿。

丁剑兰推了他一把，呵斥道：“什么女同事，我看是你的情人吧？你别以为你老婆是傻瓜，她开车离去的时候，你站在寒风里依依不舍地目送她离开的样子，我可是看见了的。”

乔谦脸上现出哭笑不得的表情，说：“人家深夜开车送我回来，我当然要目送她安全离开小区才行啊，总不能我下车就跑回家不管她了，那也太没礼貌了吧？”

“少跟我扯什么礼貌不礼貌，我看是你心中有鬼，在这里满口谎言，欲盖弥彰。”丁剑兰是教语文出身，四字成语张口就来。

她把丈夫拦在玄关处，不让他进到客厅里来：“以前我就发现你经常背着我打电话，一副鬼鬼祟祟的样子，今晚又带着女人出去鬼混被我抓个正着，还编出什么检查组的谎言想在我面前蒙混过关，我告诉你，没那么容易。今天你不给我把事情交代清楚，就别想进这个屋！”

“剑兰，我看就算了吧，乔校长忙到这么晚才回家，也累了，先去休息，有什么事儿明天白天再好好商量。”

不知什么时候，保姆管阿姨从房间走出来，一边劝说自己的女主人，一边伸手去接乔谦脱下的外套。

“住口，这里有你说话的份儿吗？”

丁剑兰发起脾气来，谁也拦不住，一伸手把乔谦的外套打落在地。

管阿姨手里拽着外套，被丁剑兰带得一个踉跄，摔倒在沙发上。

“你干什么？怎么能跟老人家动手，小心遭天谴！”乔谦为妻子的粗鲁举动感到恼火，但也只敢低声咕哝一句，伸手将管阿姨扶起来。

“她是我们家保姆，我爱怎么着就怎么着，关你什么事儿？”

“你……”乔谦脸都气白了，本来想顶她一句，但看到管阿姨在一旁向他摇头，他只好叹口气说，“你看管阿姨都这么大年纪了，还在咱们家帮咱们带孩子，你居然朝她动手，你自己说说是不是太过分了？”

管阿姨今年已经50多岁了，虽然年纪有点儿大，但干活儿却十分麻利。他们夫妻俩的第一个孩子小磊，就是管阿姨一手带大的。小磊10岁的时候，管阿姨离开他们家回了乡下。

今年他们的女儿雅思出生，找了很多次都找不到满意的保姆，只好又到乡下去把管阿姨请过来。就连一向挑剔的丁剑兰也觉得管阿姨带孩子很用心，就跟带自己的亲孙子一样。

“你可别岔开话题，咱俩的事儿还没说完呢！”丁剑兰指着丈夫的鼻子，说话的声音越来越大，“你老实交代，刚才送你回家的那个女人是谁？是不是就是以前你躲在洗手间给她打电话的那个女人？”

“大半夜的，你们还让不让人睡觉啊？！”乔小磊卧室的门忽然打开，乔小磊探出头来，睁着一双惺忪的睡眼，冲着父母不满地嚷道。

“你懂什么？大人的事小孩子别插嘴，赶紧给我睡觉去！”丁剑兰瞪了儿子一眼。

乔小磊不敢再吱声，缩回脑袋，“砰”的一声关紧了房门。

乔谦看了妻子一眼说：“我不想跟你吵架，有什么事儿咱们回房间里去说吧。”

他侧身从丁剑兰身边挤了过去，往卧室走去。

“不行，今天这事儿你非得跟我说清楚不可，否则我跟你没完！”

丁剑兰急躁起来变得像一个泼妇，一把扯住丈夫的衣服。

乔谦轻轻往前一挣，丁剑兰没有防备，身子晃了一下，歪倒在旁边的茶几上。

“咣当”一声，茶几上的一个玻璃花瓶掉在地上摔得粉碎。

“哇——”睡在小卧室的雅思被惊醒，吓得哇哇大哭起来。

管阿姨急忙跑进房间，丁剑兰担心女儿被吓到，也急急忙忙跟了进去。

乔谦这才松口气，急急忙忙拿了两件衣服，逃也似的躲进浴室。

等他洗完澡穿着睡衣从浴室走出来时，才发现卧室的门已经被丁剑兰从里面反锁上了，他被老婆关在了客厅。

乔谦无奈地叹口气，扯过一条毛毯，和衣睡在客厅的沙发上。

第二天是星期六，因为检查组还在学校继续检查工作，乔谦一大早就起床了，他吃过管阿姨做的早餐，又急匆匆地赶去学校。

等丁剑兰起床，已经快到上午8点了。

她先到女儿卧室看了看，雅思正在小床上熟睡，嘴里还含着自己的一根小手指。

丁剑兰俯下身在女儿红扑扑的脸蛋上亲一下，然后走到外面，掏出手机打个电话，连早餐也没有吃，就开着自己那辆白色东风本田出门去了。

大约20分钟后，白色东风本田停在了人民大道的一家麦当劳餐厅门口。

丁剑兰推门走进去，餐厅里已经坐了许多吃“洋早餐”的人，大多都是家长带着孩子来的。

她站在门口犹疑着，目光从餐厅里每个顾客身上扫过，忽然看见坐在靠窗位置一个剃着光头、戴着眼镜的胖男人在向她招手。

她迈步走过去，在光头男对面的一张椅子上坐下。

光头男放下手里正在啃着的一只麦辣鸡翅，伸出油乎乎的手跟她握了一下，说：“丁女士是吧？我就是四眼社会事务调查所的调查员，认识我的人都叫我四眼侦探。”

丁剑兰一怔，问：“你怎么知道我就是你要等的人？”

四眼侦探一边啃着鸡翅，一边说：“这个很简单啊，你看看，这个餐厅里已经坐了不少人，对吧？每个推门进来的人，都会站在门口向店内张望一下，他们是在找座位，是在看餐厅里还有没有空位，所以他们的目光都落在餐厅的座位上。而你却不同，你是往每个人脸上看，很显然，你不是在找座位，而是在找人。这一大早到这餐厅里来找人的人，除了约我在这里见面的丁女士，我暂时还想不到其他人。”

丁剑兰脸上不动声色，心里却在说：“这个四眼侦探还算是有几分真本事，看来我真是没有找错人。”

今天早上她打的那个电话，就是打给这位四眼侦探的。

昨天夜里，她辗转反侧，一夜未眠，总觉得丈夫做了对不起她的事，但她一时半会儿又抓不到他出轨的确凿证据。思来想去，忽然想起前几天在街边停车时，有人从她车窗里塞进来的一张私家侦探招揽业务的小卡片。她心中一动，决定找私家侦探调查丈夫，看看他是不是真的有了外遇，于是就按照卡片上写的电话号码，给那个四眼侦探打了个电话。四眼侦探约她在这家麦当劳餐厅见面。

四眼侦探埋头啃完第三只鸡翅后，一边拿纸巾擦着手，一边问："不知道丁女士有什么需要我帮忙的地方？"

丁剑兰像做贼一般，往四周看看，见餐厅里并没有自己的熟人，才凑到对方跟前，压低声音说："我怀疑我老公背着我在外面有了其他女人，想请你帮我调查一下。"

"你为什么认为你丈夫在外面有别的女人？"四眼侦探盯着她问，"你是不是发现了什么蛛丝马迹？"

"是的。今年三四月份我刚生完孩子，在家休假。有一段时间，我发现我丈夫经常偷偷地跑到阳台上打电话，一旦察觉到我靠近，就立即挂断电话；有时候他还跑进洗手间关上门打电话。我偷听过几次，他声音很小，在门外什么也听不见。不过从他说话的语气来看，对方一定是个女人，而且是一个与他关系密切的女人。后来我去翻看他的手机，发现他已经删除了通话记录。"

四眼侦探点点头，没有说话，只是看着她，让她继续往下说。

丁剑兰继续说："昨天他半夜 12 点多才回家，而且他自己有车却不开，是一个年轻女人开车送他回来的，只可惜当时光线很暗，那个女人的相貌我没看得太清楚……"

"所以你怀疑你丈夫跟那个女人之间有关系？"

四眼侦探显然不是第一次遇到这样的委托人，丁剑兰的话刚说到一半，他就已经明白这个女人心里的想法了。

丁剑兰点点头说："是的，所以我想委托你帮我调查一下，看看我丈夫是不是真的在外面有了别的女人。"

"有你丈夫的照片吗？"

"有的。"

丁剑兰从手机相册里找出一张丈夫的照片，发送给四眼侦探。

"行，这个委托我接受了。不过，我四眼侦探在业内好歹也算有点儿名气，所以调查费用会相对高一点儿。像这样的业务，一般收费都在 1 万元左右，而且要预付一半定金，等调查结束后，再付另一半费用。”

“行！只要能把真相调查清楚，费用不是问题。”丁剑兰从手机银行里转了5000 元钱给他，“对了，我丈夫叫乔谦，是二中的校长，你可以从学校开始调查。如果有什么情况，可以随时打电话给我。”

第二章　绑架计划

周虎开着一辆五菱荣光小面包车，载着嗝屁来到明珠花苑小区门口时，已经是上午 9 点了。

明珠花苑门口是一条大街，街道对面是著名的建材一条街，街边停着许多拉货的车辆。周虎把面包车停在路边，并没有引起街道对面明珠花苑门口保安的注意。他把车窗玻璃摇下一条缝，跟嗝屁一起隔着车窗朝明珠花苑窥探。

正好这时乔谦家的保姆管阿姨提着一个菜篮子，朝这边走过来，左看右看，见路上车辆不多，就快步穿过人行道，朝小区大门走去。

嗝屁见了，不由得有些着急，用手肘捅一下周虎说："哎，虎哥，咱们搜集的情报好像不对啊，你看这位乔校长家的保姆出门买菜，并没有带着那个孩子。"

周虎皱起眉头问："今天是星期几？"

嗝屁掰着手指头数了下，说："星期六吧。"

周虎说："这就对了，星期一至星期五，乔校长他们两公婆都去上班，乔小磊上学，家里没有其他人，保姆出门买菜，当然得把孩子带上。今天是双休日，家里应该还有其他人可以照看孩子，所以保姆出门买菜就能把孩子留在家里了。"

"那虎哥你说，等下她还会推着孩子到公园里遛弯儿吗？"

"应该会的。我曾听那保姆跟门口的保安说过，孩子一到这个点儿，就要出门透气，要不然就会在家里哭个没完。"

"但愿是这样。"坐在副驾驶座的嗝屁有点儿沮丧地说，"要不然，咱们的发财大计可就要泡汤了。"

"不会的！"周虎十分肯定地说，"咱们已经谋划这么久了，这件事只能成功不能失败。他们家，老公是高中的校长，老婆是教育局的副局长，那可都是肥缺，家里一定有钱，咱们把他们女儿带走，找他们借点儿钱花花，肯定没有问题。”

周虎和嗝屁是一对拜把子兄弟，周虎是大哥，嗝屁是小弟，两人是一年多前在牢里认识的。从牢里放出来后，他俩又混在了一起。刚开始，两人凑钱买了辆小面包车，本来想开车拉活儿挣钱养活自己，可是两人爱打牌，挣点儿小钱全都输光了。兄弟俩眼看着就要吃不上饭了，最后一商量，决定合伙干点能快挣钱挣大钱的营生。

周虎和嗝屁以前在明珠花苑小区拉过活儿，知道那里住着一对当官的夫妻，老公和老婆都开小车，家里还请了保姆，应该是户有钱的主儿。而且最重要的是这家有个刚满半岁的小女孩，全家都把这孩子当宝贝，孩子这么小，应该好对付，他们就决定绑架那个半岁的孩子，向乔谦夫妇勒索钱财。

经过十多天的暗中观察，他们发现这个被人称作管阿姨的保姆有个习惯，每天上午 9 点 30 分左右，都要把那个叫雅思的小女孩放在婴儿车里推出来，到附近的明珠公园溜达一阵，大约 10 点 30 分才带着孩子回家。

周虎和嗝屁决定，就在明珠公园里动手，将孩子偷偷地抱走。

两人又在车里等了一会儿，却见那个管阿姨回家之后，并没有再出来。

嗝屁有点儿沉不住气了，缩着脖子说：“虎哥，那个老女人怎么还没把孩子推出来啊？我看见门口的保安刚才好像朝咱们这边看了一下，是不是被他们发现了？要不咱们今天先撤，改天再来吧。”

“你急什么，再等等。”周虎在他头上拍了一巴掌，卷起衣袖说，“有你虎哥在，你怕个鸟啊，就小区门口那两个小保安，你虎哥我一只手就能弄死，你信不？”

“我信，我信！”

嗝屁望着他胳膊上文着的那两只老虎，和他那两只饭钵大的拳头，忙不迭地点头。

两人正说着话，就看见有一个人推着一辆婴儿车，从明珠花苑最前面那幢大楼里走了出来。

周虎眯着眼睛瞧一下，说：“嗝屁，你快看看，那是刚才提着菜篮进去的那个老女人吗？”

嗝屁知道周虎的眼睛有点儿近视，对远处的东西看不大清楚，就伸长脖子凑到车窗缝隙前认真瞧了瞧，说：“还真是那个管阿姨呢。”

“她推着的是不是那个孩子？”

“隔这么远，我咋看得清楚呢？”

“那就看婴儿车，她推着的是不是咱们以前踩点儿时见过的那辆？”

“好像是吧。”

“去你妈的，”周虎气得在嗝屁屁股上踹了一脚，“是就是，不是就不是，什么叫好像是？”

嗝屁苦着脸说：“我，我只认识人，不认识车。”

周虎说：“废话，咱们以前不是连那孩子带车一起拍过照片吗？拿出来看看不就知道了？”

嗝屁一想也对，急忙从口袋里掏出手机，打开前几天踩点时偷拍到的照片对比了一下。今天管阿姨推出来的，正是他们以前拍摄到的那辆红色婴儿车。

“是……是……没错……就……就是那辆婴儿车。”

嗝屁说话有点儿结巴起来，不知道是因为激动，还是因为事到临头有点儿害怕。

这时管阿姨已经推着婴儿车，走到了小区门口。

周虎眯缝着眼睛凝神看去，为了挡风，婴儿车上的防风罩已经放下来，但透过透明的防风罩，确实可以看见车里躺着一个婴儿，正是乔校长的女儿雅思。

他推了嗝屁一把，说：“没错，就是这孩子，准备行动！”

这时保姆管阿姨已经推着孩子走到小区门口，一边走，一边跟小区保安打招呼。

保安听到婴儿车里传来雅思的哭声，就笑着说：“管阿姨，看来雅思今天不怎么听话啊。”

管阿姨说：“可不是，这孩子，今天我出去买菜耽搁了一点儿时间，推她出来的时候比平时晚了几分钟，她就不乐意了，一直在车里发脾气呢。”

出了小区，她往右手边儿拐个弯，推着婴儿车，沿着人行道缓缓向前走去。

太阳缓缓地钻出云层，懒洋洋地照着大地。

她怕阳光晃到雅思的眼睛，又拿出一块毛巾盖在防风罩外面，替她把阳光挡住。

周虎赶紧坐回驾驶座，发动面包车，拐上大街，缓缓地跟在管阿姨后面。

人行道两边种着一些梧桐树，因为昨天夜里刮了几阵大风，地上落了一层枯黄的树叶，两名清洁工正在卖力地打扫。婴儿车的车轮碾压在落叶上，发出“咔咔”的轻响。

管阿姨推着车子，往前走了十多分钟，拐个弯就到了明珠公园。

明珠公园的位置有点儿偏僻，来这里游玩的人并不多，附近的居民都把这里当成一个锻炼身体的地方。因为早已过了晨练时间，公园里只剩下几个打太极拳的老头儿，显得十分冷清。

管阿姨沿着一道斜坡把婴儿车推上台阶，从公园大门走了进去。

周虎赶紧在公园门口停好车，跟嗝屁一起跳下车跑进公园，假装成两个游人，悄悄地跟在管阿姨身后，一面小心地四下张望，一面伺机下手。

公园里很安静，只有几只麻雀在树枝上有一声没一声地叫着，婴儿车里的孩子也渐渐止住哭声，不知道是不是睡着了。

太阳越升越高，气温也有所上升，管阿姨感觉有点儿热，把身上的毛线背心脱下来，挂在婴儿车的扶手上。为了防止阳光直射孩子的眼睛，她又把盖在婴儿车防风罩外面遮挡阳光的毛巾朝正对着阳光的地方扯了扯。

忽然，她似乎听到什么响动，回头看了一下。

周虎和嗝屁急忙一闪身，躲在两棵大树后面。

不知道管阿姨嘴里嘟囔了一句什么，又推着婴儿车，继续在公园里转悠。

周虎和嗝屁再也不敢跟得太近，只远远地跟在后边。

“虎哥，这可咋办？这老女人的手一直没有离开过婴儿车，咱们怎么下手？”嗝屁有点儿着急。

周虎说：“别急，总会有机会的，实在不行，咱们就硬抢。”

管阿姨在公园转悠了大半圈，可能是感觉有些累，就在路边的石条凳上坐下来休息。

嗝屁伸长脖子远远地看着，说：“虎哥，她的两只手离开婴儿车了，咱们要不要动手？”

周虎在他头上拍了一巴掌，说：“你傻啊，虽然现在她没有推车，可是车子就在她跟前，你敢上去偷孩子吗？”

嗝屁被打得脑壳生疼，心想刚刚明明是你说要硬抢的啊，可是慑于老大的火暴脾气，他嘴里连半句多余的话也不敢说。

这时候，管阿姨突然站起身，推着婴儿车往假山的方向急匆匆地走去。

嗝屁急了，道：“糟了虎哥，这个老女人发现咱们了！”

周虎皱起眉头说：“这不可能啊。走，跟上去瞧瞧。”

两人又快步跟上。

只见管阿姨来到假山边，突然停下脚步，四下看看。

周虎和嗝屁急忙止步，两人蹲下身子。

管阿姨眼见四下无人，就把婴儿车推到假山边一块景观石后面，自己转身朝旁边的厕所跑去。

“原来她是急着要上厕所！”周虎和嗝屁松口气，同时也意识到这是天赐良机，再不动手，更待何时？

等管阿姨走进厕所，两人立即直起身，奔向那辆婴儿车。谁知就在此时，管阿姨又捂着肚子，急匆匆地从厕所里跑了出来。

周虎和嗝屁吓得一哆嗦，以为自己被发现了，急忙连滚带爬地躲到假山后面。

管阿姨从婴儿车上挂着的一个小手提袋里拿出一包纸巾，又转身跑进了厕所。

两人这才明白，她刚才是忘记带手纸了，真是虚惊一场。

两人松了一口气，猫着腰在假山后面躲了好一会儿，确认管阿姨再也不会半途折返之后，才敢把腰伸直，沿着假山边缓缓地朝婴儿车停放的方向摸过去。

两人悄悄地走到那块巨型景观石后面，走在前面的嗝屁忽然缩着肩膀往后退了一步，正好踩到周虎的脚尖。周虎痛得龇牙咧嘴，咬牙骂道：“你奶奶的，一惊一乍干什么？”

嗝屁靠着景观石蹲下身子小声说：“虎哥，那边好像有……有人。”

周虎一愣，悄悄地探头看去，景观石的另一边，太阳照不到的阴影里，正停放着那辆红色的婴儿车，而车子旁边，居然还真的站着一个干瘦的老头儿，正掀起遮阳毛巾的一角，嘴里发出“咯咯”的声音，似乎是在逗车里的孩子玩。

“我操，”周虎缩回身说，“怎么那老女人还有同伴？”

嗝屁变了脸色，说：“虎哥，情况不对，咱们赶紧撤吧。”

周虎也有点儿犹豫，不过还想赌最后一把，说：“再等三分钟，如果那个老女人从厕所里出来，咱们就撤。”

两人紧靠在景观石背后，屏住呼吸，侧耳听着外面的动静。

过了两三分钟，好像听到一阵细碎的脚步声渐渐远去。

周虎大着胆子探头一看，那个老头儿已经不见了，婴儿车静静地停在那里，四周看不到半个人影，也听不到一丁点儿声音。

周虎拍拍同伴的肩膀说：“咱们分头行动。你把婴儿车推到公园后门口，那儿人少，不会有人看见，我去把面包车开到后门口接应你。”

嗝屁不满地说：“为什么是我去偷孩子？”

周虎骂道：“我操，如果你会开车，我去偷孩子也行啊。别废话，那个保姆很快就要从厕所里出来了，赶紧动手！”

他在嗝屁的屁股上踹了一脚，嗝屁一个踉跄，身不由己地从景观石后面冲了出去。回头看看，见周虎正恶狠狠地盯着自己，知道如果这时候打退堂鼓，他一定会掐死自己，只好咽一口口水，一边扭头看着女厕所门口，一边哆哆嗦嗦地朝婴儿车走去。

第三章　公园盗婴

到了婴儿车跟前，看见保姆还没有从厕所里出来，嗝屁心一横，不管三七二十一，推着婴儿车绕过一个花坛，就往公园后门跑去。

就在这时，他似乎隐约听到后面传来那个保姆的呼喊声。他急忙低头弓腰，推着婴儿车拐进一条小路。

小路两边种着两排常青树，足有一米高，密密匝匝的枝叶，正好将他挡住。

不到五分钟时间，他就从公园后门跑了出来。公园后门口堆放着一些已经发臭的生活垃圾，四周看不到人影。

只听一阵急刹车声响起，周虎已经开着面包车风驰电掣般来到他跟前。“快快，把婴儿车搬上来！”周虎坐在车里喊。

嗝屁不敢耽搁，他打开车门，把婴儿车往车厢里一塞，锁上车门，然后跳上前面的副驾驶座。周虎没有多停留，一打方向盘，面包车拐上了公园后面的一条碎石路。因为车速太快，差点儿撞到一个正在路上匆匆行走的中年妇女。

这条碎石路不足两米宽，两边都是菜地，路上行人和车辆都很少。

本来明珠公园后面这一大片空地，几年前就已经被一个大房地产商买下，四周还建起了一人多高的围墙。后来那个开发商因为行贿被抓去坐牢，这个地产项目就再也没有动静了，几个大胆的外地人把围墙推倒，将这片无主荒地开发成菜地，在上面种起了蔬菜。中间的小路，也被简单地修成一条碎石路，勉强能通车。

这条逃跑路线，是周虎和嗝屁在踩点时就已经设计好的。

碎石路有数公里长，这头连着明珠公园后门，另一头儿通向城郊的一个十字路口。

这是一条在城市地图上找不到的偏僻路径，路上除了偶尔能碰到几个菜农，很难遇上其他行人和车辆，更没有警方的监控摄像头，对周虎和嗝屁来说，这是一条绝佳的逃跑路线。

面包车一路颠簸，很快就驶离碎石小路，在十字路口拐个弯儿，开上了一条二级公路。

路上的行人和车辆渐渐多起来，周虎一面开车，一面注意观察，尽可能地避开路上的交警和治安监控摄像头。

“哎，虎哥，好像有点儿不对劲啊！”嗝屁忽然道。

“有什么不对劲？”

周虎手握方向盘，白了他一眼。

嗝屁说：“咱们的车一路上颠簸得这么厉害，那孩子居然一点儿声音也没有，该不是在婴儿车里给憋死了吧？！”

“乌鸦嘴！”

周虎骂了他一句，但是经嗝屁这么一提醒，他也觉得有点儿奇怪，说：“你赶紧到后面看看去，要是真出了问题，咱们的发财大计可就泡汤了。”

嗝屁从副驾驶座爬到后面车厢，先是隔着透明的防风罩往婴儿车里看了一眼，因为面包车里光线太暗，什么也看不清，他只好把防风罩打开，再往里一瞧，不由得“啊”的一声惊叫，一屁股坐在后排座位上：“孩子不见了！”

周虎一脚急刹车，把车停在路边，回头看看，婴儿车里盖着一块婴儿毯，乍一看毛毯下面鼓鼓的，像是有一个婴儿正在里面睡觉，可认真一瞧，才发现毛毯下塞的是两件孩子的衣服，车子里并没有孩子。

“孩子呢？”

周虎和嗝屁面面相觑，同时问对方。

过了半晌，周虎似乎回过神来，盯着同伙问：“是不是你把孩子藏起来了？”

嗝屁急了，站起身道：“虎哥，你可别冤枉我，婴儿车搬上车后，我可一直坐在你身边，根本没有到车厢里来过。”

周虎一想也对，婴儿车自打搬上面包车之后，两人就一直坐在驾驶室，谁也没有靠近过。

“你从公园把婴儿车推出来的时候，看见孩子在车里没有？”他问。

嗝屁犹豫一下，说：“应……应该在车上吧。”

周虎又是一巴掌拍在他头上，骂道："去你妈的，在就在，不在就不在，什么叫应该在车上！"

嗝屁被他打急了，一跺脚说："唉，当时我胆战心惊，只顾回头盯着厕所门口看了，生怕那个保姆突然跑出来，根本没有细看婴儿车里的情形。再说这婴儿车罩着防风罩，外面还搭了一条遮阳的毛巾，要是不认真瞧，根本瞧不清里面的情况啊。"

"这婴儿车塞进咱们车里之后，你锁好了后面的车门，而且咱们俩谁也没有再靠近过，对吧？"看见嗝屁点头，周虎又接着说，"所以现在可以肯定，孩子绝对不是在咱们车里弄丢的。"

"你的意思是说，我把它搬进车里的时候，这婴儿车就是空的了？"

"对，你推婴儿车的时候，孩子就已经不在里面了。只不过当时你没有注意看，所以并没有发现孩子丢了，然后就稀里糊涂地把一辆空婴儿车搬上了咱们的车。"

"可是那个保姆上厕所前，孩子明明还在婴儿车里啊，这个是咱们开车跟着那个保姆时亲眼看到的，当时婴儿车里确实有个孩子。可是怎么到我去推车的时候，孩子就不见了呢？"

嗝屁一脸莫名其妙的表情。两人你看看我，我看看你，都觉得这件事真是匪夷所思。

过了半晌，两人忽然想到什么，同时喊出声来："那个老头儿。"

"对，一定是那个老头儿，"嗝屁一拍大腿说，"一定是他把孩子抱走了！"他俩同时想到了那个在婴儿车旁边逗留的瘦削老头儿。

当时他们以为那个老头儿是保姆的熟人，正在那里逗孩子玩。现在想来，那个老头儿出现得很突然，也很奇怪，看上去并不像一个好人。如果说在保姆上厕所之后，到嗝屁推走婴儿车之前，谁最有机会把婴儿抱走，就只有那个来路不明的可疑老头儿了。

周虎很难得地赞同了嗝屁的想法，说："对，肯定是那个老头儿抢在咱们之前，把孩子抱走了。"

嗝屁问："他抱走孩子干什么？难道跟咱们一样，也想利用孩子找那位乔校长'借'点儿钱花？看来咱们是遇上江湖同道了。"

“同道个屁！”周虎瞪了他一眼说，“那老头儿看上去没有60岁也有50多岁了，而且身体又瘦又单薄，你见过这么老的绑匪吗？”

嗝屁老老实实地摇头说：“还真没有见过。”

“这就对了。”

“那他到底是什么来头？为什么要跟咱们抢生意？”

“像他那么大年纪的绑匪很少见，但像他那个模样的人贩子，倒是很常见，对不对？”

嗝屁忽然明白过来：“虎哥，你的意思是说，那个老头儿是个人贩子？”

“极有可能。”周虎说，“他应该不知道咱们的计划，只不过是碰巧抢在咱们之前把孩子偷走了。当然，他跟咱们的目的也有所不同，咱们是想利用孩子做筹码，向乔校长搞点儿钱花花，而那老头儿是想把孩子偷去卖钱，说不定现在已经把孩子带出城，甚至转手卖给下一家了。”

嗝屁垂头丧气地说：“虎哥，看来这财咱们是发不了了，我看咱们还是把车开回家，老老实实地给人家拉活儿挣钱去吧。”

周虎却有点儿不甘心，想了一下，忽然眉头一展，说：“嗝屁，先别说丧气话，咱们的财路还没有断呢。”

“还有什么财路？”

“我觉得也许咱们还是可以按原计划行事。”

嗝屁撇撇嘴说：“孩子都没了，咱们拿什么筹码去勒索乔校长他们两公婆？”

“我问你，如果那个老头儿真的是人贩子，他偷走孩子，会不会跟乔校长说？”

“当然不会，偷了人家的孩子还跟人家说，除非他有病。”

“这就对了。乔校长家的孩子不见了，可是他并不知道孩子是被人贩子抱走的，咱们给他打电话，告诉他说孩子现在在咱们手里，要他拿钱来换孩子，你说他会同意不？”

“可是现在孩子并不在咱们手里，他们都是聪明人，不会轻易上当的。”

周虎胸有成竹地笑了，说：“到时候我自然有办法让他们相信孩子真的在咱们手上，他们一定会乖乖给钱的。”

“真的？真能搞到钱？”

嗝屁还是有点儿不敢相信。

“当然是真的，你只要听我的，跟着虎哥干，我保证亏待不了你。”周虎拍着胸脯说，“咱们搞到钱以后，五五分账，一人一半，虎哥我绝不多拿一分。”

嗝屁顿时来了精神，说：“行，我一切都听虎哥的。”

周虎主意已定，把一根手指头竖在嘴边，示意他不要说话，然后掏出手机，拨通早已储存在手机里的乔校长的电话。

其实他心里并不十分肯定那个老头儿就是个人贩子，万一他真的是乔家的熟人，只是把孩子抱到一边玩去了，那他这个时候打电话向乔谦勒索钱财，可就真是自投罗网了。

所以电话一通，没等乔谦开口，他就试探性地问了句：“乔校长，今天你家里是不是出了什么事儿啊？”

第四章　巨额赎金

这个事先没有打任何招呼，突然间来到学校的检查组，终于结束了所有的检查工作，满意地离开了二中。

乔谦站在学校门前的台阶上，与检查组领导一一握手道别，目送检查组乘坐的三辆黑色轿车缓缓地离去。他在心里轻轻地舒了一口气，看看表，已经是上午 10 点了。

今天是星期六，如果不是这个不按常理出牌的检查组，此时他应该正在家里好好享受难得的周末时光。

从学校停车场把自己的黑色丰田开出来时，他忽然想起还有一件重要的事情没办，于是一打方向盘，把小车开上了学校旁边的一条大街。

大约 10 分钟后，小车停在了远景大酒店门口。他走进酒店大堂，拿出自己的身份证，在前台订了一个房间。

前台女服务员登记好身份证号码之后，向他报了一个房间号。

“入住时间大约是今天下午 3 点以后，如果有一个女人来问这个房间号，麻烦你把房卡给她。”他这样交代前台的服务员。

服务员点头说：“好的，我记住了。”

乔谦走下酒店台阶时手机响了，看看号码，是妻子打来的。他不由得叹口气，看来昨晚的事还没完呢。他不敢耽搁，赶紧按下接听键。

“喂，你在哪里？”丁剑兰的声音很大。

“我在……”乔谦下意识地回头看看身后的酒店招牌说，“我在学校呢，刚送走检查组的人。”

“你赶紧回来，雅思不见了！”

“雅思不见了？”他一愣。

丁剑兰说："管阿姨在明珠公园把雅思弄丢了，我们正在公园里找着呢。你赶紧过来！"

乔谦这才意识到事情的严重性，还想在电话里多问两句，丁剑兰已经匆忙挂断了电话。

他立即开车赶到明珠公园。

丁剑兰正带着管阿姨和几个熟识的邻居，在公园里焦急地寻找孩子。

"到底是怎么回事？"乔谦问。

管阿姨一见他，就流下泪来，自责地说："都是我的错。我早上把雅思带到公园来玩，中途我把她放在假山后面，自己去上了一趟厕所，结果我一出来，发现雅思连同婴儿车都不见了。我赶紧给剑兰打电话，剑兰带了几个人来找，还没有找到……"

"当然是你的错！"丁剑兰瞪着她骂道，"你真是个废物，上个厕所都能把孩子弄丢，就不知道把孩子也推进去吗？"

"我……我……"管阿姨流着眼泪，害怕得说不出话来。

乔谦看了一下，公园厕所门口有六七级台阶，要管阿姨把婴儿车推上去，确实有点儿困难，这应该就是她上厕所时把孩子留在外面的原因。

事已至此，再责怪她也于事无补，还是找到孩子要紧。他问："公园里都找过了吗？"

管阿姨含泪点头。他又问："公园周围呢？"

丁剑兰不耐烦地说："能找的地方，都已经找过了，根本找不到咱们的雅思。"

乔谦的心一下就沉了下去，这一带治安还不错，孩子肯定不会无缘无故地失踪。他看了妻子一眼，说："要不咱们赶紧报警吧！"

丁剑兰点点头，她自己也着急地哭了起来。

乔谦掏出手机，正准备拨打报警电话，手机却先响了起来。他看来电显示是一个陌生号码，心里涌起一种不祥的预感，迟疑了一下，按下接听键，把手机放在耳边。

"乔校长，今天你家里是不是出了什么事儿啊？"

他还没有开口说出一个"喂"字，电话里就传来一个陌生的声音。

“是啊，我女儿丢了……”说完这一句，他忽然意识到什么，警惕地问，“你怎么知道我家里出事了？你是谁？”

这个给他打电话的人，自然就是绑匪周虎。

周虎听到他的回答，就在电话的另一头乐了，看来事情还真和他推断的一样啊。

他看看旁边的同伙嗝屁，伸出两个手指头，朝他做一个“胜利”的手势，然后咬着牙，故意装出一种凶狠的语气说：“我是谁并不重要，重要的是你女儿现在在我手上，如果你想要她活着回家，就马上去准备 50 万元现金，等候我的通知。”

“你……你这是绑架？”乔谦这才反应过来，“我凭什么相信你？我要亲眼见到我女儿才给钱。”

周虎说：“孩子太吵了，我给她喂了一点儿安眠药，现在已经睡着了。你要是不相信，我可以拍一张照片给你看看。”

他挂断电话，把以前踩点时偷拍到的乔雅思的照片稍作处理，以彩信的形式发到乔谦的手机里，并附上一句话：赶紧准备好 50 万元现金，听候通知；如若报警，后果自负！

乔谦看到从绑匪手机里发过来的女儿的照片，自然不再怀疑，回复短信道：“好的，50 万元我出得起，千万别伤害我女儿！”

“怎么样？”丁剑兰也意识到他接的这个电话一定跟女儿有关。

乔谦把刚刚收到的女儿的照片给她看了，说：“雅思被人绑架了，对方要 50 万元。”

丁剑兰略松了一口气，至少是有了一点儿女儿的消息，尽管这消息并不乐观。

“要不要报警？”她问丈夫。

“不能报警，”乔谦摇头说，“如果对方知道咱们报警，雅思就会有危险。而且对方要价 50 万元，咱们应该还是能够凑齐的。”

“行，那咱们赶紧回去凑钱吧！”

回去的路上，丁剑兰避开丈夫给自己那位当副市长的父亲打电话：“爸，雅思被人绑架了，刚才绑匪打电话过来，要赎金 50 万元。我怕那些绑匪不讲信用，拿了钱也不一定会把雅思还回来。你赶紧给公安局的鲁局长打个电话，要他无论如何也要保证雅思的安全，如果有可能最好把那些该死的绑匪就地正法！”

而在城郊的那辆面包车里，周虎把乔谦回复他的手机短信拿给嗝屁看了，嗝屁对他佩服得五体投地，朝他竖起大拇指，说：“虎哥，你可真是犯罪天才！”

周虎哈哈笑道：“你这马屁拍得让人一点儿也看不出是在拍马屁啊！”

嗝屁也高兴地呵呵傻笑起来，仿佛乔校长家的50万元真的已经到了他们手中。

笑完，他凑上前问：“虎哥，接下来咱们该干什么？”

周虎说：“接下来，咱们要去做一件重要的事。”

“什么事？”

“吃饭啊。”周虎看看手机上显示的时间，说，“现在已经到吃午饭的时间了，咱们得去填饱肚子。如果不吃饱饭，等下就没有力气拿钱，你说这事重不重要？”

“重要重要，简直太重要了。”嗝屁带着一脸谄媚的笑容，忙不迭地点头。

周虎开着面包车，向前行出不远，看见路边有一家小餐馆，两人停车进去，叫了两碗炒饭，坐在门口一张桌子上吃起来。

“虎哥，有个问题我闹不明白。”吃饭的时候，嗝屁说，“其实像乔校长这样的家庭，他自己当校长，老婆当教育局副局长，听说他老丈人还在市里当大官，这绝对是有钱人家，50万元对于他们来说有点儿少，咱们完全可以要价100万元以上。”

“你真他妈的蠢！”周虎用筷子敲一下他的头，说，“人家虽然有钱，但也不可能有事没事拿100万元现金在家里放着啊。”

“他家里的现金不够可以去银行取啊。”嗝屁摸着头不服气地说。

“你懂个屁啊，按照银行规定，现在一般取款超过20万元，就必须提前一天预约，否则就取不到这么多钱。咱们如果找他要100万元，他今天不一定能凑齐。如果咱们不那么贪心，少要一点儿的话，他应该很快就能拿出来，就算不够，也可以临时找人去筹措。”

嗝屁恍然大悟似的“哦”一声，说：“原来如此，看来这绑架也是个技术活啊。”

吃完饭，已经是下午 1 点多了。

两人坐回车里，周虎给乔校长打电话，问他：“我要的 50 万元现金，你准备好没有？”

“已……已经准备好了，我把钱全都给你，你千万不要伤害我女儿。”

乔谦的情绪显得有些激动，说话的声音很大。

“你没有报警吧？”

“没……没有。”

“那就好，”周虎坐在车里四下看看，见并没有人注意到自己，就压低声音在电话里说，“日新小学你知道吧？”

“知道，就在东郊路的尽头，离市区有点儿远。”乔谦说。

周虎说：“你把钱用一个帆布袋装好，我要你一个人开车带着50万元现金，45 分钟之内赶到日新小学。还有，带上手机，随时听候我的差遣。”

“行行行！日新小学是吧？我马上去。”乔谦在电话里小心地问，“我女儿没事儿吧？”

“你放心，我们只求财，不害命，她没事儿，她肚子饿了，刚才我还喂她喝了一点儿牛奶呢。我们拿到钱，你女儿自然就会安全地回到你身边，但是如果你不老实，胆敢跟老子耍花招，老子就要你们父女从此阴阳相隔。”

“不会，不会！”乔谦在电话里连声说。

挂了电话，周虎掉转车头说：“走，咱们去日新小学。”

第五章　竹篮打水

日新小学位于南州市东郊，是一所乡村小学，有一幢六层高的老式教学楼。20 世纪八九十年代，有很多附近村庄的孩子在这里念书，后来适龄儿童减少，学校渐渐成为一所麻雀小学，当地政府五年前将这所学校并入附近另一所小学，日新小学校舍租给人家做了养猪场。后来养猪场亏本倒闭，校舍就荒废了。

周虎他们吃饭的地方，距离日新小学并不远，大约 20 分钟后，面包车就开到了学校门口。

学校被当作养猪场的时候，周边村民因忍受不了那要命的臭味，都搬走了，四周成了一片荒地，方圆一二里看不见一户人家。

周虎先把车停在学校门外一间坍塌的民房后面，然后跟嗝屁一起走进学校。

虽然学校已经不再养猪，但校园里仍然弥漫着一股难闻的臭味。教学楼已是墙壁斑驳，门窗尽毁，楼前屋后的枯草已经长到半人多高，整个学校除了有几只麻雀飞来飞去，看不到一个人影。

嗝屁说："虎哥，你把收钱的地点定在这个地方，真是太好了。"

"好在哪里？"

嗝屁搔搔后脑勺嘻嘻笑道："这个嘛……好在哪里，我也说不上来，不过我看电视里演的那些绑匪，都是把交钱赎人的地点定在这种鸟不拉屎的地方。"

周虎看他一眼，没有说话，带着他来到教学楼后面，在一处杂草丛中坐下来。

因为已经是初冬时节，蒿草枯黄，了无生气。两人一坐下去，就被杂草掩盖了头顶。

周虎说："嗝屁你给我盯着学校门口，一旦看见那位乔校长来了，就告诉我。"他交代完后，自己仰面躺在草丛里，点上一支烟，舒舒服服地抽起来。

一支烟还没有抽完，嗝屁就一个劲地扯他衣服，小声说："来了，虎哥，那个乔校长来了。"

周虎扔掉烟头，趴在草丛里向外张望，只见一辆黑色小车停在学校门口，从车上走出一个中年男人，戴着眼镜，手里提着一个鼓鼓囊囊的帆布包。他站在学校门口东张西望，犹犹豫豫，不知道是该进去，还是站在原地。来人正是乔谦。

周虎认真看了，确认小车里已经没有其他人，就躲在草丛里拨通了乔谦的手机，压低声音说："你到了没？"

"到了，我已经到学校门口了。"乔谦显得有点儿紧张，"我女儿呢？"

"你女儿没事儿，我们拿到钱就会把她还给你。对了，那些钱你都带来了吗？"

"带来了，50万元，一分不少。"

"很好，现在我命令你带着钱，爬到学校楼顶，你女儿就在那里等你。"

"是真的吗？"乔谦将信将疑。

"你只有五分钟时间。"

周虎说完，就挂断了电话。

乔谦不敢耽误时间，提着帆布包，撒腿就跑。

周虎对嗝屁道："注意看他后面有没有警察跟着。"

嗝屁睁大眼睛看着，乔谦已经跑进教学楼，后面并没有任何人跟上来。周虎满意地拍拍他的头说："可以确认，他并没有报警，要不然警察也会跟着他一起跑进学校来。"

教学楼里很快就传来乔谦"噔噔噔"跑上楼的声音，等了几分钟，周虎估计他应该已经跑上天台，就再次给他打电话。

乔谦在电话里喘着粗气说："我到楼顶了，你在哪里？怎么没有看见我女儿？"

"废话，等我们拿到钱确认安全之后，自然会把孩子还给你。"

"不行，看不到孩子，我不会给钱的。"乔谦坚定地说。

"那就没什么好谈的了。"

周虎果断挂断电话。

嗝屁咽一口口水，往楼顶指了指，问：“虎哥，咱们要不要上去拿钱？”

周虎看他一眼，淡定地说：“不用，他自然会把钱送到咱们跟前。”

果然，乔谦很快又给周虎打来电话，周虎早已将手机调成振动模式，并没有发出半点儿声音。

“好吧，我把钱给你，但你一定要保证我女儿的安全。”乔谦妥协了。

“这个当然。”

“你在哪里？我怎么把钱给你？”

乔谦有点儿着急。

“你走到楼顶阳台后面的护栏边。”周虎在手机里指挥他。

很快，乔谦的头就从教学楼楼顶的护栏边探出来。

“把装钱的袋子扔下来，快点儿！”周虎再次命令道。

乔谦犹豫了一下，还是把装钱的帆布包，从六楼楼顶扔了下去。就在帆布包脱手的一刹那，他看见楼下草丛里藏着两个人。

可是已经太迟了。装着 50 万元现金的帆布包“叭”的一声掉落在草地上，楼下的人捡起帆布包，撒腿就往学校门口跑去。

跑出学校大门，嗝屁的一颗心都快从喉咙里蹦出来了。

周虎边跑边扯开帆布包拉链，看到里面装着的都是货真价实的百元大钞，不由得兴奋地冲着同伴吹了一声口哨，说：“兄弟，咱们发财了！”

两人拐个弯儿，跑向附近一间坍塌了一半的旧民房。他们的面包车就停在这所房子后面。

两人跳上车，关紧车门。嗝屁从周虎手里抢过帆布包，从里面抓出几叠钞票，贪婪地放在鼻子前闻着。

周虎不敢停留，立即发动面包车，一打方向盘，准备开车从一条隐蔽的小路逃走。

就在这时，忽听身后的车厢里传来一声异响，两人尚未反应过来，就同时感觉到后脑勺一凉，好像被什么东西顶了一下。

“不许动！”

身后忽然传来一声大喝。

两人吓得一哆嗦，侧头一看，发现顶住自己脑袋的，竟然是两把冰冷的手枪。

手枪被分别握在一男一女两个年轻警察手里。

“我们是警察，”那个女警察用枪口戳了周虎一下，“马上熄火，靠边停车！”

周虎脸色一变，只得老老实实地把车停在路边。

嗝屁还没回过神来，颤声问：“虎哥，这……这是怎么回事？咱们车上怎么会有警察？”

周虎看他一眼，小声道：“笨蛋，咱们被那姓乔的给耍了，他报了警，警察趁咱们不在的时候，早就钻进咱们车里埋伏在这里了。”

“不许说话！”男警察上前，分别给两人戴上了铐子。

周虎面如死灰，嗝屁则浑身颤抖，终于没有忍住，一泡尿从裤管里流了出来。

“我女儿呢？我女儿在哪里？”

乔谦气喘吁吁地从后面追上来，一抬头，看见车里居然有两个警察，不由得一愣。

女警察把帆布包扔还给他，说：“数数看，看钱有没有少？”

乔谦沉着脸道：“你们怎么来了？谁报的警，谁叫你们来的？”

“是你太太丁剑兰报的警，她怕你在跟绑匪的接触中露出破绽，所以没有告诉你。”女警察向他自我介绍道，“我叫欧阳若，这位是我的同事方可奇，我们都是市公安局刑警大队的。”

乔谦看见女儿的婴儿车在面包车上，不由得心头一喜，可跳上车一看，婴儿车是空着的，女儿雅思并不在车里。

他的一颗心像是掉进了冰窟窿，冲着两个警察吼道：“谁叫你们警方贸然行动的？我女儿在哪里？万一她出事了怎么办？”

那个叫方可奇的男警察说：“你放心，我们已经侦查过，绑匪只有这两人，没有其他同伙，抓住他们自然就能救出你女儿。这两人都是有前科的惯犯，十分狡猾，万一他们收到钱后逃出警方的监控视线，咱们再要抓他们就难了。”

“我才不关心你们抓不抓得到绑匪，”乔谦说，“我只要我女儿平平安安地回来。”

“说，你们把孩子藏在哪里了？”女警欧阳若瞪着两名绑匪问。

“孩……孩子根本就没有……”

嗝屁哭丧着脸，刚要开口交代，就被周虎在屁股上狠狠地踢了一脚，嗝屁抬头看见他正恶狠狠地瞪着自己，吓得一哆嗦，竟然缩着脖子再也不敢吭声了。

欧阳若看出周虎是两人中的老大，就把目光移到他脸上，说：“现在说出孩子的下落，我可以算你们有自首情节，要是孩子出了什么事儿，你们可要背上绑架杀人的罪名。”

周虎眼珠子转了两转，渐渐地从惊慌中冷静下来，嘿嘿一笑说：“警官，你放了我们兄弟俩，我们一定在两个小时之内将孩子安然送还给这姓乔的；如若不然，孩子现在没有人照看，出了任何问题，都由你们警方负责。”

“我去，你胆子不小啊，竟然敢威胁警察！”

方可奇年轻气盛，瞪了周虎一眼，抬脚欲踹，却被师姐拉住了。

这时埋伏在周围的几名刑警都从暗处跳出来，走到面包车旁边。

欧阳若掏出手机给刑警大队的大队长龙毅打电话，先汇报现场情况，然后请示下一步该如何行动。

龙毅说：“看来这两个绑匪也不是善茬儿，估计你们在现场也问不出什么，赶紧押回局里，立即展开审讯，一定要以最快的速度从两人嘴里问出孩子的下落。孩子还小，现在又处在无人照看的状态，时间拖得太久，后果将不堪设想。”

欧阳若说了声：“是！”她把队长的命令传达给大家，几名刑警就推着周虎和嗝屁上了警车。

警车一路呼啸着开往市区。

第六章 负隅顽抗

回到刑警大队，欧阳若立即将两名绑匪分开关押，分头进行审讯。

周虎已经是三进宫，知道自己这次落到警方手中，一定没有好果子吃，一旦绑架罪名坐实，至少也得坐三年牢。所以他抱定赌一把的心态，无论警方怎样审问，他的回答只有一个："孩子已经被我藏在一个非常隐蔽的地方，具体地点只有我一个人知道。你们放了我，我保证把孩子平安无事地还回来。如果你们继续把我关在这里，孩子现在没有人照看，要是出了问题，由你们警方负全责。"

欧阳若见他一副死猪不怕开水烫的模样，知道再问下去，也不会有什么线索，只好把希望寄托在另一个外号叫"嗝屁"的绑匪身上。

嗝屁胆小怕事，面对警方的审讯，本想如实招供，但他在路上已经得到周虎的暗示，怕日后遭到老大的报复，有话也不敢开口说，所以干脆在警察面前装聋作哑，一声不吭。方可奇气得直想揍他，却被欧阳若制止了。

"师姐，现在怎么办？"

走出审讯室，方可奇问欧阳若。

欧阳若皱眉道："被绑架的孩子才六个月大，现在又处在无人照看的状态，是很容易出事的。我们得想办法尽快找到孩子的下落，将她解救出来。"

"可是这两个浑蛋油盐不进，死活不开口，"方可奇挥动一下拳头，"要不要我去给他们点儿颜色瞧瞧？"

欧阳若摇头说："不行，龙队已经再三交代，绝不能搞刑讯逼供。"

"那怎么办？现在那孩子处在危险之中，分分钟都有可能出事啊。"

方可奇大学毕业，刚考进刑警大队不久，没有多少办案经验，一遇上困难，就有点儿沉不住气。

欧阳若想了一下，说："我看这样吧，咱们兵分两路，分头行动。我这里继续加大对两名绑匪的审讯力度，看能不能从他们嘴里套出点儿有用的线索。你去请示龙队，看能不能再派出一路人马，在孩子失踪的明珠公园、绑匪收钱的日新小学及犯罪嫌疑人住所附近展开重点搜索，看能不能找到孩子的下落。"

她看看表，已经是下午 4 点多了，据乔家保姆说，孩子是上午 10 点左右失踪的，到现在已经过去了 6 个小时，时间拖得越久，孩子就越危险，所以她最后加了一句："行动一定要快！"

方可奇点头说："好，我这就去请示大队长。"

等他离开后，欧阳若又转身走进审讯室，继续对嗝屁进行审讯。

嗝屁虽然被关进审讯室后一语未发，但从他脸上变幻不定的表情来看，其内心是焦虑和恐惧的，她有信心从他身上找到突破口。

她故意阴沉着脸，围着嗝屁踱了两圈，嗝屁脸上果然现出不安的表情。

她把审讯灯对准嗝屁，冷声道："我再问你一次，孩子究竟在什么地方？现在孩子身边没有大人，万一出什么事儿，那等待你们的可不是坐几年牢这么简单，只怕还要挨枪子儿。"

嗝屁被 100 瓦的审讯灯照得几乎睁不开眼睛，一边偏过头去，一边强作镇定："我……我大哥说了，孩子现在在一个谁也找不到的地方，只要你们放了我和我大哥，我们保证会把孩子送回来。"

"可是在另一间审讯室，你大哥可不是这么说的。"

欧阳若决定换一种审讯方式。

"他……他是怎么说的？"嗝屁急切地问。

"他向警方交代说，这次绑架从头到尾都是由你一手策划的，你是这个案子的主犯，孩子也是你藏起来的。"

"他……他是骗你们的，"嗝屁忽然激动起来，"明明他是主犯，我跟他合伙儿买一台车本来是想开车拉活儿挣钱，可是他嫌拉活儿太累又挣不到什么钱，非要拉上我干一票大的，后来他盯上了那个姓乔的……这次绑架，全都是他的主意，我只是一个受他胁迫的从犯。再说那孩子……"

"那孩子怎么了？"欧阳若盯着他问。

“那孩子其实根本就不在我们……”嗝屁再也扛不住了，哭丧着脸，正想往下说，忽然审讯室的门被人敲响了。

欧阳若愣了一下，回身打开门，门口站着一个身材魁梧的中年警察，正是她的顶头上司，南州市公安局刑警大队大队长龙毅。

她向大队长汇报说：“龙队，我正在审问这小子，他就快招供……”

“浑蛋，畜生……”

龙毅阴沉着脸走进来，突然劈面一拳打在嗝屁脸上。

嗝屁痛叫一声，顿时鼻血直流。

欧阳若吓了一跳，龙队平时严禁他们对嫌犯搞刑讯逼供，他自己也从不对犯人动手，今天却……

她有点儿莫名其妙地问：“龙队，怎么了？发生什么事了？”

龙毅脸色铁青，浑身轻颤，显然是在极力克制自己激动的情绪。

他说：“刚才有一个菜农打电话报警，说是在明珠公园后面的菜地上，看见两条野狗拖着一个血肉模糊的东西在撕咬，看上去被咬的像是一个孩子。我们的人带着乔谦夫妇赶去现场看了，确认那就是被绑架的女婴乔雅思，法医证实孩子已经死亡……”

欧阳若心里一颤，这才明白一向冷静淡定的龙队，今天为什么突然情绪失控。

一个活生生的孩子，就这样被两个贪婪的绑匪给害死了，谁都会忍不住有上前揍人的冲动。

龙毅狠狠地瞪了嗝屁一眼，一边往外走，一边说：“小若你留下来继续审讯他们，必要的时候可以给他们来点儿紧箍咒，我带方可奇去现场看看。”

队长一走，欧阳若立即叫人给周虎和嗝屁加上了脚镣。先前两人只戴了手铐，但那时两人只是涉嫌绑架勒索，现在是有命案在身，性质已经完全不同了。

嗝屁被龙毅一拳打蒙了，好半天才回过神来。听说那个孩子死了，而且警方把责任全都算到他跟周虎头上，这才意识到情况的严重性，急忙叫道：“警官，你们搞错了，其实我们并没有绑架那个孩子。”

“废话，刚才还说孩子在你们手里，拿孩子当逼迫警方释放你们的筹码，现在听说孩子出事，就赶紧翻供，”欧阳若凑到他跟前咬牙道，“如果我不是警察，我现在就想掐死你这个畜生！”

“警官，那个孩子真的不是我们抱走的。当时在明珠公园，那个保姆上厕所的时候，我上前推着婴儿车就跑出公园上了我们的车。那个婴儿车是用防风罩盖住的，我们把车开出好远，才发现婴儿车是空的，里面的孩子早就被别人抱走了。我大哥觉得是人贩子抢在我们之前把孩子偷走了，就把我们以前踩点儿时拍到的那个孩子的照片发给乔校长，向他勒索 50 万元，不承想那个姓乔的果然上当了……”

“那你们被抓之后，为什么还要坚持说孩子在你们手里？”

嗝屁知道这个时候再也不能听周虎的话了，就干脆彻底交代了，说：“那其实是虎哥，不，其实是周虎的主意。我们俩都是有案底的人，现在落到警方手里，肯定没有好果子吃，不如拿孩子做筹码赌一把……”

“现在孩子出事了，你倒是推得一干二净。”欧阳若盯着他冷笑道，“你觉得我会相信你的话吗？”

嗝屁急了，把手铐脚镣挣得“哗哗”直响，说：“警官，我发誓这一回我说的是实话，那孩子真不是我们抱走的，她的死也跟我们没有半点儿关系。”

“看来不给你一点儿颜色瞧瞧，你是不会说实话的对吧？”欧阳若朝旁边站着的两名男刑警使了个眼色。

两人心领神会，挽起衣袖，握着拳头，虎着脸朝嗝屁慢悠悠地走过去。

嗝屁见这两人身材魁梧，两只拳头比饭钵还大，如果挨上两拳，他这小身板儿……只怕当场就要休克。顿时吓得面如土色，两腿战栗，裤裆又湿了一大片。

他一面看着欧阳若，一面哀求道：“警官，我……我说的就是真话，你要相信我，我根本就没有碰过那孩子……”

欧阳若皱皱眉头，见他尿湿裤裆，眼泪鼻涕齐流，看上去不像是在说谎的模样，不禁心里暗暗犹豫：“难道这家伙说的是真话？”

她想了一想，对两名男同事说：“先把他关起来，咱们再去审审另一个。”

来到隔壁审讯室，周虎一听那个孩子已经死亡，心知不妙，没等欧阳若给他念紧箍咒，就赶紧老老实实地全招了，供词与嗝屁交代的基本无异。

第七章　菜地血婴

孩子的尸体，是在明珠公园后面那块菜地里被人发现的。

今天下午大约 3 点 45 分，菜农老程来到菜地里，准备摘些新菜去卖，结果发现离碎石路不远的一块甘蔗地边，有两只野狗正在起劲地撕咬着什么东西。

一开始老程并没有太在意，直到两只野狗把那东西拖到离他不远的一条小沟渠边时，他发现地上有一些血迹，这才觉得有些奇怪。他把野狗赶走之后，走近一看，赫然发现那竟然是一个被咬得血肉模糊的婴孩。他吓得心尖打战，赶紧掏出手机报警。

接警后，刑警大队的老刑警毕成功带着正满世界寻找孩子的乔谦夫妇最先赶到现场，当时那个血色婴孩就浑身赤裸着躺在小沟渠边，虽然身上伤痕累累，但乔谦和丁剑兰还是一眼就认出她就是他们失踪的女儿乔雅思。丁剑兰一口气缓不过来，当场晕倒。法医中心的法医芮雪随后赶到，确认孩子已经死亡。

刑警大队的大队长龙毅带着方可奇赶到时，现场勘查工作已经展开。毕成功把现场情况简单地向队长做了汇报。

孩子被发现时，身体是赤裸着的，本该穿在身上的衣服和裤子都散落在从甘蔗地到沟渠边的小路上。衣服上有被狗撕咬过的痕迹，应该是两只野狗从孩子身上咬下来的。

从沿途零星的血迹和散落的婴儿衣服来看，孩子很可能是被野狗从甘蔗地里拖出来的。痕检人员在甘蔗地里勘查过，地上铺着一层脱落的甘蔗叶，没有找到犯罪嫌疑人留下的脚印等任何痕迹。

龙毅一边举目四望，观察着周边环境，一边问：“老毕，可以确认孩子是被狗咬死的吗？还是说孩子是在死亡之后，才被狗拖出来的？”

老毕说：“这个目前还不知道，得问问芮法医。”

龙毅看着芮雪的背影说：“那你过去把她叫过来。”

老毕脸上现出尴尬的表情，搓着手说：“这个……痕检那边好像需要帮手，我得过去瞧瞧，龙队你还是自己去问问芮法医吧。”他一边叫着另一个同事的名字，一边跑开了。

方可奇虽然刚到刑警大队不久，却也知道龙队跟芮法医以前是夫妻，后来不知道什么原因离婚了，芮雪到现在对龙毅的态度都还是不冷不热的，也不知道两个人之间到底发生过什么事。

他看出龙毅好像有点儿畏惧芮雪的样子，就自告奋勇：“龙队，要不我去问问芮法医吧。”

龙毅瞪他一眼，说：“小屁孩懂什么？跟着老毕干活儿去。老毕就快要退休了，我可还指望着你来顶他的班呢。”

方可奇讨了个没趣，搔搔头，跟着老毕走了。

龙毅把两只手插在裤子口袋里，缓步走到芮雪身后。芮雪正带着两个助手在孩子的尸体前忙碌着。

龙毅咳嗽一声，说：“那个，芮法医，辛苦你了！”

芮雪冷着脸说：“你是来问孩子是不是被狗咬死的吧？现在可以断定，孩子身上虽然被狗咬得遍体鳞伤，但都不是致命伤，孩子是机械性窒息死亡。她是死后才被野狗嗅到气味从甘蔗地里拖出来的，身上的伤痕都是死亡之后才形成的。”芮雪仿佛知道他还想问什么，又头也不回地补充说，“死亡时间，至少已经有五个小时，更具体的情况我现在也没有办法告诉你，必须得把孩子的尸体带回法医中心做进一步尸检后才能确定。”

龙毅点点头，又说了一声：“辛苦你们了。”正要转身离开，芮雪忽然回头看着他问：“听说凶手已经被你们抓住了？”

龙毅说：“是的，孩子被两名绑匪绑架了，他们向孩子的父母勒索50万元。他们在日新小学收钱时，被我们的人抓个正着。现在看来，当时他们应该是把孩子单独留在了这片甘蔗地里。”

芮雪说：“你们是不是把抓人的时间定得过早了？完全可以等绑匪收到钱后一路跟踪他们，找到孩子。也许这孩子就不会出事了。”

“这个确实是我们失策了。我们当时确认绑匪只有两个人，而且这两个家伙都有犯罪前科，十分狡猾，反侦查、反跟踪能力很强，我们怕跟丢，以为只要抓住两人，就不难问出孩子的下落。谁知那两个犯罪嫌疑人想拿孩子做筹码威胁警方，一直不肯交代孩子的下落……”

龙毅正说着话，手机响了，是欧阳若打来的。欧阳若在电话里向他汇报了对两名犯罪嫌疑人的审讯结果。

“什么？”龙毅浓眉一皱，陡然提高声音问，“你觉得他们说的是真话吗？”

欧阳若说：“我不敢百分之百肯定他们所言属实。但是两人是分开审讯的，基本排除了串供的可能，两人口供一致，我觉得可信度还是很高的。”

“照他们的意思，害死孩子的凶手，不是他们，而是另有其人？”

“我想是这样的。”欧阳若也意识到自己的判断很重要，想了一下，才这样回答队长。

“那好，你对那两名嫌犯严加看管，我马上回来。”

龙毅把现场勘查的任务交给老毕，又让方可奇去看看乔谦夫妇，如果受害人家属情绪稳定下来，可以对他们展开问询，一定要把孩子失踪前后的情况详细地问清楚。等方可奇领命而去，他转身跳上停在碎石路上的警车，匆匆赶回市局。

回到刑警大队，龙毅对欧阳若说：“把那两名犯罪嫌疑人提到一间审讯室。”

欧阳若知道队长要亲自审问，立即把嗝屁带到周虎那间审讯室，两把审讯椅把两个人固定在了一起。

龙毅阴沉着脸，把自己用手机在现场拍到的孩子的照片打开，让两名嫌犯看。

两人虽是惯犯，可是看到这血肉模糊、惨绝人寰的照片，也不禁脸色苍白，不寒而栗。

龙毅问他们有什么话要说。周虎说：“警官，我们虽然是有案底的人，可那都是小打小闹，真要动手杀人，我们可不敢，那个是要吃枪子的。”

“对对对，”嗝屁赶紧点头附和，说，“这次绑架，我们早就商量好了，只求财，绝不伤害孩子，只要一拿到钱，就立即把孩子还给人家。所以不要说我们没有绑到孩子，就算孩子真的在我们手里，我们也绝不会这样对她……你看把孩子都弄成这样了，这……这还是人干的事吗？”

龙毅的目光像钉子一样，钉在两名犯罪嫌疑人脸上，足足看了三分钟，才收起手机说：“那好吧，我姑且相信你们说的是真话。那么我现在要问的是，如果孩子不是你们抱走的，那她到底是被谁偷走的？”

周虎和嗝屁面面相觑，同时摇头：“不知道。”

“怎么可能不知道？”龙毅提高声音说，“你们自己也说了，从乔家保姆今天上午把孩子推出小区起，你们就一直跟在她后面。孩子不可能无缘无故失踪，所以请你们好好回想一下，从你们看到保姆把孩子推进公园，一直到你们推着空婴儿车走出公园后门，之间的这段时间里，有没有发现什么可疑的事情发生？”

经他这么一提醒，周虎和嗝屁相互看一眼，忽然想到什么，异口同声地道：“难道真的是那个老头儿？”

“什么老头儿？”

龙毅和欧阳若盯着两人同时发问。

周虎说：“当时在公园里，乔家那个保姆把婴儿车放在假山后面去上厕所，我跟嗝屁觉得机会难得，正准备动手，却忽然发现婴儿车旁边站着一个老头儿，正‘咯咯’逗孩子。我们吓了一跳，不敢轻举妄动，又在假山后面躲了两三分钟吧，再探头偷看时，老头儿已经走了。我们估计那保姆快要从厕所里出来了，所以冲上去推着婴儿车就跑，当时婴儿车上的防风罩是放下来的，我们根本没有细看孩子是不是在里面。事后证明，我们推走的只是一辆空婴儿车。”

“正是这样，”嗝屁说，“如果真的有人偷走孩子，最有可能做那件事的人就是那个老头儿。”

“那老头儿长什么样？”龙毅问，“你们看清楚了吗？”

“这个……”周虎皱起眉头想了想，说，“当时我们只看见那个老头儿的侧影，他个子比较高，可能有一米七，很瘦，头发好像已经白了一半，对吧嗝屁？”

“是的，”嗝屁点头说，“是一个头发花白的干瘦老头儿。”

欧阳若问：“身上的衣服呢？他当时的穿着是怎样的？”

嗝屁摇头说："具体穿什么衣服不记得了，只记得当时有一个感觉，就是觉得那老头儿穿着挺土的，不像是城里人，可能是从乡下来的。"

龙毅问："如果再看见那个老头儿，你们能认出他来吗？"

周虎和嗝屁脸上的表情都有点儿犹豫，两个相互看看，最后周虎说："这个我不敢肯定，应该能认出来。"嗝屁补充了一句："如果他还穿着上午那件衣服，我肯定能认出他来。"

龙毅又问了几个问题，两人尽力回忆当时的情景，但也没有再提供什么有用的线索。

欧阳若问："龙队，要不要把老枪找来？"

她说的老枪，是刑警大队的模拟画像师，能根据证人的描述，准确画出犯罪嫌疑人的头像。

龙毅想一下，说："不用了，他俩其实并没有看清那个老头儿的相貌，把老枪叫来也没有用。对了，事发的公园安装了监控摄像头没有？"

欧阳若说："接到当事人报警后，我跟方可奇曾到事发的明珠公园看过，公园里没有安装监控摄像头，因案发在上午 10 点左右，公园里很冷清，没有什么人，所以也找不到目击证人。"

龙毅在审讯室里踱了几步，忽然抬头，说："先把这两名嫌犯羁押在这里，我们再去公园看看。"

第八章　意外收获

龙毅和欧阳若驱车来到明珠公园，先在公园里转了一圈儿。

已经是傍晚时分，公园的草地上有十几个老太太在跳广场舞，音乐声开得很大，显得有些嘈杂，几个小孩儿在草地上跑来跑去，有时会不小心跑进广场舞的队伍里，引来老太太们的一片呵斥。

龙毅仔细观察，公园里确实没有安装监控摄像头，而且转了一圈儿也没有找到公园管理处。两人来到孩子失踪的假山边，假山后面立着一块很大的景观石。

据乔家保姆说，她就是把孩子放在景观石后面，自己去旁边公厕如厕的，前后不过几分钟的时间，想不到一出来，孩子就不见了。当时她本来想把孩子也推进厕所，可是厕所空气不好，而且厕所门口有好几级台阶，婴儿车也推不上去。平时她都是这样上厕所的，想不到今天却出了事。孩子不见后，保姆自己先找了一圈儿，确定找不到她才哭着给乔谦夫妇打电话的。

龙毅蹲在景观石后面仔细看了看，地上铺着一层梧桐树掉落的黄叶，也没有清洁工来打扫，地上已经完全看不到案发当时的痕迹。他不由得有些失望。

走出公园，龙毅掏出打火机和香烟盒。欧阳若知道队长平时并不抽烟，只有在案子卡壳的时候，才会抽上一支，用他自己的话说，关键时刻抽一支烟，可以给他带来灵感，带来破案的灵感。

龙毅在烟盒里掏了一下，却发现盒子已经空了。他有些失望地把烟盒丢在公园门口的台阶上，踩了一脚，正要把打火机放进口袋，欧阳若朝他眨眨眼，用手往旁边指了指。

龙毅顺着她手指的方向一看，发现公园大门旁边正好有一家“好宜佳”便利店，门口的货架上摆着两排香烟。他不由得笑了，对欧阳若说：“还是你这丫头明白我的心思。”

他到便利店拿了一包他平时抽的那个牌子的香烟，在柜台付完钱，走出来时，忽然看见头顶方向有一点儿红色的亮光，居然是一个半球形监控摄像头，镜头斜对着便利店大门口。

他稍微观察一下，立即把抽出一半的香烟又塞进烟盒，走回柜台问便利店老板：“门口的监控摄像头是开着的吗？”

店老板说：“是啊，店里经常有些不三不四的人进来偷东西，晚上还有盗贼来撬门，所以我在店里店外都安装了监控摄像头，日夜都是开着的。”

龙毅问他：“显示终端在哪里？”店老板指着柜台里一个电脑显示器说：“在这里。”

龙毅向他出示警官证后说：“我们在调查今天上午发生在明珠公园的一起婴儿失踪案，想查看一下你店门口这个监控摄像头拍摄到的视频资料。”

店老板一怔，点点头，立即从柜台里走出来，把里面的位置让给龙毅。

龙毅走进柜台，看见那个显示屏的画面被分隔成三块，其中有两个监控画面显示的是店内情形，最后一个监控画面显示的是店门口的情况，因为监控镜头是倾斜着的，所以画面一角，正好拍到了公园大门。

他调出这个镜头拍摄到的今天上午的视频文件，以快进的方式播放。

从对准公园门口一角的画面中可以看到，早上 7 点左右，已经有很多附近的居民进入公园锻炼身体，直到上午 9 点，晨练的人陆续离开，公园门口显得有些冷清。上午 9 点 43 分，一个五十多岁的妇女推着一辆婴儿车，慢慢走进公园。

欧阳若站在队长身后，指着显示器说：“这就是乔家保姆管阿姨，当时孩子就在婴儿车里。”龙毅点点头，没有说话。

保姆刚进公园，后面就有一辆面包车开到公园门口，周虎和嗝屁从车上跳下，先是缩头缩脑东张西望观察一番，然后也跟着管阿姨进了公园。三人前后相距不过四五米远，很快就走出了监控画面。

两人把今天早上和上午的视频都看了一遍，公园门口有人进去，也有人出来，并没有什么可疑之处，更没有看到有什么人怀抱婴儿跑出来。

看完视频后，龙毅回头问欧阳若有什么想法，欧阳若说：“如果我是那个偷孩子的人，肯定不会从公园正门进出，所以我猜想他进出公园应该都是走的后门。”

龙毅摇头说：“我看不见得，偷孩子的人应该对公园环境进行过观察，也就是‘踩点儿’。他知道公园门里门外都没有安装监控设备，从大门进入公园并不会对他构成威胁，所以他也有可能是从正门进入公园的。”

“但我们并没有看见有人抱着孩子从正门出来。”

“孩子失踪的地点距离后门更近，而且路线更隐蔽，所以犯罪嫌疑人得手之后，当然会选择从后门离开。”

欧阳若明白队长的意思，说：“那我们把这段视频拷贝回去，让周虎他们看看，假如那个老头儿真的是从公园正门进入公园作案的，也许周虎他们能从视频里辨认出来。”

龙毅点点头，将这个视频文件用 U 盘复制了一份。回到刑警大队，立即用手提电脑将视频打开，一帧一帧地播放给周虎和嗝屁看。两人知道这是戴罪立功的好机会，都睁大眼睛，仔细看着。

当视频播放到早上 8 点 18 分时，嗝屁忽然大叫：“停下停下！”欧阳若急忙按一下停止键，视频画面静止下来。

画面一角，正对着公园门口的方向，出现一个老头儿的身影，身形高瘦，穿一件黄色上衣和一条灰布裤子，裤脚挽得很高，脚上穿的是一双黄色劳保鞋。

周虎和嗝屁同时用手指着画面中的老头儿说：“是他，就是他！”

“你们确定？”龙毅盯着他俩问。

“错不了，绝对是他。”

龙毅点点头，按一下播放键，视频继续播放，但再也没有看见这个老头儿从公园里走出来。

公园只有两个出口，一个是前面的正门，一个是后门。很显然，老头儿是从前门进入，从后门离开了。

对逛公园的人来说，后门显得有点儿偏僻。这个老头儿，为什么要选择从后门离开呢？

“除非他当时怀里抱着偷来的孩子，怕被别人看见，所以才选择从偏僻的后门匆匆离开。”欧阳若推断。

龙毅点一下头，表示赞同。

欧阳若又把视频倒过去，重新播放一遍，终于截取到一张那个老头儿扭头看向便利店方向的脸部截图，虽然很模糊，但这是唯一能捕捉到的那个老头儿的正面镜头了。

欧阳若立即把截图拿到技术科，请电脑技术员对照片进行处理，看能不能把清晰度提高一点儿。

十几分钟后，她拿着一张经过技术员处理后的彩色打印照片跑了回来。

老头儿的头像虽然还有点儿模糊，但已经比原先的截图清晰多了，基本能看清楚照片中的人物样貌。

老头儿五十来岁的样子，头发花白，脸色蜡黄，深眼窝高颧骨，看上去给人一种瘦骨嶙峋的感觉。

龙毅把照片拿给周虎和嗝屁看，两人一个点头说“是他”，一个摇头说“不像”，考虑到二人并没有见过老头儿的正脸，意见相左也在情理之中。

龙毅拿着照片对欧阳若说：“走，我们去那位乔校长家里问问。”

第九章　白发凶手

天色渐晚，路灯亮起，街上到处是行色匆匆的路人。龙毅和欧阳若来到明珠花苑小区，乔谦和丁剑兰刚从现场回来没多久，夫妻俩都还沉浸在失去女儿的悲痛中。

看见警察进门，丁剑兰陡然失态，上前抓住龙毅的衣服哭着叫道："我女儿死得太惨了……绑架我女儿的两个凶手在哪里……我要亲手杀了他们，我要亲手杀了他们……"

欧阳若上前扶住她说："目前案情有些变化，那两个绑匪与你女儿的死并没有直接关系。"等丁剑兰坐下之后，她对他们夫妻俩说了目前案情的最新进展，并拿出那张视频截图照片说，"目前我们已经掌握一些线索，锁定了一个抱走孩子的犯罪嫌疑人，就是照片上的这个人，你们看看是否认识他？"

她把照片放在面前的茶几上，乔谦和丁剑兰凑上前看了后一齐摇头。

龙毅又把照片往他们面前推了推，说："你们再看仔细一点儿。据我们调查，抱走孩子的，很可能就是照片上的这个老头儿。我想他不会无缘无故抱走你们的孩子，并且将孩子捂死后丢在甘蔗地里。这其中一定有作案动机。像这种恶性案件，我们一般首先想到的是仇杀，若非深仇大恨，凶手绝不会对一个只有半岁的孩子下如此毒手。"

乔谦夫妇俩又认真看看照片，还是摇头说："不认识，从来没有见过这个人。"

龙毅换了一个角度，问："那你们平时有没有什么仇家？"

"仇家谈不上吧，"乔谦有点儿茫然地说，"生活里无意中得罪过一些人，肯定是有的，但若说跟谁结下什么深仇大恨，倒还不至于。"

乔家保姆管阿姨礼貌地端了两杯热茶过来，一杯放在龙毅面前，一杯递给欧阳若。

欧阳若伸手去接茶杯时，看见她眼圈红肿，脸上泪痕犹在，不由得在心里叹息一声，出了这样的事，她心里自然也不好受。

就在欧阳若双手即将接触到茶杯的一刹那，管阿姨忽然手一抖，茶杯"叭"的一声掉在地上摔得粉碎，一杯热茶洒了一地。

"你怎么了？"欧阳若吃了一惊，忙问。

"我，我没事，我太不小心了……"管阿姨低着头，拿起扫把默默地打扫地上的茶杯碎片。

龙毅目光如电，早已看出端倪。刚才管阿姨在递茶水时，看了一眼茶几上犯罪嫌疑人的照片，然后就脸色苍白，身子一僵，手里的茶杯也滑落下来。

他走到管阿姨跟前，问："你认识照片上的这个人吗？"

"不，不认识……"

管阿姨埋头扫地，不敢抬头看他。

龙毅抓住她手里的扫帚，严肃地说："知情不报，很可能会构成包庇罪，也是要负法律责任的，你知道吗？"

管阿姨浑身一颤，好半天才抬起头，眼睛看着别处，默默地流下泪来。

一旁的丁剑兰急了，催促道："警察问你话呢，你倒是说啊。"

管阿姨看看那张照片，然后又看看乔谦夫妇，犹豫着说："我……我……"

"你认识这个人，对吧？"龙毅盯着她问。

"嗯，我……我认识他。"

"他是谁？"

管阿姨又低下头去，过了半晌，才小声说："他……他是我在乡下的丈夫！"

管阿姨的老家在南州市下面的白杨店镇。她的第一任丈夫，在她年轻的时候就病逝了，她身边无儿无女，一直都是一个人生活。十几年前，她跟着几个老乡到城里谋生，进城后的第一份工作，就是在乔谦家里做保姆，照顾他们刚出生的儿子乔小磊。她一直将乔小磊带到十岁才离开乔家，回乡下生活。

三年多前，经人撮合，她跟邻村一个叫杨金良的男人结婚了。两人都是二婚，杨金良比管阿姨小几岁，是一个很会心疼人的男人，他对管阿姨很好，两口子在乡下和和睦睦地过着日子。

今年春节过后不久，丁剑兰生下女儿雅思，乔谦一时找不到满意的保姆，于是又想到了管阿姨。

他给管阿姨打电话，说了丁剑兰生第二胎的情况，想请她来城里，到他们家继续当保姆照顾第二个孩子。一来管阿姨年纪大了，二来丈夫杨金良不放心让她出门，所以婉言相拒，但经不住乔谦再三相请，而且考虑到乔家对自己确实不错，最后管阿姨还是将丈夫留在家里，自己独自进城，又在乔家当起了保姆。

她进城后，丈夫杨金良很是想她，曾进城来到乔家看望她。幸好当时乔谦和丁剑兰都上班去了，家里只有管阿姨带着孩子。管阿姨责怪他不该冒冒失失找上门来，因为她在乔家只是个保姆，怕丈夫这样不请自来会惹得雇主家不高兴。

杨金良像个做错事的孩子，低头道歉，保证以后绝不贸然来找她。管阿姨趁乔谦夫妇还没有下班回家，下了一碗面条给丈夫吃了，就催他赶紧回去。

杨金良很是舍不得离开她，问她什么时候回老家去。管阿姨叹口气，看着摇篮里的雅思说："如果没有这孩子，我马上就可以跟你回家过日子。可是现在人家花钱请我在城里带孩子，我总不能带到一半就丢下不管啊。等我把孩子再带大一点儿，就回家去。"杨金良只好说："那好吧，我在家里等你回来。"从这以后，杨金良虽然经常给管阿姨打电话，但再也没有到乔家来找过她。

管阿姨抬头看了龙毅一眼，但很快又低下头去，说："刚才你们两个警察上门，手里拿着一张照片，说照片上这个人就是抱走并且害死雅思的凶手，我心里好奇，所以端茶的时候，就往照片上看了一眼，不想却发现照片上这个人，居然就是我丈夫……我大吃一惊，手一抖，茶杯就掉下来……"

"你看清楚，这个真的是你丈夫吗？"

龙毅拿起照片，再次放到她眼前。

管阿姨点点头说："我看清楚了，他是我丈夫，我不会认错的……雅思真是他抱走的吗？"

"是的，我们有目击证人。在你去上厕所的时候，你丈夫杨金良就突然出现在婴儿车旁边。"龙毅说，"而且我们通过查看公园门口的监控视频发现，其实你丈夫经常会在明珠公园一带出现，只不过他只是远远跟在你身后偷偷看着你，并没有让你发现他。"

“可是他为什么要抱走孩子呢？”

“关于作案动机，我想已经包含在你刚才的话里了。你曾说过，如果没有这个孩子，你马上就可以跟他回乡下生活，对吧？”

管阿姨好像明白了他的意思，抬头问他：“你是说，他是为了能让我快点回老家，所以就把雅思……”

龙毅点点头，说：“这是我们警方目前唯一能想到的作案动机。”

“他……他真的是这样的人吗？”

管阿姨轻轻问一声，像是问警察，又像在问自己，忽然向后一个踉跄，一屁股坐在地上。

“他是不是这样的人，得由我们警方调查过后才能知道。”龙毅将她从地上扶起，又问她，“你丈夫在城里有什么亲戚吗？”

管阿姨摇头说：“没有。”

“那我估计他现在应该已经回乡下老家了，”龙毅说，“把你家里的地址告诉我吧，我们去你家里看看。”

管阿姨看看他和欧阳若，又看看乔谦和丁剑兰，眼睛里又流下泪来。她啜泣着把自己家的地址说了出来。欧阳若拿出笔记本，详细记录下来。

离开明珠花苑小区后，龙毅掏出手机给白杨店镇派出所打电话，把杨金良的住址告诉他们，让他们立即将杨金良控制起来。然后他带着欧阳若和方可奇二人，开车赶往白杨店镇派出所，将犯罪嫌疑人带回刑警大队。

审讯工作连夜展开。

杨金良今年已经 50 岁，外貌特征与周虎二人描述的基本一致，瘦高个子，头发花白，皮肤黝黑，眼窝深陷，一看就知道是在乡下田间地头劳作的结果。从镇上到市区，一路上他都很淡定，还主动找龙毅要了一支烟来抽。

直到被带进审讯室，他才显得有点儿不安起来。等他在审讯椅上坐下之后，龙毅又递给他一支烟，并且为他点着火。等他抽了几口之后，龙毅才问他：“知道警察为什么抓你吗？”

杨金良一脸茫然，摇头说：“不知道。”

龙毅说：“自己好好想想，看有没有做过什么违法的事。”

杨金良抽一口烟，想了一下说：“两个月前，我在乡下开手扶拖拉机撞死过一头猪，不过我已经赔钱给人家，人家也答应不报警的……他们说话不算数，回头我得去把钱要回来。”

“不是这事，你再仔细想想，看还有没有其他事。”

“那就没有了，我这人胆小，违法的事从来不做。”

龙毅盯着他说：“那我来提醒你一下，你是不是经常到城里的明珠公园里去？”

“嗯，”杨金良点一下头，但很快又摇头，说，“谈不上经常去吧，一个月去一两次。我一个人在乡下太孤单，很想念我老婆，可是如果去城里直接找她，又怕她生气，她嫌我太土，怕我去了惹得雇主一家不高兴。后来我知道她几乎每天上午都会推着孩子到附近的明珠公园里玩一会儿，于是我想她的时候，就进城躲在公园门口等她，只要远远地看她几眼，知道她在城里过得好，没有受委屈，我也就放心了。”

“那你今天上午，到过明珠公园没有？”

“去过啊。”

“去干什么？”

“也跟以前一样，只是想悄悄看看我老婆。”

“就这么简单，没干别的事了？”

“没有。”杨金良摇摇头，停顿一下，又补充说，“因为家里还有些事情要做，今天上午我只匆匆看她几眼，就回镇里了。”

“那么今天在公园里，你老婆有没有看见你？”

“没有，我哪敢让她看见，要是被她瞧见，肯定又要跟我唠叨半天。她这人什么都好，就是喜欢在我面前唠叨……”说到这里，杨金良忽然意识到什么，抬起头问，“警官，是不是我老婆她出事了？她出什么事了？”

龙毅说：“她没事，是她的雇主家出事了。今天上午，你老婆推着雇主家的孩子去明珠公园玩，中途她上了一趟厕所，结果孩子就被人偷走了，后来我们在距离公园后门约二公里远的一片甘蔗地里找到了孩子的尸体，她是被人捂死的。”

“什么，那孩子……死了？”

杨金良吃了一惊。

龙毅紧盯着他，不放过他脸上任何的表情变化，说："是的，孩子已经死亡。"

他话锋一转，直截了当道："现在警方怀疑抱走并杀死孩子的人，就是你！"

"是我？"杨金良抬眼看着龙毅，似乎直到这时，他才明白警方把自己抓来的真正目的。

他愣住了，指间香烟渐渐燃尽，烧到他的手指，他被烫得一哆嗦，赶紧将烟屁股丢掉，说："你们开玩笑的吧？我老婆是带孩子的保姆，我干吗要去杀那个孩子？"

"因为你觉得如果没有这孩子，你老婆就会离开雇主家，回到乡下跟你一起过日子。"

"那我也不可能因为这个去杀一个半岁大的孩子啊，"杨金良受了委屈似的偏着头，"那可是一条活生生的人命呢！"

龙毅决定使出警方的撒手锏，道："我们现在有目击证人，看见你抱走了孩子。"

杨金良吃了一惊，说："这不可能，我根本就没有碰过孩子。"

"但是有人看见你趁你老婆上厕所的时候，靠近过那辆婴儿车。"

"哦，原来你们说的是这个。我承认，这个是事实。当时我一直在公园里，看见我老婆进了厕所，就跑过去看了看孩子，并没有其他目的。因为我上次在乔家见过这孩子，心里也有点儿喜欢她，想看看她现在长成了什么模样，所以就悄悄溜到婴儿车边。当时孩子正躺在车子里，外面还有防风罩，我还逗了一下孩子，不过她好像睡着了，并没有理我。我只在婴儿车旁边站了一小会儿，怕被我老婆发现，就赶紧溜走了。从头到尾，我都没有碰过孩子，更别说将她抱走。"

"现在的问题是，孩子失踪前，只有你靠近过婴儿车，你是唯一有机会偷走孩子的人。"

杨金良有点儿着急，说："我要怎样说你们才会相信我？我真的没有抱走孩子，更没有害死她。当时我只看了孩子一眼，就赶紧从公园后门溜走了。"

审讯持续了两三个小时，到后来，杨金良翻来覆去就是这几句话："我没有偷走孩子。我相信党和政府，也相信人民警察为人民，警察绝不会放过一个坏人，也绝不会冤枉一个好人。”

再问下去，他就哈欠连天，连眼睛都睁不开。龙毅甚至有点儿怀疑这老头儿是不是犯了毒瘾。

杨金良看到欧阳若手上戴着表，就问她：“闺女，现在是不是夜里 10 点半了？”

欧阳若看看表，还真的到了夜里 10 点 30 分了。

杨金良说：“不行了，我要睡觉了，在家里的时候一到这个点，我就必须睡觉，就是外边打雷我也不会再醒来。”说完这句话，他老人家把头一偏，还真坐在审讯椅上打起呼噜来。方可奇以为他是装的，上前推了他一下，才发现他是真的睡着了。

看着这个坐着就能睡着的老头儿，龙毅也是一脸苦笑，对欧阳若和方可奇说：“时间确实有点儿晚了，你们两个先回去休息，我们明天再继续审讯，总要审出个结果来才行。”

第十章 弥天大谎

第二天早上，龙毅刚到单位，就看见欧阳若带着一个女人，往羁押室的方向匆匆走去。他认真瞧一眼，发现与欧阳若同行的那个女人，居然是丁剑兰。

他叫住欧阳若问："什么情况？"

欧阳若朝丁剑兰指了指，说："她想去看看我们昨晚抓到的那名犯罪嫌疑人。"

龙毅皱眉道："这个案子还在侦办阶段，没有特殊情况，受害人家属不能随便与待审的犯罪嫌疑人见面。这个规定你不知道吗？"

"规定我当然知道，"欧阳若看看丁剑兰，脸上露出为难的表情，说，"可是她确实有特殊情况。"

"什么特殊情况？"龙毅以为丁剑兰有新的线索要提供给警方，就把目光朝她望过去。

欧阳若犹豫一下，说："是鲁局刚才亲自带她过来的，要我们尽量满足她的要求。"

龙毅一怔，这才想起丁剑兰的父亲是副市长，而且是市委常委，一定是他给鲁局打了电话，要不然鲁局不会亲自交代欧阳若。他盯着丁剑兰问："你找犯罪嫌疑人有什么事？"

丁剑兰说："没事，我就是想看看害死我女儿的凶手到底长什么样。"

欧阳若犹疑地看着队长，龙毅挥挥手说："你带她去吧！"待二人走后，他想了下，也跟了上来。

守卫打开羁押室的门，欧阳若带着丁剑兰站在门口。

犯罪嫌疑人杨金良双手被手铐铐在一根水管上，正坐在墙角的凳子上闭目养神。

听见开门声，他睁开眼睛，看见丁剑兰，不由得愣了一下。他跟丁剑兰并没有正式见过面，但他在偷偷探望老婆的过程中看见过这个女人，知道她就是老婆当保姆那家的女主人。

他下意识地站起身，说："你……"

"畜生，我要你为我女儿抵命！"丁剑兰突然冲上前，抄起他坐的那把凳子，往他身上砸去。

好在欧阳若一直在旁边提防着，双手一伸，抢在凳子砸中杨金良之前将凳子接住。

"畜生，你害死我女儿，我不会放过你的！"丁剑兰一击不中，又飞起一脚朝杨金良踢去。

杨金良双手被铐，无法躲闪，被她踢个正着。丁剑兰穿的是高跟鞋，鞋跟正好戳住他的大腿，顿时流出血来。

丁剑兰像是疯了一般，朝杨金良猛扑过去。龙毅一把抓住她的手腕，将她拖住道："丁副局长，够了，他只是一名嫌犯，并不一定就是凶手，你这样打人是违法的。"

"我打人违法，他杀人就不违法了？"

"我已经说了，他只是一名嫌犯，并没有定罪。"

丁剑兰像个泼妇一样大叫道："什么嫌犯？他就是凶手，他就是害死我女儿的凶手，他是我们家保姆的丈夫，一定是他们夫妻俩内外勾结，害死了我女儿……"

龙毅眉头一蹙，道："为什么又把你们家保姆扯上了？"

丁剑兰说："因为她也有害我女儿的动机啊，她的动机就是泄恨。我女儿失踪的前一天晚上，我曾骂过她两句，还把她推倒在沙发上。她一定是事后打电话向这个男人诉苦，然后这个男人就替她报仇，把我女儿给……"

"你有什么证据吗？"

"这还要证据吗？明摆着的事，稍微用脑子想一下，就能明白其中的关联啊。"丁剑兰看着他语带讥讽道，"龙队长，只要你把他们夫妻俩都抓起来严加审问，肯定就能水落石出，真相大白。你也是老刑警了，难道怎么办案，还要我来指点迷津吗？”

龙毅听她越说越没谱，脸色就沉下来，对欧阳若说：“把她带出去，以后没有我的允许，任何人也不准把她带到刑警大队来干扰我们办案。”

“我知道了。”欧阳若急忙连拖带拽地把丁剑兰拉出去。

“你们听着，我会给我爸打电话，你们一定要马上判这个人死刑，我要他为我女儿抵命……”

离开的时候，丁剑兰还不忘撂下一句狠话。

等这位丁副局长离开后，龙毅回到羁押室，看见杨金良好像受到惊吓，脸色苍白，靠在墙上，神情显得有些呆滞。

龙毅见他大腿被丁剑兰踢伤的地方还在流血，就叫方可奇拿来应急医药箱，给他包扎了一下。

走出羁押室后，欧阳若和方可奇跟在队长后面问下一步该怎么办。

龙毅明白他们的意思，虽然犯罪嫌疑人杨金良已经被抓获，可是他并没有低头认罪，而且现在警方手里也没有进一步的证据能够指证他，就算再次提审他，也不可能在口供上有所突破。从现在的情况来看，案子其实已经陷入僵局。

龙毅想了一下，忽然问：“丁剑兰家那个保姆，好像是姓管，对吧？”

方可奇说：“对，认识她的人都叫她管阿姨。我看过她的身份证，她的本名叫管香菊。”

“现在交给你俩一个任务，”龙毅说，“你们去给我把这位管香菊请过来。”

欧阳若一怔，问：“龙队，难道你真的相信那位丁副局长的话，开始怀疑那个保姆了？”

龙毅笑道：“你们想错了，我是看这个杨金良对我们的审讯满不在乎，但对他老婆还是很在意的，他在家里应该是个很听老婆话的男人。所以我想，我们如果能说服这位管阿姨来劝说他低头认罪，可能会有意想不到的效果。”

欧阳若也笑了，说：“这个主意听起来好像还不错，我们马上就去找管香菊。”

她跟方可奇走下台阶，正要离开，忽然听到羁押室里传来手铐在水管上敲击的声音，杨金良在屋里大喊：“有人吗？快来人啊，快来人啊！”

三个人一怔，以为出什么事了，急忙打开羁押室的门，却见杨金良好端端地坐在那里。

“你喊什么？”方可奇问。

杨金良看着他们说：“警官，我……我想通了，我决定向你们招供，我认罪，那个孩子是我害死的……”

龙毅三人都怔住了，谁也没有料到这名昨晚拒不认罪的犯罪嫌疑人，竟然会突然主动认罪。

这个突如其来的变化，让三个人都感到有些吃惊。

杨金良看着三人咧嘴一笑，说：“我说警官，你们都愣着干啥，赶紧审讯我啊。”

据杨金良交代，昨天上午 8 点多，他就已经进城，并且来到明珠公园门口等着悄悄见管香菊一面。9 点多的时候，他看见管香菊推着婴儿车朝公园方向走来，他就急忙跑进公园，远远地躲起来。

后来他看见管香菊把孩子放在假山后面，自己去上厕所，他心中好奇心起，想看看老婆带的这个孩子现在到底长成什么模样了，于是就悄悄靠近婴儿车，上前看看孩子，甚至还逗了一下孩子。可是孩子已经睡着，并没有理会他。

隔着防风罩，看着婴儿车里睡熟的孩子，他心里忽然冒出一个奇怪的念头：如果自己把这孩子抱走送给别人，老婆就不用再留在城里做保姆，自然就会回到他身边跟他一起过日子。有了这个想法之后，他就真的鬼使神差一般抱起孩子，迅速从公园后门溜了出去。

他经常在公园附近溜达，对周围环境很熟悉，知道公园后面有一大片菜地，除了几个菜农，其他人都不会到那里去。于是他就抱着孩子，往菜地中间的碎石路上跑，跑出了两三里路远，扭头看看后面并没有人追上来，这才放心。

不想这时候，他怀里的孩子突然醒过来，看到他这张陌生的脸，吓得哇哇大哭起来。杨金良生怕被别人听见，顺手拿起孩子的围巾把她的小嘴巴捂住了。

他一边往前跑，一边往后张望，生怕后面有人追上来。又走了一段路，他突然意识到怀里的孩子好像没有了声音，他有点儿奇怪，停下脚步仔细一看，才知道孩子竟然被他无意中给捂死了。

他顿时吓得手足无措，四下里瞧瞧，看见旁边有一块甘蔗地，就跳下去随手把孩子丢在甘蔗地里，然后慌里慌张地沿着碎石路跑出菜地，在公路上拦了一辆私人运营的乡镇小巴，回到了家里。

到家后，他心里忐忑不安，十分害怕，后来把自己抱走孩子的经过回想一遍，感觉好像并没有人看见自己做过的事，觉得应该不会有人怀疑到自己头上，这才放下心来。

正是因为知道没有人看见自己作案，所以即便昨晚他被警察抓住，心里也很笃定，觉得警察并没有抓到自己什么把柄，最多把自己关两天，就会放了。

“那为什么你现在又突然改变了态度，主动向警方认罪呢？”龙毅盯着杨金良问。

“可能是良心发现吧，”杨金良叹口气说，“刚才那个女人在这里哭闹，骂我是畜生，我回想一下自己做过的事，确实是连畜生都不如。你说我都这么一把年纪了，居然会做出如此天理不容的事，我……我当时真是老糊涂了……如果我不认罪，只怕连老天爷都不会放过我……”

龙毅点点头，示意旁边的欧阳若把他的口供记录下来。然后又问杨金良：“你确定自己抱着孩子逃离现场时，走的是公园后面菜地中间那条碎石路？”

杨金良舔舔干裂的嘴唇，点一下头，说：“是啊，我走的就是那条路。”

“你在路上遇到过其他人，或者车辆吗？”

“没有，路上没有其他人，那条路很偏僻的。”

“你把孩子扔在了甘蔗地的什么方位？”

杨金良想一下，摇头说：“具体方位不记得了，当时我发现自己将孩子捂死了，心里很慌张，只想快点儿把孩子扔掉，正好看见路边有一块甘蔗地，就跑进去把孩子的尸体扔在了里面，具体扔在甘蔗地哪一块地方，完全不记得了。”

龙毅拧着眉头，紧闭嘴唇没有再说话，似乎是在心里梳理着杨金良交代的每一条线索。

大约过了五分钟，他才眉头一挑，从沉思中恍过神来，对杨金良说：“今天的审讯就到这里，你自己再好好想想，看有没有遗漏什么情况没有向警方交代。而你已经交代的情况，我们会一一调查核实。就像你说的，警察绝不会放过一个坏人，也不会冤枉一个好人。”

第十一章　神秘脚印

从羁押室走出来，方可奇快步跟上队长，有点儿兴奋地说：“龙队，犯罪嫌疑人已经彻底交代了，这个案子我们是不是算是破了？”

龙毅回头看他一眼，说：“不，杨金良虽然交代了自己的犯罪经过，但说的是不是真话，我们还需要进一步调查核实。而且我觉得他的口供里面，有一个很大的漏洞。”

方可奇一怔，问：“什么漏洞？”

龙毅说：“他刚才交代说自己偷走孩子，逃跑时走的是公园后面那条碎石路。”

“对啊，他就是这么说的，这个有什么不对劲吗？”欧阳若问。

“当然有不对劲的地方。”龙毅看了他们俩一眼，说，“我问你，那两个绑匪周虎和嗝屁，以为自己绑架孩子得手了，从公园后门逃走时，走的是哪条路线？”

“也是走的那条碎石路啊，只不过他们俩是开车，开的一辆面包车。”欧阳若回答。

“这两人开车上路的时间，大约落后杨金良多久？”龙毅问。

欧阳若想了一下说：“据周虎他们交代，他们先是看见杨金良站在婴儿车旁边逗孩子，然后缩头缩脑地在假山后面躲了两三分钟，再伸出头来窥视时，杨金良就不见了。根据杨金良的口供，我们可以理解为，这个时候他已经抱走孩子。周虎他们并不知道这时婴儿车里没有孩子，把婴儿车搬上面包车后，沿着碎石路一路逃窜。如果算时间差，他们跟杨金良走出公园后门的时间，应该只相差几分钟而已。”

龙毅眉头一挑，说：“这就对了，杨金良抱着孩子在碎石路上步行，几分钟后周虎他们也把面包车开上了同一条路。按常理推测，周虎他们数分钟之内就能追上杨金良。除非杨金良会隐身术，否则周虎他们就一定能在那条路上见到他。”

欧阳若与方可奇对望一眼，想了一下，同时点头说：“那倒也对。周虎他们已经在假山后面见过杨金良一次，如果这时遇上，应该能认出他来。”

龙毅说：“可是我们并没有听周虎他们说在这条碎石路上又见过那个高瘦老头儿。”

方可奇说：“也许是周虎他们慌乱之间，没有注意到路上这个行人呢？”

“这个情况，必须问过他们才知道。”龙毅问，“周虎他们两个现在在哪里？”

方可奇说：“还拘留在我们这里，正准备转看守所呢。”

龙毅说：“先别急着把他们送去看守所，我还有事情要问他们。”

来到关押周虎和嗝屁的小屋子前，龙毅隔着铁栅栏窗户向二人问话：“你们在那条碎石路上开车逃跑途中，有没有遇见过什么人？”

“有啊，”嗝屁点头说，“遇见过一个人。”

龙毅问：“是一个什么样的人，还有印象吗？”

周虎说：“是一个女人，当时我刚把车拐上碎石路，路上有一个坑，车子颠簸一下，差点儿撞到那个女人。后来我从倒车镜里看了一眼，那是一个中年妇女，三四十岁——”

龙毅打断他的话问：“除此之外，还遇见过别的人吗？”

周虎看看嗝屁，用不太肯定的语气说：“好像没有了吧。”

嗝屁点头确认，说：“对，没有了，当时那条路上根本就看不到人影，这也是我们在踩点儿时选定那条路作逃走路线的原因，对吧老大？”

周虎瞪他一眼，没有理他。

龙毅见他俩总是说不到点子上，只好点明话题：“一路上你们有没有看见在公园假山后面见到的那个高瘦老头儿？”

“没有，”周虎和嗝屁一齐摇头，说，“如果遇见他，哪怕只看到背影，我们也肯定能认出他来，绝对没有在路上见过他。”

“看来杨金良并没有真的老实交代啊！”离开关押两名绑匪的地方，龙毅在走廊里边走边说。

欧阳若说出自己的疑虑，道："会不会是杨金良看到后面有辆面包车驶来，心里害怕，所以事先找地方躲了起来？"

"这个不可能，"到过命案现场的方可奇说，"碎石路两边都是菜地，没有遮蔽物，视野很开阔，根本不可能在短时间内找到藏身之处。"

"不是还有一片甘蔗地吗？"欧阳若继续反驳队长的观点，"有可能是周虎他们的面包车经过时，杨金良正好走进甘蔗地抛尸去了。"

"甘蔗地距离公园后门有两公里远，杨金良从公园后门出来走到甘蔗地，步行至少要半个小时，就算是跑步，也需要十几到二十分钟，而且他怀里还抱着一个孩子，速度肯定快不了。从公园后门出来后，杨金良只不过领先周虎他们数分钟路程，以面包车的速度，三五分钟之内，肯定能追上他。据此推测，杨金良只在碎石路上步行十分钟左右，就会被面包车追上。这时他最多走出一公里，绝不可能走到两公里外的甘蔗地。"

面对队长精确的计算，欧阳若再也提不出任何异议。

方可奇搔搔后脑勺说："其中到底是什么原因，使得周虎他们并没有在碎石路上看见杨金良呢？"

龙毅最后下结论说："那只有一个原因，就是杨金良在说谎！"

中午的时候，毕成功回到办公室向龙毅报告，说他对昨天现场勘查采集回来的数据还有一些疑问，所以今天上午又带着几个人去了现场，想不到竟然发现了一条此前警方没有掌握的新线索。

龙毅问他："老毕你又发现了什么新线索？"

老毕搓着手有点儿兴奋地说："我们对现场进行了第二次勘查，而且把勘查范围也扩大了一些，结果发现孩子最初被丢弃的地方，并不是甘蔗地，而是甘蔗地旁边的一个小粪池。"

今天上午，重新勘查现场时，老毕在离甘蔗地不远的一个小粪池边，发现了一些线索，经过痕检员实地勘查，最后确定这里才是凶手最初抛尸的地方。

凶手把孩子尸体抛弃在粪池里，因为已经多日没有下雨，粪池已干，所以孩子并没有沉入池底，而是落在了一层干粪上。后来孩子的尸体被野狗发现，两条野狗先是将尸体拖进甘蔗地，经过一番撕咬，在甘蔗地里留下许多血迹，这也是当初甘蔗地被警方当成第一抛尸现场的原因。后来孩子的尸体又被野狗从甘蔗地里拖出来，一直拖到最后发现尸体的小沟渠边。

龙毅听完，两条眉毛就拧到了一起，在办公室里来回踱了几步，忽然抬头问："真的可以确定抛尸地点不是甘蔗地？"

老毕点头，十分肯定地说："可以确定。尸体最初是被野狗从粪池里拖出来的，而且我们在粪池边提取到了一枚新鲜脚印，应该是昨天才踩上去的，是一个 37 码的女人平跟皮鞋印。"

龙毅提出假设："会不会是菜农留下的？"

老毕说："我已经问过，因为没有下雨，粪池都已经干了，那个菜农至少有一个星期没有到过粪池边，而且菜农是个男的，不可能留下女人的脚印。从孩子被丢落粪池的痕迹和那个脚印的方位来看，我可以肯定，这个脚印是抛弃孩子的人留下的，而且这个人一定是个女人。"

"这么说来，难道偷走并害死孩子的，竟然是个女人？"

老毕说："完全有这个可能。"

"可是这跟我们手里掌握的情况有很大出入啊。"龙毅把今天上午对犯罪嫌疑人杨金良的审讯结果说了。

老毕大声道："这家伙肯定在撒谎，第一抛尸现场根本就不是甘蔗地，而是那个粪池。"

"是啊，"龙毅点头说，"根据你重新勘查现场后得到的最新线索，凶手应该是个女人，抛尸地点是那个粪池。可是杨金良他为什么要——"

说到这里，龙毅忽然眼前一亮："女人？老毕你说凶手是个女人？"看到老毕点头，他一拍桌子，"我好像有了一些新发现！"

他披上外套，大步走出办公室。老毕知道有戏，朝欧阳若和方可奇招招手，三人跟着队长走出来。

方可奇快步跟上队长，忍不住问："龙队，我们去哪里？"

龙毅紧抿双唇，没有理会他，在走廊里拐个弯儿，穿过几排房子，往羁押室方向走去，最后在关押周虎和嗝屁的那间小屋前停住脚步。

欧阳若大概明白了他的意思，急忙打开铁窗户，周虎二人正在屋里打盹儿。

第十二章　再审疑凶

龙毅敲敲窗户上的铁栅栏，周虎二人惊醒过来。

龙毅说："起来，我有话要问你们。"

嗝屁跳起来笑嘻嘻地说："警官，您还有什么要问的？我保证知无不言。"

这两人知道自己这次摊上了大事，为了减轻罪行，抱定戴罪立功之心，所以对警方的调查倒是十分配合。

龙毅凑近窗前，说："你们上午说，昨天在那条碎石路上，曾经见到过一个女人，对吧？"

周虎点头说："对啊，当时我们的车还差点儿撞上她。"

龙毅问："你们大概在哪个路段遇见她的？"

周虎说："我们的车刚拐上碎石路不远，就看见她了。"

"能判断出她也是从公园后门出来的吗？"

"这个可不敢肯定。"周虎说，"公园后门口还有其他两条路，从哪条路都可以拐上碎石路。"

"好的，下面我有一个问题，你们要认真听着，想好了再回答，你们的回答对警方非常重要。"龙毅的脸色忽然变得郑重起来，盯着二人问，"当时你们有没有看到那个女人怀里抱着孩子，或者是其他包裹之类的东西？"

嗝屁抢着道："没有，她是空着手的。"

周虎也确认："是的，她手里没有拿东西。"

龙毅有点儿意外，问："为什么这么肯定？"

周虎说："我记得当时我们的面包车溅了一些泥土在她身上，我在倒车镜里看见她用两只手在身上拍打着，所以可以肯定她手里没有拿东西，要不然就没法空出手来拍打身上的泥土。"

龙毅点点头，脸上现出失望的表情。嗝屁想了一下，忽然说：“不过我看见她背上背了一个双肩包。”

龙毅问：“是一个什么样的包？”

嗝屁一边回想着，一边说：“是一个黑色背包，不是很大，但好像也不是很小的那种。”

“大约有多大？”龙毅进一步确认。

“大概有这么大吧。”嗝屁用戴着手铐的手在空中比画了一下。

龙毅看了，大约有一尺半高，一尺宽。

“你们看清她的脸了吗？”他又问。

嗝屁摇头说：“没有。当时我们也是心惊胆战的，根本没有仔细看，只记得好像是一个中年妇女。”

“对，应该是一个中年女人，”周虎说，“她身上穿着一件蓝色长外套。”

“她穿的什么鞋？”龙毅突然问。

周虎和嗝屁都愣住了，过了半天，嗝屁才歪着头说：“好像是一双皮鞋吧，应该是平跟的那种。”

“为什么这么说？”

“走那样的路，谁也不敢穿高跟鞋啊，随时有可能崴到脚。”嗝屁说，“当时那女人走得挺快的，好像很匆忙的样子，我们的车溅了她一身泥尘，她也不吭声，换了别的女人，早就问候我们祖宗十八代了。她走得那么快、那么急，而且又是走的坑洼不平的碎石路，所以我猜她穿的肯定是平跟鞋。”

龙毅目光如电，盯着他道：“也就是说，你并没有亲眼看见，只是臆测而已。”

“臆测是什么意思？”

嗝屁挠挠头，不好意思地问。

“就是凭想象推测的意思。”欧阳若告诉他。

“对对对，我就是猜的，”嗝屁笑笑说，“你说我连她长什么样都没记住，哪能记住人家穿的什么鞋。”

龙毅点点头，没有再问任何问题，转身就走。欧阳若、老毕和方可奇三人只好快步跟在他身后。

“你们觉得，那个穿蓝色外套的中年妇女背上的背包，有可能装下一个六个月大的婴儿吗？”

龙毅沉默几分钟后，忽然问三个属下。

欧阳若已经明白队长的意思，说：“如果背包真有嗝屁比画的那么大，装下一个婴儿肯定没有问题。”

方可奇也明白过来，问：“龙队，你怀疑那个中年女人，才是害死孩子的凶手？”

“对，”老毕替队长回答道，“那个女人是把孩子装在背包里偷走的，因为怀抱孩子在外面行走目标太大，很容易被人发现，如果把孩子装进背包，就不容易被人看见。”

“那杨金良呢？”龙毅回头瞧了他们三人一眼，问，“他为什么要承认孩子是他捂死的，而且抛尸人也是他？”

欧阳若说：“周虎并没有在碎石路上看见他，而且他供述的抛尸地点也与我们现场勘查的结果不相符，所以基本可以肯定他并没有抱着孩子在碎石路上行走，后面‘不小心捂死孩子忙乱中抛尸甘蔗地’这一段，很可能是假的。”

龙毅道：“可是他确曾在婴儿车旁出现，只有他才有机会抱走孩子。”

欧阳若思索着说：“这我就不明白了，为什么抱走孩子的是他，而带走孩子并且抛弃尸体的，又是另一个中年妇女，难道两人……”

龙毅知道她往下要说什么，点头道：“对，你说得没错，唯一合理的解释是，他们是合伙儿作案。杨金良负责将孩子从公园里偷出来，在后门口交给那个中年妇女，那个女人再迅速将孩子装进背包，沿着菜地中间那条无人的碎石路逃走。”

老毕问：“那孩子又是怎么死亡的呢？”

龙毅皱眉说：“目前还不清楚他们的目的到底是偷孩子，还是杀孩子。如果是为了偷走孩子，那孩子的死应该就是个意外，如果他们的本意就是杀死孩子，那这就是蓄意谋杀了。”

方可奇问：“现在杨金良为什么又承认孩子是他杀死的呢？”

龙毅说：“这个就简单了。他被抓之后，自知罪责难逃，为了掩护同伙，干脆一个人揽下所有的罪行。可是他那个同伙事后并没有把具体的抛尸地点告诉他，他听我们说孩子的尸体是在甘蔗地里发现的，所以就随口编造出自己把孩子抛弃在甘蔗地的谎言。”

方可奇恍然大悟地点头说：“原来他是在掩护自己的同伙，看来他和那个女人的关系不一般啊！”

“这个案子越来越精彩了。”老毕一副脑洞大开的表情，说，“杨金良的老婆是个保姆，负责照顾乔家的孩子，杨金良把老婆照顾的孩子偷出来交给另一个女人，那个女人把孩子弄死了，杨金良为保护她就干脆承认是自己杀死了孩子……这都不用编剧加工，直接可以拍电视剧了。”

杨金良很快被再次带进审讯室。

他一脸不耐烦的表情，说：“你们干吗来来回回折腾我老人家，该交代的我都已经交代了，孩子是我不小心捂死的，尸体丢在了甘蔗地里，你们赶紧判我死刑吧，我绝不喊冤。”

龙毅脸色一沉，猛地一拍桌子起身道：“杨金良，请你把态度放端正一点儿，警察办案岂容儿戏？”

杨金良吓了一跳，张开嘴巴望着他，竟再也不敢说话。

“那个孩子，真的是你捂死的吗？”龙毅坐下，盯着他问。

杨金良愣了半晌，才明白龙毅是在问自己，他仍旧张着嘴没有说话，只是怔怔地点头。

龙毅又问：“你真的把孩子的尸体，丢在了甘蔗地里？”

“是……是的，”杨金良想尽量表现出果决干脆的样子，但他的语气却有些犹豫，“是丢在了甘蔗地里。”

“你在撒谎！”龙毅一拍桌子，桌上的茶杯都震动起来，“抱着孩子在那条碎石路上奔走的人，根本不是你，而是另一个女人，丢弃孩子的人也不是你，也是这个中年女人。而且抛尸地点根本不是你说的甘蔗地，而是一个小粪池。”

“你……你说什么？”杨金良像被针刺了一下，他猛地一哆嗦，眼睛瞬间睁大，抬头看着他，“孩子真的是被另一个女人杀死的？”

“是的，经过我们调查，现在基本确定是一个穿着蓝色外套的中年女人，她用背包背着孩子沿着那条碎石路走到甘蔗地附近，将已经被她捂死的孩子扔在了一个粪池中。”

“哎哟，警官，你早点儿说嘛！”杨金良坐在审讯椅上，忽然呵呵直乐，

“你早点儿说了，我就不用自己给自己安上杀人的罪名了嘛，你看这多危险，害得我差点儿就成了杀人犯。”

“这是在审讯室，请你严肃点儿！”欧阳若用手里的钢笔敲敲桌子，“现在我们怀疑是你把孩子从公园里偷出去交给那个女人，再由那个女人带走的。你跟那个女人是一伙的，对吧？”

“啊？”

杨金良一愣。

“快说，那个女人是谁？你们是怎么认识的？”

“那个女人？哪个女人？”杨金良好半天才反应过来，有点儿急躁地说，“哦，原来你说的是害死孩子的那个女人，我不认识她啊，我跟她一点儿关系也没有，更没有把孩子从公园里偷出来交给她。昨天我就跟你们说过了，当时我只是站在婴儿车旁边看看孩子，根本连碰都没有碰过她，更没有把她抱给别人。”

龙毅问：“那你为什么又要承认孩子是你不小心捂死的，还言之凿凿地说你把孩子的尸体丢弃在了甘蔗地里？”

杨金良“嘻嘻”笑着，一个劲地道歉说：“对不起警官，是我骗了你们。我之前承认自己是害死孩子的凶手，那也是无奈之举，我其实是在保护我老婆。”

第二卷

血色婴孩（下）

第一章　蓝衣女人

杨金良告诉警方说，其实昨天上午他真的只是在婴儿车旁边站了一小会儿。如果一定要将时间计算得更精确，估计前后时间不会超过三十秒。他只看了孩子一眼，就赶紧从公园后门溜走了，他根本没有碰过孩子。昨天他被抓之后，一直都是这样告诉警察的。他本来以为这只是一场误会，警方很快就会查明真相放他回去，所以他一点儿也不担心。

但是到了今天早上，孩子的母亲丁剑兰跑到羁押室来闹事，他听丁剑兰说孩子出事的前一晚，她曾跟管香菊吵过架，而且推倒过管香菊。他不由得心里一沉，忽然想起一个细节。

昨天上午在明珠公园，他看见管香菊上厕所，就溜到婴儿车边，隔着防风罩“咯咯咯”地逗一下孩子，可是当时孩子没有一点儿反应，似乎睡得正熟。甚至有一瞬间，他还产生了一种错觉，觉得这孩子是不是死了呢？当时他并没有细想。

后来听了丁剑兰的话，再想到这个细节，他心里忽然冒出一个念头：莫非那个时候孩子就已经死了？如此一来，害死孩子的人，就只能是他老婆管香菊。难道管香菊是因为跟女主人吵架而怀恨在心，捂死孩子以发泄自己心头之恨？

后来他又想到，警方曾告诉他，除了他接触过孩子，再没有别人。孩子不是他害死的，那么唯一可能的凶手，就只剩下他老婆管香菊了。想到这里，他自己也吓了一跳。

他是农民出身，考虑事情比较简单，一旦认定管香菊是害死孩子的凶手，他心里想的，就只有怎样在被警方发现之前，替老婆把这件事隐瞒下来。想来想去，他觉得要想保护老婆，最好的办法就是由他来顶罪。

所以他很快就向警方承认是自己偷走孩子并且不小心将其捂死的，因为他听警察说过孩子是在公园后面的甘蔗地里发现的，所以他就告诉警方，是他把孩子的尸体丢弃在甘蔗地里的。

他一心为老婆顶罪，本已抱定必死之心，这时忽然听说害死孩子的凶手并不是管香菊，而是另有其人，对他来说不啻喜从天降。他这心里头，一下就轻松了。

面对杨金良的突然翻供，龙毅和欧阳若等人都觉意外。

杨金良见他们脸上都露出将信将疑的表情，忙道："几位警官，你们一定要相信我，我说的都是真话，我完全是为了保护我老婆才承认自己是凶手的，其实我根本没有碰过那孩子，更没有捂死她，要不然我怎么会连抛尸地点都搞错呢。"

见他一脸诚恳的表情，龙毅被他弄得彻底没了脾气，虎着脸说："你知不知道提供虚假证词证言，误导警方办案，也是一种犯法行为？"

"知道知道，这个我知道，"杨金良低头认错，态度良好，"我知道我错了，我不该撒谎欺骗警察，我保证这一次我说的绝对是真话，我再也不会骗你们了。"

龙毅本以为那个神秘的中年妇女跟他是一伙的，只要对杨金良详加审问，肯定能找到那个女人的身份信息，想不到现在竟然是这样一个结果。

龙毅看了杨金良一眼，在心里权衡一下，觉得他这次说谎的可能性比较小，又问了他几句，基本没有什么新的线索。龙毅只好挥挥手，让门口的两名警察把杨金良带下去。

"你们觉得他这次说的是真话吗？"等杨金良离开后，欧阳若忍不住问大家一句。

方可奇点头说："我觉得应该是真话，龙队你觉得呢？"

龙毅说："通过我的观察，我也觉得他说谎的可能性比较小。"

老毕叹口气说："这案子可是越审越复杂了。"

龙毅明白他的意思，如果杨金良不是那个蓝衣女人的同伙，那么那个蓝衣女人应该就是单独作案，从公园里偷走孩子再到捂死孩子丢弃尸体，应该都是她一个人完成的。那么现在急需搞清楚的问题是，她是在什么时间、用怎样的方法将孩子偷走的？

据杨金良说，管香菊上厕所之后，他只在婴儿车旁边站了不到三十秒。

而周虎二人看见杨金良在婴儿车边，又在假山后面躲了三分钟左右，才重新探出头来查看。也就是说，杨金良离开婴儿车后，有两分多钟的时间，婴儿车周围的情况是无人看见的。

显然那个女人就是在这两分多钟里，将孩子从婴儿车里抱起并装进背包后带出公园，走上公园后面那条碎石路的。

龙毅将自己的推理说出来后，欧阳若和老毕都点头同意，只有方可奇发出疑问："难道孩子不会发出哭声吗？就算她当时已经睡着，被那女人这么一弄，哪有不醒来的道理？"

"这个问题不难解决，"欧阳若说，"估计那女人用了什么迷药之类的，事先在孩子口鼻上捂一下，就可以让孩子一直处在昏睡之中短时间内不会醒来。"

"现在一切的疑点，都集中在那个神秘的蓝衣女人身上了。"老毕向队长提议说，"龙队，看来以后我们要重点针对这个女人展开调查了。"

"这个是必须的。"

龙毅一边走出审讯室，一边给三名属下交代任务："老毕，你继续盯着技术科那边，看看除了那枚脚印，还能不能从现场找到一些其他有用的线索。小若，你带着方可奇和其他同事去调查那个蓝衣女人的身份，要重点走访公园附近的居民，看能不能找到线索。她是我们现在掌握的唯一的，也是最大的犯罪嫌疑人，无论如何也要把她找出来。"

等三名属下分头行动之后，龙毅想了一下，又拿出手机，给受害人家属丁剑兰打电话，告知她案情的最新进展。

他在手机里说现在已经证实杨金良跟这个案子无关，警方锁定一名穿蓝色长外套、当日曾在碎石路上行走的女人有重大作案嫌疑，并且问她心里有没有什么值得怀疑的对象。

这时丁剑兰正在单位开会。尽管女儿出事让她难掩悲伤，但她生性要强，不想缺席单位的任何一个重要活动。

她走出会场接听电话，想了一下之后说："穿蓝色外套的女人？我好像没什么印象。"

挂断电话后，她在心里骂了一句："这些警察也真是无能，竟然把寻找线索的希望寄托在受害人家属身上。只在电话里说'一个穿蓝色长外套的女人'，没有一点儿其他具体的线索，我就是神仙也不可能知道这个女人是谁啊！"

她转身走到会议室门口，这时手机又响了，她以为又是警察打过来的，就对着电话恼火地道："我已经说了我不认识什么蓝衣女人，寻找线索是你们警察的事……"

电话那头的人略显尴尬地咳嗽一声，说："我是四眼。"

"四眼？"

丁剑兰一愣。

对方说："四眼侦探。"

丁剑兰这才想起来，原来对方是昨天受自己委托去调查丈夫婚外情情况的私家侦探。

她顿了一下，说："原来是你，有什么消息吗？"

"我已经调查到一些情况，想向你当面汇报。"四眼侦探说，"我就在你们单位对面的怡情茶吧等你。"

丁剑兰有点儿意外，她记得昨天好像并没有告诉对方自己的工作单位。

"你怎么知道我在哪家单位上班？"她奇怪地问。

四眼侦探笑笑，说："这点儿小事能难倒我堂堂四眼大侦探吗？丁副局长，我不但知道你在教育局工作，而且知道今天虽然是星期日，但你们单位临时召开重要会议，所有局党委委员都得回单位开会。"

丁剑兰不由得倒抽一口凉气，看来这个其貌不扬的四眼侦探，能耐还挺大的。

她往会议室那边望一眼，局长讲话的声音老远就能听见，她对着电话说："我很快就开完会，你稍等，我一开完会马上过去。"

四眼侦探说："你最好快一点儿，要不然就会错过一场精彩的好戏。"

十来分钟后，局长宣布散会。丁剑兰快步走出单位，果然看见对面大街上有一家怡情茶吧，她平时在单位里进进出出，竟然完全没有注意到对面有这么一家店。

她走进茶吧，一抬头就看见四眼侦探正坐在那里向她招手。她走过去在他对面坐下，问："这么急着找我，到底是什么紧急情况？"

四眼侦探喝了口茶，从皮包里拿出几张照片摆在桌子上，这是几张连拍照片，显示的是一个漂亮长发女郎走进一辆红色跑车，开车远去的几个连续的镜头。

四眼侦探把照片往她面前推一下："照片上的这个女人，你认识吗？"

丁剑兰低头看了一下，首先认出了那辆红色跑车，接着又认出了开车的女人："这个女人我不认识，但是见过。前天晚上，就是她开着这辆车送我丈夫回家的。"

"你知道她是谁吗？"

"听我丈夫说，是他们学校的一个老师。"

"看来你丈夫只告诉了你一半真相。这个女人名叫蒋芸芸，今年26岁，原本是市少年宫一位编外教师，去年你丈夫帮助她考到教师资格证，并将其招聘到二中做音乐老师。同时……"四眼侦探看着丁剑兰，像是揭露谜底一样，说，"她也是你丈夫的情人！"

"什么？"丁剑兰手一抖，手中茶杯差点儿掉落下来，"他……他真的在外面有别的女人了？"

"据我调查，他们是从今年初开始交往的。"

丁剑兰想了一下，那正是自己生孩子前后的那段时间，也正是自己发现丈夫经常背着自己鬼鬼祟祟给某个女人打电话的那段时间，她当时已经觉察到丈夫的异常，看来女人的直觉还是很准的。

四眼侦探说："距离二中不远的那家远景大酒店，是他们最常去约会开房的地方。现在到酒店开房，必须身份证实名登记。每一次都是你丈夫先去开好房间，然后蒋芸芸再进入酒店。我查到了你丈夫的开房记录，今年以来，他在这家酒店开房次数已经超过二十次。"

"你是怎么查到的？酒店的入住登记资料不是每个人都能看到的吧？"

丁剑兰盯着他，忽然有点儿怀疑这个家伙是不是故意捏造事实，来骗自己的钱。

"怎么你们女人都这样，既怀疑丈夫有外遇，但又怕自己的怀疑得到确认。"

四眼侦探把自己的手提电脑打开，登录一个收费的开房记录查询网，输入乔谦的名字后，里面果然罗列出一串其在南州远景大酒店的入住登记信息。

丁剑兰凑近看了一下登记人身份证号，果然是她丈夫。再看最后一条开房记录，居然就是在昨天。她忽然有一种喘不过气来的感觉，好像身体就要爆炸一样。

四眼侦探看着气得浑身发抖的丁剑兰说："丁副局长，请不要太激动，因为这些都不是我今天要向你汇报的重点。"

丁剑兰胸口剧烈起伏，喝了一大口水问："那你要说的重点是什么？"

"我想告诉你的重点是，你丈夫今天又在这家酒店开房了，因为是最新记录，所以现在网上还查不到。但是我在那家酒店有熟人，所以能打听到这个消息。"

"昨天不是才开过房吗？"丁剑兰几乎不敢相信，"怎么今天又去开房？"

"听说昨天你家里出了点事，对吧？"

丁剑兰想起女儿的事，不由得伤心地点点头。

"这就对了，估计昨天他开好房了，但因为家里有事，最后没有去幽会那个女人，所以今天接着再来。"四眼侦探看看手表，说，"估计这个时候，你丈夫应该跟那个蒋芸芸已经在酒店房间里了。"

"知道房间号吗？"

"908 房。"

丁剑兰起身就走。

"你要去哪里？"四眼侦探明知故问。

丁剑兰愤怒地说："我要去远景大酒店，把这一对狗男女捉奸在床，看他还怎么抵赖？我还要把他们的丑事拍下来，放到网上去！如果没有我，如果没有我爸，他还是一个无爹无妈的乡下穷小子，我能给他一切，他敢背叛我，我也能一巴掌把他打回原形！"

四眼侦探在后面叫："你还有一半钱没有付给我呢。"

丁剑兰说："放心，我会用手机银行转给你的。"

第二章　捉奸在床

远景大酒店的地址，丁剑兰当然知道，就在二中附近的一条大街上。

当她开着自己的白色东风本田，经过她丈夫任校长的二中门口时，她下意识地朝学校里望了一眼。今天虽然是星期天，但仍有高三年级的学生在校补课，操场上还可以看到许多学生的身影。她没有停留，小车在学校门口拐个弯儿，继续往酒店驶去。

就在这时，她忽然想起一件事，刚刚四眼侦探拿出的那几张照片里，那个开红色跑车的女人，身上穿的好像是一件蓝色衣服。

“蓝色外套？”

她心中一动，猛地踩下刹车，小车停在了大街上。

警察不就是在找一个穿蓝色外套的女人吗？难道这个姓蒋的女人，就是害死我女儿的凶手？乔谦你这个浑蛋，在外面玩女人也就罢了，居然还把女儿也……

她心里的万丈怒火再次被点燃，马上掏出手机给刑警大队那个叫龙毅的大队长打电话：“喂，龙大队长，我好像知道你问的那个蓝衣女人是谁了。”

“是谁？”

龙毅似乎有点儿意外。

“她就是……”在准备说出蒋芸芸的名字和她不光彩的身份之前，丁剑兰又犹豫了，最后说，“其实我现在也不太肯定，还是等我先调查清楚，再告诉你们警方。”

挂了电话，她一踩油门，小车猛地朝前蹿了出去。十来分钟后，白色东风本田一直开到了远景大酒店门口。门前的保安一个劲地朝丁剑兰挥手，示意她把车停在旁边的停车场。

丁剑兰哪有工夫理会他，就地停车后急匆匆走进酒店，跑进电梯直奔9楼。

四眼侦探告诉她，乔谦订的房间是908号。

丁剑兰上到9楼，找到908房，房间门是关上的，门口挂着“请勿打扰”的牌子。

侧耳一听，房间里隐约传出电视机的声音。

她知道屋里有人，站在门口手抚胸口重重地吐一口气，然后开始敲门。敲了两下，忽然想起这个时候不应该跟屋里的狗男女客气，于是直接改用拳头砸门。“砰砰砰”地砸了几下，屋里电视机的声音陡然没有了，但并没有人出来开门。

这无异于火上浇油，丁剑兰连脚都用上了，对着房门拳砸脚踢，嘴里还大叫道：“屋里的狗男女，快点儿开门，老娘今天非收拾你们不可！”

她闹出这么大动静，自然惊动了酒店保安，一名女服务员和一名男保安从服务台走过来，想要拦住她。

丁剑兰甩给他俩一人一张百元大钞，说：“你们来得正好，我老公和一个狐狸精在屋里偷情，我是来捉奸的，你们给我做个见证。”服务员和保安拿着钱，一时之间不知该怎么办。

丁剑兰又在门上踢了几脚，大声喊道：“快点儿开门，要不然我就打电话报警，让警察来抓你们这对不要脸的狗男女！”

房间的门终于“咔嚓”一声打开一条缝，丁剑兰一脚将门踹开，大步闯了进去。

房间里有一个年轻女人，披散着头发，身上虽然穿着衣服，但看上去有些凌乱，显然是刚刚才胡乱套上身的，脸上全是惊慌的表情。

丁剑兰上下打量她一眼，没错，就是那个开红色跑车的女人。

“你……你想干什么？”那个女人看看她，惊怯地问。

丁剑兰一肚子气正没处撒呢，上前扯住她的头发，用力把她掼倒在床上：“你叫蒋芸芸是吧？臭不要脸的女人，屋里那个男人呢？”

“没……没别的人，就我一个。”蒋芸芸见她拿出手机拍照，急忙用手把脸捂住。

“臭婊子，还敢骗我，屋里就你一个人怎么不敢开门？你看你身上这衣服都穿反了，是不是我打扰了你们的好事啊？”

丁剑兰一巴掌打过去，蒋芸芸从床上掉下来，吓得坐在地上大哭起来。

丁剑兰满屋子找了一遍，连床下和衣柜里都看了，并没有看见乔谦。

她想人会不会从窗户逃走了，走近窗边一瞧，窗户外面没有任何支撑物，而且这里是9楼，不可能有人能从窗户爬出去。

她一回头，看见洗手间的门关着，心里就知道怎么回事了，冲过去一脚踹开洗手间的门，气势汹汹地叫道：“乔谦，你这个畜生，给老娘滚出来，看我不扒了你的皮！”

“你闹够了没有？”在她的骂声中，一个只穿着短裤的男人光着脚，从洗手间走出来，瞪她一眼，“简直是胡闹！”

“爸，怎么是你？”

丁剑兰睁大眼睛往后退了一步，脑子忽然有一种短路的感觉。

这个男人，居然是她那个副市长老爸！

丁副市长全名叫丁树人。此时丁树人的脸色比煮熟的猪肝还难看，怒声道：“你想拍什么？”

丁剑兰一怔，这才发现自己手里还举着手机，正对着老爸拍摄，她忙关了手机拍摄功能，手忙脚乱地塞进口袋。

她踉踉跄跄后退几步，一屁股坐在床上。扭头一看，才发现蒋芸芸已经悄悄离开，房间里只剩下他们父女俩。

丁树人胡乱地找件衣服披在身上，然后满脸不高兴地问女儿：“没事你跑到这里来胡闹什么？”

丁剑兰委屈地说：“我以为是乔谦他……所以就……”

丁树人叹口气说：“看来乔谦办事还是不够周密啊，居然留下线索让你找到这里来了。”他看了女儿一眼，低声哀求说，“你可千万别告诉你妈，她有心脏病，万一……”

听到这里，丁剑兰已经大致明白是怎么回事了。

一定是她爸看上了在少年宫当编外教师的蒋芸芸，所以授意女婿乔谦把她弄进二中当老师。他跟蒋芸芸到酒店幽会，不敢自己开房，所以叫乔谦去帮他订房间。乔谦一向对这位严厉的岳父大人心存感激和敬畏，他交代的事，这个女婿不得不做，而且做完还得为他保守秘密。难怪那个蒋芸芸年纪轻轻，就有钱买豪华跑车，看来这个丁副市长出了不少力。

“爸，你可是堂堂副市长，居然跟一个女人明目张胆在酒店……就不怕被人知道吗？”丁剑兰气呼呼地问。

“你放心，我做足了安全措施，是乔谦帮我订的房间，我进出酒店的时候都戴了大墨镜，就算被监控拍下，也没有人能认出我来。”丁树人停顿一下，声音忽然变得柔软起来，“小蒋她已经怀了你弟弟，我正准备给她买一套房子，以后就不用再到酒店来……”

“我弟弟？”丁剑兰差点儿气得吐血，“爸，你看你都到马上要退休的年龄了，可千万不能晚节不保啊。还把我们家乔谦拉下水，害得我差一点儿误会他……你赶紧跟那个女人撇清关系，要不然我就告诉我妈。”

“你这孩子……”

丁树人叹口气，一时间说不出话来。

“还有，你要是再跟这个蒋芸芸来往，我也不认你这个爸了。您自己看着办吧！”

说完这句话，丁剑兰摔门而去。

走出酒店大门，她刚吐出一口气，手机响了，一接听，是丈夫乔谦打来的。

乔谦在电话里说：“剑兰，你在哪里？打你电话也不接，我问你们单位的人，他们说你开完会早就离开单位了。我们都在家里等你回来吃饭呢。”

丁剑兰翻了一下手机，才发现十分钟前丈夫给她打过电话，不过当时她正在大闹908房，没有听到手机铃声，所以没有接听电话。这时忽然听到丈夫关切的声音，心里五味杂陈，竟生出几分愧疚之意。

她说：“下午警察给我打电话说，害死我们女儿的可能是一个穿蓝色外套的女人，我心里有一个怀疑对象，所以自己出来调查一下，现在已经证实是我自己弄错了。我马上就回家！”

坐进自己的车里，她想了一下，又给刑警大队大队长龙毅发了一条短信，说自己已经调查过那个怀疑对象，原来是一场误会，并拜托警方一定要全力以赴，尽早破案，还女儿一个公道。

收到短信时，龙毅正在单位食堂吃饭。

他原本以为丁剑兰真的能给自己提供一些有用的线索，看完短信，不免有些失望。

第二天是星期一，上午的时候，欧阳若和方可奇回到刑警大队，向队长汇报了各自的调查情况。

两人一起到明珠公园门口那家好宜佳便利店，再次查看了案发当日便利店门口监控摄像头拍摄到的所有画面，并没有看见他们要找的犯罪嫌疑人从正门进入公园，所以可以判定，疑犯作案时是从后门进出公园的。同时也从侧面说明嫌犯绝不是临时起意，仓促作案，而应该是精心预谋的。

后来欧阳若和方可奇又分头走访附近群众，问案发当日上午是否见过一个穿蓝色长外套、背黑色背包的中年妇女，被调查的群众有的说不记得了，有的说没有注意到这样一个人。

两人又去问在公园后面的菜地种菜的菜农。当天上午，有三四个菜农在那片菜地干活儿，但因为他们所处的位置距离碎石路都比较远，就算路上有人走过，他们也看不大清楚。

两人调查了一圈儿，实际上没有任何收获。

龙毅没有说话，一直认真听着两人的情况汇报，眉头时蹙时舒，好像是想要从两人话语中揪出什么特别的线索来一样。

等两人说完，他在办公室窗户前踱了几步，突然抬头说："凶手很可能就住在公园正门附近。"

"为什么？"欧阳若和方可奇同时发问，实在不明白队长为什么会从他们的汇报中得出这么一个结论。

"我问你们一个问题，"龙毅看着两名属下问，"凶手偷走孩子的时候，走的是后门，这个可以理解，因为作案地点离后门更近，而且后门口基本没人，她抱着孩子走后门，可以防止被别人瞧见。但是她进入公园的时候，为什么也要走后门呢？其实那时候公园正门口也很冷清，而且公园没有安装监控摄像头，就算她大大方方地从正门进入，也绝不会有人特别注意她。可是她为什么偏偏要绕个大圈儿，从公园后门进入呢？"

方可奇想了一下，说："这个可能是因为心理作用吧，就像小偷明明知道正门没有人，但还是喜欢从后门潜入作案一样。”

“你觉得呢？”

龙毅把目光转向欧阳若。

欧阳若思索着说：“会不会是凶手知道便利店门口有监控摄像头可以拍到公园正门？”

“对，凶手很可能知道这一点。”

方可奇也明白过来，说：“这样说来，凶手应该是一个经常到那家便利店买东西的人，要不然是很难发现便利店这个小秘密的。”

龙毅说：“所以我才推断，凶手极有可能就住在那家便利店附近。我们下一步的工作：第一，走访便利店店主，看他是否对嫌犯有印象；第二，围绕那家便利店四周一公里范围内展开摸排调查。”

“还有，”他想了一下，又补充说，“尤其要重点排查便利店周边的出租屋，我有一种预感，凶手很可能是外地人。”

第三章　失踪租客

欧阳若和方可奇来到明珠公园大门旁边那家好宜佳便利店，把疑犯的几个特征跟老板说了，问他对这样一个女人有没有印象。

老板想了一下，摇头说："好像没什么印象，就算她真的来过我这里买东西，我这里一向顾客比较多，也不一定能记住。"

方可奇补充说："她可能不是本地人。"

店老板就笑了，说："住在这周边的外地人多了去了，有的已经在这里买房，有的是租房住，我这店主要就是做外地人的生意。"

欧阳若换了一个问题，问店主道："那有谁知道你门口的监控可以拍到公园正门？"

老板搔搔后脑勺说："这个就不太清楚了，我们店监控视频显示器就放在柜台里边，你也看见了，顾客来付账的时候，只要稍微留心一下，就能看到三个监控摄像头所拍摄到的画面。如果有心，我想谁都不难看到其中有一个镜头一角刚好拍到了公园正门。"

方可奇还是不死心，他把便利店内外监控近几日拍到的视频都用快进的方式播放查看一遍，并没有发现可疑人物。事实上他心里也清楚，如果凶手真的来过，她也不可能正好穿着作案时穿的那件蓝色外套，背上还背着那只黑色背包。只要她身上没有这两个明显特征，那他就算在视频中看见了这个女人，也无法确认她就是自己要找的人。

走出便利店，他对欧阳若抱怨道："师姐，现在我们仅仅知道凶手是一个中年女人，穿蓝色长外套，背黑色背包，没有一点儿其他具体的线索，再找下去也只是浪费时间。"

欧阳若笑着拍拍他的头说："别泄气，其实我们警察办案，百分之九十九的工作，都是在浪费时间，但如果没有这百分之九十九的付出，就永远不会得到那百分之一的真相。”

方可奇似懂非懂地点点头，说：“听你这么一说，好像也有些道理。”

欧阳若拿出地图，以明珠公园为中心，划定周围一公里的范围，然后和方可奇分头展开行动，挨家挨户进行走访调查，尤其是外来人口聚集区，更是问得小心细致。

走了一大圈儿，问询了几百户人家，欧阳若并没有得到半点儿线索，眼看天色将晚，正准备下班，明天再接着调查，忽然手机响了，一看，是方可奇打来的。还以为这家伙要请自己吃晚饭，谁知他却在电话里兴奋地说：“师姐，我好像发现了一点儿线索，但我自己摸不太准，你能不能过来一下？”

欧阳若问他在哪里，他说在县前路 104 号。

县前路是一条老街，就在明珠公园东边不远，街上都是老房子，里面的住户大多已经买了新房搬出去住了，而旧房专门用来租给那些做生意或打工的外地人。

欧阳若来到县前路，104 号是一栋三层小楼，一、二楼开着一家小餐馆，从厨房里冒出的油烟早已将整栋房子熏得油腻腻、黑乎乎的。方可奇正带着一个戴老花镜的老头儿站在台阶上等她。

方可奇指着老头儿向她介绍说：“他是这栋楼的房东柄伯。”

这栋三层小楼是柄伯名下的房产，他在这里住了五十多年，现在已经搬出去跟儿子住，这栋楼如今已经全部租出去，一、二楼租给人家开餐馆，三楼装修成三个单间，分别租给三个租户居住。其中有一个叫向春枝的女租户，本来住得好好的，前天，也就是上个星期六早上，突然打电话说要退房。

柄伯说：“这个女人已经在这里住了大半年，并且已经提前交完两个月房租，这个月才刚刚住到一半，就突然退房，还说多交的房租和押金都不用退了。我当时就觉得有点儿奇怪，所以这位小伙子来问我的时候，我就跟他说了。”

方可奇说：“当时我一听，就觉得这事有点儿异常。柄伯跟我说，这个叫向春枝的女人，四十多岁的样子，是外地人，而且她退房的时间，正好是乔谦家孩子出事的那天早上。我觉得这也太巧了。但是这个女人是不是喜欢穿蓝色长外套，柄伯就不知道了。”

“这确实是一条重要线索。”欧阳若把头转向老人，“柄伯，你刚才说三楼共有三个租户对吧？那么除去这个突然退房的向春枝，还有另外两个租户，麻烦你带我们上楼看看。我有几个问题想问问他们。”

柄伯说：“行，没问题。另外两个租户，一个是单身打工妹，也是外省人，一个是从我们市下面镇上进城陪儿子读高中的中年夫妻，在附近街上卖羊肉串。”他看看表，“这个时候，他们都应该在家里吃晚饭吧。”

柄伯一路絮絮叨叨地上楼，欧阳若和方可奇跟在后面。

楼梯连着三楼阳台，阳台被改成一个小走廊，三个房间的门都向走廊开着。

欧阳若站在走廊里看了一下，中间的房门是锁上的，两边房间的门都开着。

柄伯说：“中间那间房，就是向春枝住过的，因为暂时还没有人要租，所以我也一直没来看过。”

欧阳若让柄伯拿钥匙打开中间的房门，在门口打开电灯。

屋子有二十来平方米，里面摆着床、衣柜和桌子等一些简易家具。

方可奇抬脚要往里走，欧阳若拦住他说：“这屋里应该还留有那个女人的脚印，千万别被我们破坏了。你赶紧打电话，通知老毕带技术科的人过来，看看她留在房间里的脚印是不是跟我们在菜地孩子尸体被发现的现场找到的脚印相同。”

方可奇立即走到一边打电话，欧阳若拿出两个白色塑料袋裹住鞋子，沿着墙边小心走进屋，屋子里胡乱扔着几件衣服，还有一些生活用具，看得出那个女人离开得很匆忙。

她戴着手套在房间里翻看了一下，并没有什么特别的发现。

从向春枝的房间走出来，来到隔壁房间，一个穿灰色工作服、背上印着某某制衣厂字样的年轻女人，正在用电饭锅煮饭，看见房东领着两个警察走进来，不由得吓了一跳。

欧阳若朝她摆摆手，示意她不用紧张，接过她递来的凳子坐下后问她跟隔壁房间住的向春枝熟不熟。

年轻女人摇摇头，说：“不熟悉，只是偶尔在楼道里相遇时打过招呼。”

再问她：“知道那个女人做什么工作吗？平时有没有什么人来找过她？”

年轻女人说：“她好像没什么正式工作吧，整天都在这附近大街上闲逛，好像也没有什么人来找过她。”

“前天早上，她退房离开时你知道吗？”欧阳若问。

年轻女人摇头说：“不知道。我白天要上班，一般很早就出门了，傍晚才下班。如果她是早上走的，那我应该不在家。”她把饭勺在电饭锅里搅一下，又说，“你们去问问另外一个租户，他们晚上才出去摆摊，一般白天都在家的。”

欧阳若向她道过谢，来到另一个租户家。

那一对中年夫妇已经吃过晚饭，扛着烧烤工具，正准备出门摆摊，欧阳若向他们道明来意。

这对夫妻回忆一下后，丈夫说：“那个女人吧，确实是前天早上离开的，是早上八九点钟，具体时间我记不大清楚。当时我正在走廊里穿羊肉串，看着她下的楼。”

“她走的时候，穿的什么衣服，是什么样的打扮，你还记得吗？”

那个男人摸摸被油烟熏黑的脸说：“当时……她好像穿着一件蓝色衣服，背上还背了一个包，对，是一个黑色背包。”

欧阳若和方可奇对望一眼，两人心头一阵狂跳，警方调查了这么久，这是第一次明确从被走访群众口中听到“穿蓝色衣服，背黑色背包”这几个字。

方可奇目光闪动，朝师姐露出会心一笑，似乎终于明白那种付出百分之九十九的时间，最后终于找到百分之一的真相的感觉。

这时楼下开来一辆警车，老毕带着技术科的人赶到了。

欧阳若指着中间那间房说：“这就是犯罪嫌疑人住过的房间，你们看看能不能从里面找到她的脚印、指纹或其他线索。”

她忽然想到什么，又拿过柄伯的手机，查看前天早上的来电显示，发现那个女人是用一个本地号码跟柄伯通话的，再一查，该号码竟然来自县前路的某个磁卡公共电话亭。

欧阳若又问柄伯：“当初这个向春枝入住的时候，有没有跟她签订房屋租赁合同？”柄伯说：“签了的。”欧阳若问：“那她有没有在合同上附上自己的身份证复印件？”

柄伯一拍脑袋说：“瞧我这记性，都忘了这茬儿。有的有的，当初她确实把身份证复印了一份交给我。”他立即打电话给家里的儿子，叫儿子把那份合同送过来。

不大一会儿，柄伯的儿子开着摩托车把合同送来了。欧阳若看了，合同后面确实有租房人的身份证复印件。

从身份证上看，那是一个圆脸微胖的中年妇女，叫向春枝，今年 42 岁，是湖南省吉首市人。方可奇说："有了这个身份证，就肯定能把她揪出来了。"

欧阳若说："这倒未必，我看我们还是不要乐观得太早了。"她把那张身份证复印件用手机拍下，发给局里户籍科的同事，请他们查了一下，结果身份证号码与真人相片严重不符，也就是说，这是一张冒用他人身份证号码的假身份证。

方可奇看她对这个查询结果并不感到意外，不由得问："师姐，你早就知道这个身份证是假的？"

"是的，这也是意料中的事了。"欧阳若点头说，"如果这个女人是有预谋的犯罪，当然不会留下这么明显的线索让警方轻而易举就能追查到她头上。"

"预谋犯罪？"方可奇觉得有点儿不可思议，说，"这房子是她大半年前租下的，那时候丁剑兰的孩子还没出生呢。难道孩子还在娘胎的时候，就被这个女人盯上了？"

欧阳若耸耸肩说："从目前的情况来看，确实是这样。"

"大半年前就开始预谋杀死丁剑兰肚子里的孩子，这得跟他们家有多大仇多大怨啊？"方可奇忽然一拍巴掌说，"哎，你看会不会是这样的。那个乔校长不是出身乡下农家吗？会不会是他小时候在村里有一个恋人，后来他进城读书遇上丁剑兰这位官小姐，就把乡下情人给抛弃了。现在许多年过去，他那个乡下情人一直对这件事耿耿于怀，最后决定杀死他和丁剑兰的孩子，以此来报复这个乔校长的薄情寡义移情别恋？"

欧阳若"扑哧"一声笑起来，说："我们这是在查案子，可不是在编电视剧。"

两人正说着话，老毕从屋里走了出来。

欧阳若迎上去问："怎么样，有线索吗？"

老毕说："幸亏这女人离开之后，房东没有进去收拾房间，现场保护得很好。屋里只有那个女人一个人的生活痕迹，我们提取到了她的脚印和指纹。但具体结果如何，还要等技术科的人回去比对后才知道。"

第四章 来迟一步

星期二早上，向春枝的脚印和指纹比对结果出来了。

她留在出租屋的脚印，与在菜地粪池案发现场发现的那枚凶手留下的脚印完全一致。由此可以断定，在菜地粪池边丢弃孩子的犯罪嫌疑人，就是这个向春枝。

而技术科通过她的指纹比对，更有新的发现。他们在警方指纹数据库里，居然比对到一枚跟这个女人一模一样的指纹。

这个向春枝，竟然是一个有案底的人。

经查，向春枝真名叫向欢芳，今年 40 岁，户籍地在与南州市仅一江之隔的江海县罗伏乡。八年前，她因拐卖儿童罪被判入狱五年，后来因为减刑，大概只坐了四年牢就被放出来了。

方可奇说："原来这个女人是个惯犯，怪不得作案手法如此娴熟，连我们警方也难寻到一丝线索。"

欧阳若说："只是有一点我想不通。按说这个向欢芳是个人贩子，偷走孩子当然是为了卖钱，可是她为什么要将孩子捂死后丢弃呢？"

龙毅说："我想孩子的死亡，应该是个意外。她不是把孩子装在背包里吗？也许什么地方出了问题，结果让孩子在背包中窒息而亡。她自然不敢带着一个死孩子赶路，只好就地丢弃。"

这样一来，案情就基本明朗了。

这个叫向欢芳的人贩子，坐牢出来后不思悔改，重操旧业。半年多前，她来到南州市，用假身份证租下房子，然后整天在明珠公园附近转悠，寻找下手目标，后来她盯上了丁剑兰的女儿乔雅思。经过一番谋划，她终于在上周六上午 10 点左右将孩子偷到手，并放在背包里带走。

当她带着孩子走到那片甘蔗地附近时，却发现孩子已经在不透气的背包里窒息而死，一时心慌，于是将孩子丢弃在附近的粪池里，然后仓皇逃走。

“看来我们得去江海县走一趟了！”龙毅站起身，对两名属下说。

欧阳若和方可奇知道案情即将水落石出，都显得有些兴奋，跟着队长跳上了一辆警车。

司机一踩油门，警车快速驶出公安局机关大院。

江海县在南州市西北边，两地以长江为界。

警车驶出南州市城区后，一路向西，越过新建成的长江大桥，就到了江海县地界。罗伏乡是该县一个边远乡镇，警车又行驶了将近两个小时，才到罗伏乡。

路上，龙毅给江海县公安局的领导打电话说明案情，江海警方答应由当地派出所派员协助调查。

警车来到罗伏乡派出所，派出所派出两名警员同行。

从犯罪嫌疑人向欢芳身份证上登记的地址来看，她住在江海县罗伏乡一个名叫千树坪的村子里。

警车驶出乡道，再往下开，路就变得难走起来，一路颠簸，让方可奇觉得胃疼。

他挪了一下屁股说：“龙队，要是那个女人犯案后并没有躲回家，那我们岂不是白跑这一趟？”

龙毅看了他一眼，说：“你放心，肯定不会让你白跑一趟的。第一，这个女人租房时用的是假身份证，她肯定以为就算案发，警方也不可能找到她的真实身份和住址。江海县跟我们南州市相距并不太远，她犯案后躲回老家的可能性还是很大的。第二，身份证上的这个地址，是我们警方目前唯一有可能找到她的直接线索，所以就算她没有回家，我们也能从她的户籍地查起，直到把她揪出来。”

警车开到千树坪，已经是下午时分，一车人都没有吃午饭，但为了不耽误办案时间，也顾不了这么多。

罗伏乡派出所派来协助调查的两名民警，一个是小宋，一个是老郭，两人以前曾到村里办过案子，对这一带比较熟悉。一行人在村口下车，由小宋和老郭带领着，往村里走去。

进村不远，看见路旁水塘边有一个男人在钓鱼。小宋上前用本地方言向他打听向欢芳的住处，那男人回头看见这几个人都穿着警服，眼中露出惊疑之色，抬手指了一下，说：“你们沿着村道往前走，大约500米，门口有一棵大苦楝树的那一家，就是她家了。”

龙毅等人沿着村道往前走了几百米，果然看见不远处有一棵又高又大的苦楝树，树上结满了苦楝子。

大家快步走近，却发现苦楝树下那户人家门口围了许多看热闹的人，屋里传出阵阵哀乐。

龙毅有点儿意外，穿过人群走进去，却看见那户人家的台阶上坐着几个穿灰色长袍的道士，正在敲锣打钹画符念经，屋里摆着一具棺材，地上插着一些香火。这是一幅乡下人家有人亡故之后做法事的场景。

方可奇已经意识到什么，嘀咕道：“不会这么巧吧，难道这棺材里装的就是……”

看见警察上门，从屋里走出一个男人，大约四十岁年纪，头发蓬乱，手臂上缠着一块白布，脸现悲色，迎上前问：“你……你们有什么事？”

龙毅说：“我们是公安局的，想找向欢芳。”

那个男人怔了一下，回头朝屋里棺材望了一眼，说：“我是她丈夫，有什么事你们跟我说吧。”

欧阳若说：“我们必须找到她本人。”

“她……她已经死了！”男人悲声说。

尽管龙毅等人进门之前就已经预感到了，但此时听男人这么一说，还是不由得心头一沉。

龙毅感觉到情况不妙，问：“她是怎么死的？”

男人低头拭泪，说：“是被车碾死的，就在村口。”

“这是什么时候发生的事？”

“昨天中午。”

据这个男人说，他老婆向欢芳是上周六下午回家的。她对丈夫说这次回来，可能要在家里住一段时间，男人觉得有点儿奇怪。因为他老婆长年在外打工，平时很少回家。女人具体在外面做什么工作，他这个当丈夫的也不知情，反正每个月她能寄些钱回来够他生活和看病就行了。男人在老婆坐牢的那几年里，因为卖血染上了艾滋病，现在已经完全失去劳动能力，全靠向欢芳在外面挣钱养他。

向欢芳这次回来后，就一直待在家里，没有出过门。昨天中午，她接了个电话，说是有事出去一下，不想刚走到村口，就被一辆迎面驶来的农用车撞倒，车轮从她身上碾过。男人闻讯赶到现场时，他老婆已经死了。农用车司机吓坏了，把他拉到一边央求他不要报警，愿意跟他私了。最后司机给他赔了15万元了结此事。

男人拿了钱就没有再追究司机的责任，把老婆尸体抬回家，装进棺材，按照农村习俗，请了道士来做法事。为避免老婆的尸体被拉进城火化，他正准备今天晚上找个地方悄悄把她埋了。

龙毅一听，眉头就皱了起来。

向欢芳犯下命案躲回家才两三天，正当警方要找她时，她就被车撞死了。这也太巧合了吧？

欧阳若看他一眼，说："龙队，这事有点儿蹊跷啊！"

龙毅点点头，朝那男人亮一下自己的警官证，说："我们是从南州市来的，因为怀疑你妻子跟我们正在侦办的一起命案有关，所以才一路找到这里。现在我们要看看你老婆的尸体。"

男人有点儿犹豫，说："这样不太好吧，我老婆都已经装进棺材了。"

欧阳若说："如果你不同意开棺，那我们只好叫法医车过来，把你老婆的尸体拉进城去进行尸检。"

男人这才慌张起来，知道老婆的尸体一旦被拉进城，肯定免不了要火化。乡下人对火葬还是比较排斥的，家里有人亡故，大多悄悄找地方埋了了事。他搓着手说："既然这样，那你们自己去看吧。"

龙毅找来铁钎，把钉好的棺材盖撬开，看见棺材里躺着一具女尸，身上穿的居然正是一件蓝色长外套。男人显然对妻子的遗体做过清理，尸体看上去很干净。女人的脸形并没有多大改变，看上去与警方查到的她的身份证上的照片基本一致。

龙毅戴上手套，掀开衣服仔细看了女人被车轮碾轧过的部位，然后抬头说：“她身上有被第二次碾轧的痕迹。”

欧阳若和方可奇都怔了一下。

“也就是说，她第一次被碾轧时可能还没有死，所以又被司机开车第二次碾轧？”欧阳若问。

龙毅点头说：“很可能是这样。”

“那这就不是车祸，这是谋杀！”方可奇叫起来。

龙毅摘下手套问那男人：“撞死你老婆的那个司机你认识吗？”

“认识，他叫二昆，是个单身汉。”男人说，“他就住在我们村里，平时靠开农用车给村里人拉活儿挣钱，他的驾驶技术一向都很好的，开了好多年车从没有出过事，想不到这次竟然把我老婆给——”

“这个二昆，他住在什么地方？”龙毅打断他的话问。

男人走出门，往左手边指一下，说：“从这里走过去，第七间屋就是他家。”

龙毅从他家里出来，拐个弯儿向左边行去，走到第七户人家门口，果然看见那间红砖瓦屋前停着一辆农用车，想来就是二昆的住处。

一行人走上生满苔藓的台阶，看见屋里有一个男人，大约三十岁年纪，正坐在那里一边就着一小碟花生米喝酒，一边看着电视。电视机声音开得很大，好像是故意要让屋里闹出些动静一样。

龙毅用力敲一下门框，那个男人这才回过头来，看见门口站着好几个警察，顿时脸色一变，马上站起身，膝盖碰到面前的小桌，一个玻璃酒杯滚落在地。

“你……你们干什么？”他警惕地问。

“我们……”龙毅一开口，声音却被电视机的响声压了下去。他皱皱眉头，示意对方把电视关掉。

男人手忙脚乱地找出遥控器，把电视机关了，屋里顿时安静下来。

龙毅盯着他问：“你是二昆？”

对方打个酒嗝，点头说：“是，我是二昆。”

龙毅问：“向欢芳是你撞死的？”

二昆说：“是……是的。但我不是故意的，那只是一个意外，而且我已经赔钱给她男人，他说好不报警的。”

龙毅自己在屋里搬来一把凳子坐下，偏头看着他说：“说说看，当时到底是怎么回事。”

二昆说昨天自己在外面拉活儿回来，因为已经是中午，村里人都在家里吃午饭，路上没什么行人，所以他把车子开得有点儿快。不想在进村的时候，向欢芳突然蹿出来，他想打方向盘，可是已经来不及了，车头撞到向欢芳，她立即倒在地上。他想刹车，但车子没有完全刹住，还继续往前开，结果就从她身上碾过去。这个女人当场就死了。

二昆说：“我承认自己当时把车开得有点儿快，但绝对没有超速，是这个女人自己突然从村道上冲出来的。我看见她的时候，她已经倒在地上，我刹车不及，才碾到了她。我也学过交通规则，这个事绝对是对方负全责。”

“既然是对方负全责，那你还当场赔钱给她老公？”

二昆搓着手说：“我呢，当时主要是想快点儿了结这事，而且我看她男人得了那种病，也挺可怜的，所以最后还是于心不忍，赔了他十几万，算是做件善事吧。”听他这口气，他给向欢芳丈夫的那十几万元，不像是车祸赔偿款，倒像是他捐出去的善款。

“你说谎！”方可奇忍不住道，“我们已经看过向欢芳的尸体，她身上明显有被第二次碾轧的痕迹。如果只被碾轧一次，她根本不会死。”

二昆眼里闪过一丝慌乱之色，但他很快镇定下来，说：“我都说了，她倒地后我刹车不及，先是前车轮从她身上碾过，然后后面的车轮也从她身上轧过去，所以才会留下两次碾轧的痕迹。我跳下车查看的时候，她已经死了。”

龙毅看他一眼，恍然大悟地点点头说：“哦，原来如此。”

他不再问车祸的事，扭头看看停在外面的农用车，那是一辆东方红四轮农用车，蓝色的车身早已是一片斑驳，估计使用的时间已经很长了。

他漫不经心地问道：“你开这车，收入应该还不错吧？”

“还行吧，能混个温饱，反正我单身一个，一人吃饱全家不饿。”

二昆见对方没再揪住车祸的事不放，似乎暗暗松了口气。

龙毅忽然盯着他问：“既然这样，那你怎么能一下子拿出那么多钱赔给向欢芳的丈夫？”

二昆一愣，这才明白他还是在绕着弯儿问车祸的事，忙说："我的意思是说，现在村里有好几个人开这种车跟我抢活儿干，所以不怎么挣钱了。早几年，我是村里第一个开农用车的，那时我做的是独门生意，所以能攒下一些钱。我赔出去的钱，都是以前存下来准备娶老婆用的。"

尽管龙毅不大相信他的话，但他这个说法并没有什么明显破绽，而且警方现在也只是怀疑他开车撞死向欢芳可能另有目的，但实际上并没有什么证据证明那场车祸不是一场意外。他想了一下，没再问什么，起身离开。

走在村道上时，龙毅问当地派出所的两名民警："这附近有什么银行，或者储蓄所之类的吗？"

小宋不大明白他怎么会突然问起这个，摇头说："这里没有。"

"那村民们想找银行存钱怎么办？"

"必须得去乡里才行，那里才有银行。"

龙毅点点头，对二人说："我想辛苦你们一下，请你们帮个忙，打电话回所里，请所里的同志帮我到乡里所有银行或储蓄所查一下，看看这个二昆在银行的存款情况。"

小宋说："行。"然后，他马上走到一边给所里打电话。

第五章 紧急抓捕

龙毅又回到向欢芳家门口，把她丈夫叫出来问："现在我们觉得这个二昆很可疑，我们怀疑他是故意撞死你妻子的。因为你妻子跟发生在我们南州市的一桩命案有关联，所以我们必须得把车祸这件事查清楚。我问你，你们家平时跟二昆关系如何？两家结下过仇怨吗？"

男人搔搔乱蓬蓬的头发说："这个，我们跟二昆，也就是一般乡人关系吧，我以前也请他拉过几趟活儿，两家关系还算过得去，并没有什么仇恨。"

"他跟你老婆有什么关系吗？"

"没有，我老婆经常不在家，不可能跟他扯上什么关系的。"

"那你老婆在外面做什么工作，你真的一点儿也不知道？"

男人摇头说："我不知道，她只告诉我说她在外面跟人合伙儿做生意，平时她很少回家，只有过年过节时才回家住几天，每次回来都会给我留下一些钱。我有病在身，又不能下地干活儿，如果不是她养着，我早就饿死了。"他回头看看那几个正在敲锣打钹高声唱经的道士，一脸茫然，也许他还没有想好老婆死后自己拖着带病的身子该怎么过日子。

欧阳若想起一件事，问："你说你老婆出事那天，是接到一个电话才跑出门的，对吧？"

"是的，有人打她的手机。"

"知道是什么人给她打的电话吗？"

"不知道，当时她接到电话就急匆匆跑出去了，什么也没有跟我说。"

"那她的手机呢？"龙毅问了一句。他已经知道欧阳若详细询问向欢芳临死前接到的那个电话的用意了。从目前的情况来看，那个电话也许正是将向欢芳推向死亡的无形推手。

男人转身进屋，拿出一部手机递给他说："我老婆有两部手机，一部是她平时用的，就是这部手机，还有一部手机是专门用来谈生意的，昨天她就是用那部手机接的电话，然后拿着手机跑出去了。后来我到村口她被撞的地方找了，没有找到她的那部手机，不知道是不是被撞到路边的水塘里去了。"

龙毅拿起这部手机看了一下，里面储存的好像都是一些普通亲戚的电话，近几天之内并无通话记录，不知道是被删除了，还是已经很久没有拨打和接听过电话。

他问："你老婆的另一部手机号码，你知道吗？"

男人摇头说："我只知道这部手机的号码，那个手机号我不知道，她也没有告诉过我。她生意上的事，从来不跟我说，我也懒得问。她只告诉我那部手机是专门用来联系生意的。"

这时候，有人在屋里叫男人的名字，男人不安地看着龙毅。

龙毅知道他正在给老婆办丧事，应该比较忙碌，就点头说："你去吧，如果有什么需要，我们会再来找你。"

等他离开后，龙毅走到不远处的一面墙壁后面，因为有高墙挡着，敲锣打钹的声音已经没有那么刺耳。

欧阳若走到他身边问："龙队，这案子你怎么看？"

龙毅说："从我们目前调查的情况来看，那个叫二昆的男人跟向欢芳之间并无瓜葛，也许向欢芳的车祸，真的只是一场意外。如果是这样，那我们的案子也基本结了，向欢芳因为在南州市犯下命案，潜逃回家，结果却意外地被同村人开车撞死。车祸与命案无关，纯属巧合。"

"不，我觉得那个叫二昆的家伙很可疑，"欧阳若说，"我不相信他撞死向欢芳真的只是一场意外。还有，向欢芳回家后，一直深居简出，为什么接到一个电话后，就突然跑出门去？她到底是接到了什么人的电话？这个电话跟她的死到底有没有关系？我觉得这一点也很值得我们去查一查。"

方可奇说："可是现在我们既找不到二昆犯罪的证据，也找不到向欢芳的另一部手机，甚至连她的另一个电话号码也不知道，我们从何查起？"

听到两名属下的对话，龙毅也是双唇紧抿，一语不发。也许这时候他心里也拿不定主意。

正在这时，小宋的手机忽然响了，他接听之后，说声“是”，就把手机递给龙毅说：“龙队，是我们所长打来的。”

龙毅接过手机，所长在电话里说：“龙队，我们已经在乡里调查过，那个叫二昆的人，前天在乡里一家储蓄所开了一个账户，存入了 30 万元，昨天早上，又突然取走了 15 万元。”

龙毅问：“知道他昨天取款的具体时间吗？”

所长说：“取款时间，是昨天上午 9 点 30 分左右。”

“辛苦了！”龙毅挂断电话说，“走，我们得立即拘捕二昆！”

众人回头赶到二昆家，二昆还坐在屋里喝酒，看见龙毅他们去而复返，心知不妙，抄起桌上的酒瓶砸向龙毅。

龙毅侧身一闪，二昆夺路欲逃，欧阳若伸出足尖，在他脚下轻轻一绊，二昆“扑通”一声，在地上摔了个嘴啃泥。方可奇和小宋立即上前，将他死死按住。

老郭掏出手铐，一头铐住二昆的右手，另一头铐在一根窗户钢筋上。

“你们凭什么抓我？”

二昆挣扎着大叫。

方可奇推他一下，问他：“你犯了什么事自己不知道？”

“老子啥事也没犯。”

“那你干吗看见警察就跑？”

二昆吐出满嘴血水，强词夺理：“这年头，警察跟强盗一个样，老子看见强盗能不跑吗？”

龙毅双目如电，直视他道：“你也算是个明白人，多余的话我就不说了，只问一个问题，是谁指使你杀死向欢芳的？”

“没有人指使，是老子自己要杀她……哦，不对，是我自己不小心，开车撞死她的。”

“你在哄鬼吧？”龙毅沉下脸来道，“你撞死向欢芳是在昨天中午，但你却在昨天上午 9 点多就从银行取回 15 万现金。莫非你是神仙，早就知道自己中午要撞死人，所以事先把赔偿金都准备好了？”

“你怎么知道的？”

二昆像是被人点中了穴位，浑身一震。

龙毅背着双手，在他面前踱着步子说："我不但知道这个，还知道有人出30万让你了结向欢芳，你撞死向欢芳后，赔给她丈夫15万，自己还能赚15万。这么多钱，你得开好几年农用车才能挣回来吧？只可惜啊……"

"可惜什么？"二昆的声音有点儿颤抖起来。

"只可惜这个钱你有命赚，没命花啊。"龙毅说，"只要我一个电话，我们警方的资深法医和痕检专家马上就能赶到千树坪，用不了半个小时，他们就可以根据你车上留下的痕迹和死者向欢芳身上的伤痕，精确判断出你到底是无意中撞死她，还是故意杀人。"他抬起眼皮，漫不经心地看了二昆一眼，"故意杀人，那可是死罪啊！"

二昆一听"死罪"二字，忽然全身像筛糠似的颤抖起来，一边擦着鼻涕眼泪，一边哀求道："警官，我……我说实话，我是受人指使，拿人钱财替人消灾，真正要取向欢芳性命的人，不是我，而是……"

据二昆交代，花钱请他杀死向欢芳的人是同村的向贵。向贵是向欢芳的堂弟，也是村长的儿子，更是村里的首富，他家里光小轿车就有两辆。

前天上午，向贵忽然请二昆到家里喝酒。二昆平时没有别的爱好，就是喜欢喝两口小酒，所以很高兴地去了。三杯酒下肚，向贵忽然提出想请二昆帮自己去杀一个人。

一开始二昆以为他是开玩笑，直到他拿出三十捆百元大钞摆在二昆面前，说"这30万是你的酬劳"时，二昆才知道他是认真的。二昆问他想杀谁，向贵说要杀的人是自己的堂姐向欢芳。二昆还想说什么，向贵摆手说："废话少讲，你做还是不做？"

二昆看着桌上摆放的那三十捆已经用橡皮筋扎好的钞票，不由得两眼放光，猛地往肚子里灌下一杯酒说"我干"。向贵哈哈一笑，就把桌上的三十捆钞票全都推到他面前。

二昆辛苦一辈子，还从没见过这么多钱，他总觉得这么多钱放在家里不安全，于是跑到乡里，找了家储蓄所，开个户把钱存了起来。

第二天，也就是昨天，他正在谋划着怎样才能杀死向欢芳而又不惹祸上身。向贵打电话给他，告诉他说："今天中午12点左右，我会打电话把向欢芳从家里叫出来，让她跑到村口。这个时候村道上行人很少，你开车在村口等着，等她一到，就马上加大油门朝她撞过去，一定要把她撞死。撞死她后，你跟她丈夫说这是意外，赔给他 15 万元了结此事。她丈夫正缺钱治病，一定会同意的。”

二昆不干了，说：“这样一来，你给我的 30 万岂不只剩下一半？”

向贵说：“你放心，事成之后，确认一切都风平浪静了，我会再补给你 15 万。”

二昆这才同意。

昨天上午，二昆跑到乡里取回 15 万元现金，中午的时候，他开着农用车在村口等着。

12 点左右，果然看见向欢芳拿着手机，急匆匆从村道上跑过来。他立即加大油门，开着农用车突然朝她撞过去。向欢芳猝不及防，被撞倒在地，他没有停车，农用车前轮从她身上轧了过去。

他跳下车看了看，见向欢芳的手还在动，好像没有断气，于是又跳上车，继续开车，后车轮也从她身上碾轧而过，她这才躺在地上彻底不动了。这时，向贵忽然从一棵大树后面跳出来，拿走了向欢芳手里的手机。二昆这才知道，向贵原来一直躲在暗处监视着他。

后来，向欢芳的丈夫知道消息赶过来，二昆说自己是无意中撞死向欢芳的，愿意赔偿他 15 万元。如果他报警，向欢芳是因为在马路上乱跑才会被撞的，交警一定会认定死者对这起交通事故负全责，这样一来，他就一分钱也得不到。

向欢芳的丈夫一向胆小怕事，被他这一番恐吓，自然点头答应不再报警。

龙毅问：“那个向贵，为什么要杀向欢芳？”

二昆摇头说：“我也不知道。我问过向贵，向贵叫我少管闲事，只要按他的计划去做，事成之后，说好的酬金一分都不会少给我。”

“向贵家在哪里？”

二昆用手指了一下，说：“他家与向欢芳家只隔着三户人家，你们从这里走过去，看见那栋五层高的楼房，就是他家了。他家的楼房是全村最高的，很好找。”

龙毅留下老郭看守二昆，带着其他人立即往向贵家赶去。

从向欢芳家门前走过，再走不远，果然看见村道边矗立着一幢五层高的洋楼，外墙贴着白色瓷砖，看上去很气派。门口停着两辆小轿车，一辆银灰色丰田，一辆黑色奥迪。

就在他们走到洋楼门口时，那辆黑色奥迪突然发动，向前一蹿，猛地朝他们撞过来。

龙毅大叫："小心！"众人急忙往两边闪避。

奥迪冲出来，开上了水泥村道。

就在小车擦身而过时，龙毅透过挡风玻璃看到坐在驾驶座开车的是一个三十多岁的中年男人，居然就是他们进村时向其问过路的那个钓鱼人。

龙毅料定他就是向贵，叫声："快追！"赶紧拔腿就追。可是他跑得再快，也不可能追上小车。

奥迪屁股冒烟，很快就蹿出数百米远，眼看着就要从村口逃走。龙毅边追，边掏出手机给司机周师傅打电话。

他们的司机周师傅正坐在停在村口路边的警车里打盹。

龙毅说："周师傅，你用警车把出村的路口给我堵住，不要放任何人出去。"

待到龙毅和欧阳若他们追到村口时，只见周师傅已经将警车迅速横挡在路口，奥迪车眼见冲不过去，只得停下车。司机从车里跳出来，撒腿就往路边一片稻田里跑去。

龙毅紧追不舍，他掏出手枪，对着天空"砰"地鸣了一枪，大喝道："站住，再跑我就要开枪了！"

那个男人听到枪声，吓得浑身一颤，像是被人施了定身法，立在原地再也不敢往前走一步。

龙毅大步追上，用枪指着他，以防他狗急跳墙，暴起伤人。

欧阳若和方可奇上前给他上了铐子。龙毅上前揪住对方的衣襟问："你叫什么名字？"

那个男人把头扭到一边，喘着粗气不说话。方可奇心头火起，一记勾拳打在他肚子上，男人顿时痛弯了腰。方可奇道："你聋了吗？问你话呢，你叫什么名字？"

"向贵。"

男人半天才直起腰，吐出这两个字。

龙毅舒口气，看来并没有抓错人。

他把向贵铐在警车里，又对其住所进行搜查，直到傍晚时分，才押着向贵和二昆两人往市里赶。

回到南州市时，已经是深夜。

龙毅等人顾不上休息，连夜对两名犯罪嫌疑人展开审讯。

向贵知道自己落到警方手里，再也没有翻身的机会，反倒变得痛快起来，一口气全招了。

向贵的真实身份，其实是一个倒卖人口组织的头目，他手下有七八名人贩子，都是同村和邻村的老乡，其中就包括他的堂姐向欢芳。

他手下的人贩子利用各种手段，到处去偷窃和拐骗孩子，得手后交由向贵寻找买家。每得手一次，他给手下的人支付七八万，甚至十万元酬劳，而他每卖一个孩子，要价一般高达十几万，甚至二十万元。他就是靠着这条财路发家致富，家里盖起洋楼，买了两辆小车。

这个月 12 日，也就是上个星期六上午，向欢芳打电话给他，说自己搞到一个女娃儿，半岁左右，长得挺俊的，应该能卖个好价钱，叫他赶紧找到买家，自己很快就可以把孩子带回来交给他了。

正在向贵准备打电话联系买家时，手机又响了，是向欢芳打电话给他，沮丧地说孩子被她装在背包里不小心捂死了，浪费了一次赚钱的机会。向贵叫她赶紧把孩子扔掉，回家躲几天。于是向欢芳把孩子扔进粪池，当天就赶回江海县老家躲避风头。回到千树坪后，遵照向贵的指示，她一直躲在家里不敢出门。

第二天，向贵上网看了南州新闻，知道那个婴儿案已经惊动全城，这才觉出情况不妙。他没有想到向欢芳捂死的那个孩子，竟是一个当官人家的女儿，而且好像还跟一个副市长有很大关系，他从新闻里看到南州警方已经成立专案组，正在全力侦查这个案子。照这样查下去，迟早会查到向欢芳身上，而且警方一旦盯上向欢芳，那么自己很可能也会被牵扯出来。

他越想越怕，觉得目前唯一的补救办法，就是从向欢芳这里把线索斩断，这样警方就没法再往下查了。最后他想出了个雇凶杀人的法子，决定花大价钱请同村的单身汉二昆用车将向欢芳撞死，并伪造成一场意外事故，这样就再也不会有人追查到他头上了。

昨天，即10月14日中午，他先让二昆把农用车开到村口，再打电话告诉向欢芳说警方已经快追查到村子里来了，叫她赶紧跑到村口跟他会合，共同商议解决之法。

向欢芳不知是计，急匆匆跑出村，二昆躲在一个拐弯处，趁其不备将车开出，把她撞倒后再碾轧致死。

向贵知道向欢芳有一部专门用来联系“业务”的手机，里面储存了许多关键信息，所以在向欢芳死后，他第一时间把她的手机拿回家，砸烂后扔掉了。

向欢芳的丈夫对二昆的话深信不疑，以为这真的只是一场意外，拿到赔偿金后，很快就在家里给向欢芳办起了丧事。

向贵一直坐在村头水塘边看似是在钓鱼，其实是在暗自关注事情的发展，见到向欢芳家正在请道士做法事，只等棺材入土，这件事就可以彻底了结，他也暗暗放下心来。

可是就在这个时候，正坐在村头水塘边像姜太公一样钓鱼的向贵，却忽然看见有几名警察进村调查向欢芳，他顿时紧张起来。

等警察第一次从二昆家里出来，他立即给二昆打电话，问他有没有在警察面前露出什么马脚。二昆拍着胸脯说：“贵哥你放心，那帮警察被我轻而易举就打发走了，根本没有在我这里得到任何有用的信息。”

向贵听了，这才放心。本来想为了以防万一，还是先到外面躲一躲才好，可是后来一想，警察刚一进村，自己就跑出村躲起来，这不正好让警方对自己起疑心吗？想来想去，还是决定留在家里。

看到警察第二次去找二昆，他就知道情况有点儿不妙，于是一直站在村道上关注着警方的动向。忽见警察气势汹汹往自己家奔过来，他知道大事不妙，嘴里骂了二昆几声，钻进自己的小车，想要驾车逃跑，不想被停在村口的警车拦住，最终落入警方手中。

审完两名疑犯，已经是第二天凌晨时分，专案组几个人虽然累得不行，但案子总算有了个结果，大家心里还是有些兴奋。

龙毅看看表，已经是凌晨2点多，就批准大家今天上午不用再回单位上班，赶紧回家好好睡一觉。欧阳若和方可奇等人高兴得直喊“万岁”。

第六章　偷情视频

早上，丁剑兰在开车上班途中接到刑警大队大队长龙毅的电话，她把车停在路上，伏在方向盘上抑制不住地哭起来。

“雅思，都是妈妈不好，妈妈没有照顾好你，没有保护好你，让你仅仅来到这个世界六个多月，就遭遇不幸，去了另一个世界。但愿下辈子你还能做我的女儿，我们再续母女缘分！”

她在心里默默地怀想着女儿，直到后面不断响起催促的喇叭声，她才缓过神来，擦干脸上的泪水，收拾情绪，重新开车上路。

可是刚走不远，手机又响了，她只好再次把车停在路边接听电话。

电话居然是四眼侦探打来的，他在电话里说：“丁副局长，上次在远景大酒店，你有没有把你丈夫和那个女人捉奸在床啊？”

丁剑兰愣了一下，她当然不会告诉他，和那个蒋芸芸在一起的男人其实是自己的副市长老爸，她淡淡地应道：“那只是个误会，现在已经调查清楚，我老公跟那个女人其实并没有关系。”

四眼侦探“哦”了一声，说：“那可能是我搞错了，其实跟你丈夫有关系的，并不是那个蒋芸芸。”

丁剑兰听出他话里有话，就问：“你这是什么意思？”

“我的意思是说，你丈夫确实在外面有了情人，但并不是那个叫蒋芸芸的女人。”

丁剑兰柳眉一皱，道：“这不可能，我丈夫不是那样的人。”

四眼侦探说：“我手里有你丈夫跟别的女人在一起的视频。当然，如果你不相信，就当我什么也没有说，我要挂电话了！”

四眼侦探欲擒故纵，假装要挂电话，丁剑兰果然中计，忙道：“哎，别挂电话，你手里有什么视频，让我先看看。”

“你现在在哪里？”

丁剑兰四下看看，说：“我现在学宫路，家乐福大超市门口。”

四眼侦探说：“你在超市门口的喷泉边等我，我十分钟后到。”

丁剑兰只好把车停好，坐在超市门口喷泉边的台阶上等他。

十来分钟后，丁剑兰忽然听到一阵夸张的摩托车轰鸣声，抬头一看，只见四眼侦探骑着一辆雅马哈风驰电掣般驶过来。

“哟，大局长，不好意思，让您久等了。”四眼侦探一边把头盔挂在摩托车扶手上，一边笑嘻嘻地说。

丁剑兰沉下脸来，看看表说：“有什么事赶紧说，我还得赶回单位开会呢。”

四眼侦探在她身边一屁股坐下，说：“没别的事，我就是有一段视频想让你看看。”

他掏出自己的手机，打开一段视频，播放给她看。

丁剑兰凑近一看，只见视频拍摄的好像是哪间咖啡厅的场景。咖啡厅里坐了不少人，她仔细看看，才发现坐在最角落里那张桌子上的男人，正是她丈夫乔谦。乔谦对面坐着一个女人，女人很年轻，二十多岁的年纪，头发染得黄黄的，两边耳朵上吊着大得夸张的圆形耳环。两人正在低声说话，但因为相距太远，没有录到他们说话的内容。

过了一会儿，黄发女人朝乔谦伸出一只手，乔谦就从自己的提包里拿出一个鼓鼓的黄色牛皮纸信封，从桌面上递给她。

女人拿起信封，将里面的东西倾倒在桌子上，那信封里装着的，居然是一沓一沓的钞票。女人一沓一沓地数着，共有十沓，每沓钞票上还缠着银行的白色扎钞纸，估计每一沓钱都有一万元左右，那么十沓加起来就是 10 万元了。

黄发女人数完钱，好像很满意，又把钱一沓一沓地重新装回信封，朝乔谦抛个媚眼，两人不知道又说了一句什么，那个女人站起身，拿着钱，扭着屁股走出了咖啡厅。

视频拍摄到这里，就戛然而止。

丁剑兰猛地站起身，问：“这视频，你是什么时候拍的？在哪里拍的？”

四眼侦探说：“是我昨天下午在蓝山咖啡馆拍到的。当时我正在那里喝咖啡，无意中看到你老公正跟一个年轻女人坐在一起，就掏出手机顺手拍下来，谁知正好拍到你老公把钱给这个女人的场景。看上去这个女人应该跟他关系不一般吧？要不然你老公不可能平白无故给人家钱啊，而且一给就是 10 万元，这也太大方了吧！”

丁剑兰道：“我老公大不大方，还轮不到你来说。你赶紧把这个视频发给我。”

“这个嘛，”四眼侦探慢悠悠地说，“其实我拍这个视频，也是冒了很大风险的，要是被你老公发现，我有可能会被灭口，所以说我是冒着生命危险在拍摄也不为过……”

丁剑兰明白他的意思，说：“开个价吧，你要多少钱才肯把视频发给我，并且删掉你手机里的原始文件？”

四眼侦探笑道：“丁副局长真是痛快，我就喜欢跟您这样的痛快人打交道。一口价，一万块，你给钱，我发视频给你，并且删除我手机里的文件，保证没有备份。”

丁剑兰立即登录自己的手机银行，当场转给他一万元。

四眼侦探确认自己收到钱后，就把那个视频发送到她手机上，并且当着她的面，删除掉自己手机里的原始文件。然后他一拍屁股，吹着口哨跨上摩托车，扬长而去。

丁剑兰又用自己的手机把视频看了一遍，看到最后，已经是火冒三丈。她坐回自己车里，班也不去上了，掉转车头往二中驶去。

来到二中，她丈夫乔谦正在学校会议室开会。

她站在门口喊：“乔谦，你给我出来！”

乔谦正在台上讲话，下面坐着几十名教师，听见老婆叫他，起身对全场老师说：“对不起，我出去一下，下面请陈副校长主持会议。”然后就匆忙从会议室跑出去。

学校老师们都知道校长夫人比校长官大一级，校长是出了名的“妻管严”，看见校长脚步匆忙的狼狈样，大家会心一笑，表示理解。

“我这正开会呢，有什么事不能等下再说吗？”乔谦的话里带着一点儿不满的情绪。

丁剑兰把他拉到无人的楼梯间，把自己手机里的视频打开，递给他：“你自己看看，这是怎么回事？”

乔谦满头雾水，疑惑地接过妻子的手机，目光一落在屏幕上，脸色就变了，道：“你，你竟然叫人跟踪我？”

“这是我一个朋友无意中拍到的。”丁剑兰自然不会说自己曾请私家侦探调查过他，她盯着他道，“如果你没有做亏心事，也不会害怕我叫人跟踪你对吧？”

“我在你面前难道就不能有一点儿自己的隐私吗？”乔谦低头说。

“别在我面前谈什么隐私，”丁剑兰提高声音道，“难道你的隐私就是背着我到外面去玩女人吗？你这一出手就是10万块，倒是挺大方的啊，平时怎么没见你对我这么大方过？这个女人应该跟着你有不少日子了吧，要不然怎么值得你花这么多钱？”

“不，不是的，剑兰，你误会了，我跟这个女人之间根本没有半点关系，这件事不是你想象的那样。”

乔谦一边小声辩解，一边四下张望，生怕有老师和学生经过。好在现在正是上课时间，楼道里并没有其他人。

“不是我想象的那样，那又是怎样？”丁剑兰正在气头上，揪住这件事不放，“你不要告诉我你根本不认识这个女人，给人家10万块只是想做点善事。”

“唉，这事说来话长。”乔谦叹口气，正好这时下课铃声响起，有学生从楼梯间走下来。他拉拉妻子的衣服，用近乎央求的语气说，“剑兰，我们到我办公室去说好吗？”

丁剑兰没再说话，乔谦把她拉进自己办公室，关上房门。

丁剑兰说话的声音更大了，她推了他一把，连珠炮似的道：“你钱都给人家了还敢说跟她没有半点关系？乔谦我告诉你，我丁剑兰可不是好欺侮的，你忘记是谁让你当上这个校长的吗？你要是敢对不起我，我马上就可以叫你身败名裂，不但做不成校长，连普通教师都做不成。你信不信？”

“我信我信，我知道你跟你爸都有这个能耐。”乔谦额头上已经冒出一排汗珠，“但是我跟那个女人，真的没有你想象的那种关系。我跟她……”说到这里，他欲言又止。

“你跟她怎么样？”

乔谦从桌子上拿了一张纸巾，一边揩着额头上的汗珠，一边叹着气说：“我，我是被她敲诈勒索了！”

“敲诈勒索？”丁剑兰一怔。

“是的，我有把柄落到了她手里。”

“什么把柄？”

“因为……”乔谦听到窗户外面传来脚步声，警惕地望一下，直到脚步声远去，他才接着说，“去年底我们家不是换了一台新的大屏幕背投电视吗？当时一共花了三万多元，后来我头脑一热，把发票拿到学校财务室报销了。当时财务室有一个临时工，正好看到了这件事。后来她因为工作出错，被学校辞退了。她对我怀恨在心，拿出当初用手机暗中偷拍到的我找财务报销私人用品发票的证据，向我勒索 10 万块钱，要不然她就把证据发到纪委去。我不想把事情搞大，所以只好答应她。我约这个女人在蓝山咖啡馆见面，把 10 万块现金装在信封里拿给她，你这个视频，拍摄的就是我跟那个女人见面的情景。”

丁剑兰身在官场，对这种事极为敏感，忙问：“那你有没有警告她叫她以后不要再来找你？这种人我见多了，第一次尝到甜头，把钱花完很可能还会找你的。”

乔谦说：“我已经叫她删除证据，应该不会再来找我。”

“那就好，遇上这种事确实有点儿麻烦，又不能报警处理。”丁剑兰责备丈夫说，“你也太不小心了，报销的发票怎么能让外人看见？如果这个女人下次还敢来骚扰你，你就告诉我，我会叫人处理好的。”

“是，我知道了，丁大局长。”乔谦像个做错事的学生，在老婆面前低下了头。

“那你去开会吧，我也要去上班了。”

“那我先走了。”乔谦打开房门走了出去。

看着他匆匆走向会议室的背影，丁剑兰深深地叹了口气。

她把车开出二中后，掏出手机给四眼侦探打电话：“我老公刚才告诉我说，他是因为被那个黄发女人抓住公费报销私人用品发票的把柄，被其敲诈勒索，所以才会在咖啡馆给那个女人 10 万块的。”

“那你相信吗？”四眼侦探问。

丁剑兰说：“我当然不信。我老公在工作上一向本分，甚至有点儿书呆子气，我想他不会犯这种低级错误，所以……”

“所以你觉得你老公给那个女人10万块，一定另有目的。你老公说是被她敲诈勒索，只是找个借口敷衍你，对吧？”

“是的。”

四眼侦探是个明白人，接着她的话说：“所以你还是想请我把这件事调查清楚，看看他跟那个黄发女人之间到底是什么关系，对不对？”

丁剑兰说：“是的。你尽管放手调查，费用的事不用担心，你报个价，我绝不少你一分钱。”

第七章　电话录音

“龙队，乔雅思这个案子，我总觉得我们好像忽视了什么。”欧阳若手里拿着一张打印纸，闯进龙毅的办公室。

龙毅抬头望她一眼，问：“你觉得我们忽视了什么呢？”

欧阳若把手里的打印纸递给他，龙毅放下手里正在写结案报告的笔，接过那张纸看了一下，那是一张手机通话记录打印清单。

“这是……”他感觉有点儿奇怪。

欧阳若说：“其实我一直在寻找向欢芳那部专门用来联系业务的手机，只可惜这部手机被向贵拿到手，已经彻底砸烂，连里面的 SIM 卡也一并毁坏了。”

“这个我知道。”龙毅说，“我们在搜查向贵住处时，虽然在其屋后的垃圾堆里找到手机残骸，但拿给技术科的人看了，已经完全没有复原的可能，也不能从中提取到任何信息。”

“是的，所以我才觉得有些可惜。”欧阳若说，“但是我从向贵嘴里问到了向欢芳这个手机的号码。我到电信公司调查过，这个号码是向欢芳用假身份证登记的，我把这个手机号在案发前后的通话记录打印了一份，仔细看过之后，居然有了意外发现。”

“有什么意外发现？”

欧阳若指着那张通话记录说：“你看，10 月 12 日，即案发当日上午 9 点 17 分，向欢芳接听了一个电话，这里显示的来电号码，是一部本地手机，双方通话时长大约为 3 分钟，算是时间比较长的了。然后在 10 点 11 分和 10 点 24 分，向欢芳两次用自己的手机拨打同一个外地手机号码，现在我们已经证实，这两个电话都是打给向贵的。第一次是向欢芳偷窃孩子得手后告诉他自己弄到了一个女娃儿，叫他赶紧安排买家。第二个电话是向欢芳向他报告说自己不小心把孩子捂死了。”

“对啊，这个跟我们调查到的情况是一致的。”

龙毅点点头，看着她，还是没有明白她到底有什么重要发现。

“现在让我起疑心的，是向欢芳早上接听的这个电话。从时间上看，应该是在她去偷孩子之前。”欧阳若拿起桌子上的钢笔，在这个来电号码上重重地画一个圈，“我重点查了一下这个号码，龙队你猜，这是谁的手机号码？”

“谁的？”

“是管香菊的手机。”

龙毅愣了好几秒钟，才想起这是丁剑兰家保姆管阿姨的名字。现在他终于明白欧阳若所说的“意外发现”是什么了，他嚯地站起身：“你调查清楚了，确定这个真是管香菊的手机号码？”

“错不了，这个号码是用管香菊的身份证登记的，而且我也亲自拨打过，是她本人接的。”

龙毅的两道浓眉几乎拧到了一起：“一个是孩子的保姆，一个是人贩子，管香菊怎么会跟向欢芳扯上关系？难道……”

欧阳若知道队长想说什么，道：“是的，我已经确认孩子被盗一事，跟这位管阿姨有很大关系。”

“确认？怎么确认？现在电信公司的技术还没有先进到可以事先把她们的通话内容录下来，供我们警方调查吧？”

欧阳若说：“在管香菊给向欢芳打完这个电话不久，9 点 44 分左右，这时候她应该已经推着婴儿车走到明珠公园了，她又用手机给向欢芳发了一条短信——管香菊小时候曾上过几年学，会写很多字，她这次来到乔家当保姆，乔小磊又教会了她用手机发短信——向欢芳很快给她回复了一条短信。”

“她们短信来往的内容是什么？”龙毅说，“这个电信公司应该有记录的吧？”

“是的，我已经请电信公司把两人短信交谈的内容打印出来了。”欧阳若又拿出另一张打印纸递给队长。

龙毅接过来一看，根据上面的记录显示，10 月 12 日上午 9 点 44 分，管香菊发给向欢芳的短信是“我已经到了”这五个字，而向欢芳回复的是一句话：“两万块钱我已经用黑色塑料袋装好放在女厕所后面墙壁上的砖缝里。”

龙毅把目光从打印纸上收回来，看看欧阳若，欧阳若也在看他，两人都觉察到对方心里有与自己相同的想法。

龙毅问："这个管香菊，现在在哪里？"

欧阳若说："乔雅思出事之后，丁剑兰对这个保姆已经心生恨意，几次要将她赶走，管香菊自己也想辞工回老家去。据说被乔谦和乔小磊好言挽留，所以暂时还是住在乔家。"

"这个管香菊，看来是被人贩子向欢芳收买了，如果没有她的配合，向欢芳不可能那么容易将孩子抱走。"龙毅说，"走，你叫上方可奇，我们去丁剑兰家走一趟，先把管香菊带回来再说。"

欧阳若说声"是"，叫上方可奇，跟队长一起驱车赶往明珠花苑小区。

来到乔谦家门口，出来开门的是丁剑兰。丁剑兰看见三个警察，有些意外，但还是点着头，把三人让进屋里。

龙毅张望一下，见屋里只有丁剑兰和她儿子乔小磊，不由得有点儿意外地问："只有你们母子俩在家吗？你们家的保姆管阿姨呢？"

丁剑兰说："我老公在学校没有回来，家里只有我和小磊，管阿姨已经辞工走了。"

"走了？"龙毅一怔，问，"什么时候走的？"

"今天早上。"丁剑兰像是从龙毅的眼神里明白了什么，说，"不是我赶她走的，是她自己突然提出要走的。而且她一出门就关了手机，刚才小磊打她的手机也打不通。"

"她可真会挑时候辞职啊。"欧阳若说。

丁剑兰从她话里听出了端倪，问道："怎么，你们找她有事吗？"

龙毅说："我们怀疑你女儿失踪的事，跟她有关。很可能是她收了人贩子向欢芳两万块钱，故意把孩子让她抱走的。"

"什么？天哪！竟有这样的事？"丁剑兰身子一晃，一屁股坐在沙发上，缓过神来之后，咬牙道，"原来害死我女儿的罪魁祸首，竟然是她……当初我真是瞎了眼，竟然同意我老公把她请来当保姆。我要赶她走，你和你爸居然还挽留她……"后面这一句，是对着她儿子说的，乔小磊低头站在一边，不敢说话。

“乔谦，你这个没长眼睛的，要不是你引狼入室，我们的雅思也不会……”说到这里，她已经流下泪来。

“所以我们现在一定要找到她，要不然这个案子就破不了。”龙毅问她，“她离开的时候，有没有说要去哪里？”

乔小磊默默地递过一张纸巾给妈妈，丁剑兰擦擦眼泪说：“她没有说要去哪里，不过我想她应该也没有别的地方可去，一定是回乡下老家了。”

正在这时，门口忽然有人叫了一声“丁大姐”，众人回头一看，只见门外站着一个十八九岁的小姑娘，大门没关，小姑娘正往屋里瞅着。

丁剑兰应了一声，告诉龙毅他们说：“这是邻居家的小保姆，她叫小琴。”

小琴看见屋里站着好些人，感觉有点儿不好意思，但还是轻轻走进来，说：“丁大姐，你们家管阿姨的手机在我这里。是她早上走的时候托付给我的，她说她在手机里录了一些话，如果看到有警察到你们家来，就让我转交给警察。如果过了一个星期都没有警察到你们家来，就让我把这部手机扔了。”

她看看龙毅，又看看欧阳若和方可奇，怯怯地问：“你们都是警察吧？”

见到龙毅朝她点头，她就拿出一部手机递给他，说：“这就是管阿姨让我交给你们的手机，不知道管阿姨还会不会再回来，如果你们看见她，请告诉她小琴很想念她！”

她完成管阿姨托付给她的任务，不知道接下来该说些什么，忽然朝屋子里所有的人鞠个躬，转身跑出门去。

龙毅手里拿着管阿姨的手机，手机处在关机状态。他打开手机，找到录音播放功能，发现里面果然有一个语音文件，点开后，手机里很快就传来管阿姨说话的声音。

她在手机里说：“警察先生，既然你们再次找上门来，想必你们已经知道我才是害死雅思的罪魁祸首了吧？是的，你们怀疑得没错，雅思的死，是我一手造成的。”

据管香菊在手机录音里交代，其实她才是捂死孩子的真正凶手。

10 月 11 日这天晚上，丁剑兰因为丈夫回家晚了，跟他吵架。管香菊出来劝架，不想也被丁剑兰骂了，还被丁剑兰推倒在沙发上，差点儿摔一跤。她因此对这位女主人心生恨意。

第二天，也就是 10 月 12 日早上，她从菜市场买菜回家，听见雅思在屋里哇哇大哭，心生烦意，就随手拿了一个小枕头盖在她脸上，想让她消停一会儿。谁知等她择完小半捆蔬菜回房一看，雅思的脸憋得通红，躺在摇篮里没了动静，她仔细一看，才知道孩子已经被枕头给捂死了。

管香菊吓得一屁股跌坐在地上。好在当时乔谦夫妇都不在家，家里只有她跟乔小磊两个人，而此时乔小磊正在自己房间里关门复习功课，并不知道外面发生的事。怎么办呢？如果被乔谦夫妇知道自己捂死了他们的女儿，一定不会放过自己的，她一想到丁剑兰那狠戾得能杀人一样的目光，就觉得不寒而栗。而且人命关天，这事要是被警察知道，她肯定难逃牢狱之灾，说不定还要被判死刑呢。事已至此，现在该怎么办？

慌乱之际，她忽然想到了那个叫向大姐的人。

这个向大姐，是她一个多月前在明珠公园认识的。当时她正带着雅思在公园里玩，一个自称姓向的中年女人主动凑上来跟她攀谈。这位向大姐经常在公园里转悠，两人后来又坐在一起聊过几次天，渐渐地就变成了熟人，还互留了手机号码。

有一天，这位向大姐凑到她面前小声问她："婴儿车里的孩子卖不卖？如果你同意，我愿意出两万块钱买下这孩子。"管香菊一开始以为她是在开玩笑，待见她正贪婪地望着婴儿车里的雅思，才知道她是认真的，不由得吓得一个激灵，急忙推着婴儿车走开了。后来她又在公园遇见过这位向大姐几次，但都不怎么敢搭理她。这时候她已经明白，这位向大姐其实是个专门拐卖孩子的人贩子。

想起这位向大姐之后，管香菊心里忽然有了主意，她拿出手机给向大姐打电话，问她："一个孩子真能卖两万块？"向大姐说："当然，一手交钱一手交货，绝不拖欠。"

管香菊告诉向大姐自己昨晚被女主人骂了一顿，心里恨不过，想把孩子偷偷卖掉换点钱回老家去，再也不做这受气的保姆了。

向大姐说："好啊，你把孩子带到明珠公园来，我们在那里见面。"管香菊说："行，我到公园以后，如果公园没人，我就假装上厕所，把孩子放到别人很难看到的假山后面，你趁机把孩子抱走。还有，我们家女主人床头柜里有安眠药，我先把药放在奶粉里喂给孩子吃，让她慢慢熟睡，这样你抱走她时她就不会哭了。”向大姐说：“你想得真周到。”两人又在电话里商量了一会儿，前后共花了两三分钟。

打完电话，管香菊立即把已经死亡的孩子严严实实地包裹起来，放进婴儿车里，像往常一样，推去公园散步。为了不让人起疑心，她还特地把手机放在婴儿车里，播放以前录下的雅思的哭闹声给小区门口的保安听，造成一种这时候孩子还活着的假象。

来到公园后，她用手机给向大姐发了一条短信：“我已经到了。”向大姐给她回消息说：“两万块钱我已经用黑色塑料袋装好放在女厕所后面墙壁上的砖缝里。”

管香菊推着婴儿车来到公园假山后面，眼见四下无人，就把婴儿车停放在一块大石头后面，自己假装上厕所去了。

她进到厕所，找到后面墙壁上的那个砖缝，果然看见里面塞着一个黑色塑料袋，拿出来一看，里面有两沓钞票。她数了一下，正好 200 张百元大钞，整整两万元。她收好钱，从厕所里走出来，看到孩子连同婴儿车都不见了。

其时她并不知道，空婴儿车是被两名粗心大意的绑匪给偷走了，还以为向大姐连孩子带车一起推走了。她也顾不上细究，她已经把孩子包裹得很严实，几乎连脸都看不到，为的就是防止被向大姐看出破绽。既然这位向大姐慌忙间并没有发现异常就把孩子偷走了，她也松了口气。只要孩子一到向大姐手里，那孩子死亡的责任，就不由她承担了。

她又在公园等了一会儿，估计向大姐已经带着孩子走远，才假装在公园里找孩子，然后又给丁剑兰打电话说孩子丢了。在丁剑兰报警之后，又扯进来两名绑匪和她丈夫杨金良，这个却是她没有想到的。

后来孩子的尸体在公园后面的菜地被找到，警方查出偷走并捂死孩子的真凶是向欢芳，她一颗悬着的心这才彻底放下来，看来自己这个嫁祸于人的计划是成功了。

就在管香菊自以为诡计得逞之际，今天早上，她忽然接到一位女警察打来的电话，女警察在电话里问她叫什么名字，又问她这个手机号码是不是她的。

她当时就感觉到情况不妙，知道肯定是自己在跟向大姐联系的过程中留下了什么蛛丝马迹，让警方顺着线索找到自己头上来了。她把自己的作案过程细想一遍，感觉自己好像并没有留下什么能被警方抓到的把柄，她与向大姐接头，根本没有人看见，唯一能证明两人有直接联系的，是她给向大姐打过一次电话，发过一条短信……

一个电话，一条短信，那自己的手机号不就留在向大姐的手机里了吗？难怪警察会来查问自己的手机号码。想到这里，她就知道大事不妙，警方通过调查向大姐的通话记录，已经在怀疑她，并且很快就会找到她头上。她知道自己做过的事，再也瞒不住了。

这时候，她想起了警匪片里常说的一句话：再高明的犯罪手法，也瞒不过警察的火眼金睛。看来确实如此。

她想到孩子被发现时血淋淋的样子，心里也很难受。思来想去，最后她决定用手机录音的方式，向警方坦白一切。把手机托付给平时与她关系要好的邻居家小保姆小琴之后，她想回老家看看自己的丈夫，然后再找个没有人的地方，安静地结束自己的生命，也算是向小雅思还债吧……

手机里，管香菊说话的声音渐渐隐去，屋子里忽然变得很安静，安静得每个人都能听到自己的呼吸声。

龙毅、欧阳若和方可奇三个人相互看看，都从对方脸上看到一丝意外的表情。

他们早就想到管香菊收了向欢芳两万元钱把孩子卖给她，却没有想到真正捂死孩子的人，并不是向欢芳，而是管香菊。她设下如此迷局，成功地把杀死孩子的罪名嫁祸给了人贩子向欢芳。而更让警方没有想到的是，管香菊居然主动承认自己的杀人罪行，如果不是她心中惶恐，主动向警方坦白，警方还真不一定能查出她才是真正的凶手呢！

“畜生，畜生……”

丁剑兰像一尊木雕泥塑，呆呆地坐在沙发上听完录音，突然暴跳起来，一把夺过龙毅手里的手机，狠狠摔在地上，然后又用脚拼命踩着，边踩边哭边骂：“原来是你害死我女儿的，畜生，老畜生……”

“丁副局长，请你冷静……”

欧阳若上前劝阻，丁剑兰甩开她的手，忽然回过头把目标对准她，指着她的鼻子道：“你们这些警察，跟废物有什么区别？这个女人在我家待了这么久，你们都没有发现她的罪行，等现在她人都已经跑了，才说要来抓她。我真怀疑你们跟她是一伙的，你们是故意要放过这个杀人凶手，对吧？我要投诉，我要给你们鲁局长打电话……”

龙毅说：“丁副局长，你现在的心情我们理解，不过我们也是刚刚才得到线索，知道管香菊跟这个案子有关，所以才赶过来……”

“别跟我扯这些没用的，”丁剑兰挥手打断他，“有本事你们现在就去把她抓回来，让她为我女儿抵命！”

“这个不用你提醒，我们一定会将她逮捕归案的。”龙毅回头看看乔小磊。这个十四岁的少年正红着眼圈站在一边，默不作声。他拍拍孩子的头说，“我们走了，你照顾好你妈妈！”

乔小磊点点头，“嗯”了一声。

龙毅带着两名属下默默离去。

下楼时，龙毅问：“知道管香菊的家庭住址吗？”

欧阳若说：“知道。上午我到电信公司调查她的电话号码时，看到了她申请手机号码时递交的身份证复印件，我已经复印了一份带回来。她家住在我们市的白杨店镇南吉村。”

龙毅快步下楼，说：“她的犯罪事实已经很清楚，我们先回局里办好逮捕证，然后再去白杨店镇抓人。”

第八章　离奇死亡

龙毅带着欧阳若和方可奇，开着警车赶到白杨店镇南吉村已经是下午时分。

警车直接开进村里，在管香菊家门口停下。

管香菊家是一间平房，门口拴着一头老黄牛，正甩着尾巴吃着一堆红薯藤，屋子的大门却紧闭着，门上挂着一把大铁锁。欧阳若从窗户和门缝往里瞧了瞧，屋里空无一人。

龙毅往两边看看，来到旁边的邻居家，一位农妇正在屋门口剁猪菜。他蹲下身问："大婶，请问一下，杨金良和管香菊是不是住在您家隔壁这间平房里？"

农妇点头说"是"，龙毅又说："他们家现在没人，你知道他们去哪儿了吗？"

"去医院了。"

农妇头也不抬地说。

"医院？"龙毅吃了一惊，"发生什么事了？"

农妇剁完手里的一把猪菜，才抬头看了他们三人一眼，说："我也不知道到底发生了什么。管香菊不是一直在城里给人家当保姆挣钱吗？不过今天上午，我看见她背着一个大包回家了。中午的时候，突然听到她男人杨金良在屋里喊，说是他老婆上吊了。后来他把他老婆救下来，好像还没断气，就叫我老公开三轮摩托车把他们送到医院去了，好在这里离医院也不算远，十几分钟就能到。我老公刚才回来说，人还有气，正在医院抢救呢。"

龙毅与欧阳若对望一眼，两人心里都已经明白大概是怎么回事了。

他接着问那农妇："她现在在哪家医院？"

农妇说："在镇中心医院。"

龙毅向她道声谢，起身走回到警车里。

今天开车的是方可奇，没待队长开口，他已经掉转车头，把警车往镇上开去。

来到镇中心医院，医院并不大，他们在门口找了一名护士问："刚才有辆三轮摩托车送了一位女病人过来，五十多岁的样子，现在在什么地方？"

护士到护士站翻看了一下记录，说："是叫管香菊的那个病人吗？她在 310 病房。"

三人来到 310 病房，那是一间三人病房，靠窗的一张床位空着，另两张床位上都躺着病人，一张病床上躺着一个哼哼唧唧的老头儿，管香菊就躺在另一张病床上。她鼻孔里插着氧气管，手上正在打吊针，两名穿白大褂的医生正在病床边紧张地忙碌着。她丈夫杨金良手足无措地站在一边，急得满头大汗。

龙毅刚走到病房门口，杨金良抬头看见三个警察，不由得脸色一变，急忙把龙毅拉到外面走廊，说："警官，我早就跟你们说了，那个孩子的案子，真的跟我无关，你们怎么还是盯着我不放呢？"

龙毅说："我们不是来找你的，我们要找的人是你老婆管香菊。"

"找她？"杨金良一愣，"找她干什么？"

"她没有跟你说吗？"欧阳若脱口问道。

"说什么？"杨金良显得有点儿莫名其妙，"她什么都没有说啊。"

"她……"

欧阳若正想说她很可能就是杀死丁剑兰女儿的凶手，但看见队长正用制止的眼神看着自己，只好把到了嘴边的话又咽回去。

龙毅说："其实也没什么，关于那个孩子的案子，我们还有点儿情况想找她了解一下。"

"哦，原来是这样。"杨金良回头往病房里看了一眼，愁眉苦脸地说，"她现在这情况，你们也看见了，能不能醒过来都还不知道呢。"

龙毅也探头往病房里望了一眼，问："这到底是怎么回事？"

"我也正要问你们这究竟是怎么回事呢。"杨金良愤愤地说，"好好的一个人，怎么就突然要上吊自杀呢？是不是让丁剑兰那个女人给逼的？"

据杨金良说，今天上午，管香菊忽然从城里回来了。他见她身上背着行李，知道肯定是从乔家辞工了，那个姓丁的女人，出了这样的事，肯定不可能再把她留在家里做工。他想她回家也好，总好过在城里受人家的气。他知道她心里的委屈，她回家后一语不发，所以他也就没有多问。

吃过午饭后，她忽然开口说自己有点儿头痛，想好好睡一觉，叫他没事不要吵醒她。然后她就走进卧室，关上房门。过了一会儿，杨金良忽然听见从屋里传来“砰”的一声响，听起来像是凳子倒地的声音。

他感觉有点儿奇怪，想进卧室看个究竟，却发现房门从里面锁上了。他叫了几声老婆的名字，屋里没有人回应。他感觉到不妙，跑到窗户前往屋里瞧，就看见管香菊在卧室吊扇上挂了根绳子上吊。

他吓得魂飞魄散，费了好大力气才把房门弄开，把她从绳子上抱下来。这时她已经脸色苍白，双目紧闭，昏死过去。他摸摸她胸口，发现还有一丝心跳，急忙请隔壁开三轮摩托车的邻居王老三帮忙，把管香菊送到镇中心医院。

龙毅和欧阳若、方可奇听说管香菊回到家后上吊自杀，并不感到意外，管香菊在早上的手机录音里就已经表达了自己的这个想法。但是要她死，或者说要她为已经死去的孩子抵命，这并不是警方的目的。警方的责任是把案子调查清楚，还原事情的真相，至于如何给管香菊定罪，是判死刑还是有期徒刑，那是法院的事。

“你老婆她，”龙毅往病房里指指，问，“现在情况怎么样？”

“医生正在抢救呢，也不知道她还能不能……”杨金良抓着自己的头发，背靠墙壁蹲在地上，忽然呜呜大哭起来。

正在这时，一名医生摘下口罩，走出病房。龙毅迎上前问：“医生，管香菊的情况怎么样？”

医生一边揩着额头上的汗水，一边说：“现在应该已经脱离生命危险了，不过仍然处在昏迷之中，估计还要治疗一阵才能醒过来。”

杨金良一听老婆已经脱离生命危险，顿时破涕为笑，拉住医生的手，说了许多感谢的话。

医生笑笑说：“先别忙着谢我，赶紧去把住院费交了吧。”

龙毅回到病房，看到管香菊虽然仍处于昏迷之中，但脸上已经渐渐有了一丝血色，估计很快就能醒过来。

他想了一下，对欧阳若说：“小若，你留下来，守在这里，等她醒过来，立即打电话给我。”

欧阳若明白队长的意思，他是怕管香菊清醒过来后再次自杀，而且如果杨金良知道真相，也有可能会不顾一切地带着老婆逃走，所以队长才叫她留守在医院。

她点头说：“行，龙队，我知道了。”

龙毅把欧阳若留在医院，自己跟方可奇回到市局，这时已经是傍晚时分。

两人跟老毕及专案组的其他几个同事碰一下头，然后各自下班。

晚上8点左右，龙毅刚吃过晚饭，欧阳若在白杨店镇中心医院打电话过来，说管香菊已经苏醒过来，但精神状态不太好，她问了管香菊几个问题，管香菊都不肯回答，只流着眼泪一个劲地说自己该死，医生不该救她，让她死了才好。

龙毅叹口气说：“那你再辛苦一下，今晚就留在医院，明天我再过去看看。”

第二天清晨，龙毅还没起床，床上的手机就叫起来。刚按下接听键，欧阳若就在电话里道：“龙队，不好了，管香菊死了！”

“什么？”龙毅从床上一跃而起，“怎么死的？你不是一直在医院看着她吗？”

“我也不知道怎么回事，”欧阳若显得有点儿委屈，说，“昨天晚上她还好好的，今天早上一觉醒来，杨金良发现她已经死了。现在医生还在检查，具体死因不明。”

龙毅一边穿衣下床，一边说：“你在医院等着，我给白杨店镇派出所打电话，叫他们先派几个人到现场协助你，我和法医随后就到。”

从市区到白杨店镇，有一百多里路程，龙毅带着方可奇、老毕和法医芮雪等专案组的同事，赶到镇中心医院时已经是早上7点多。

这时，欧阳若和先行到达现场的辖区派出所民警已经将整个病房封锁。

龙毅走进病房，看见管香菊躺在病床上，闭着双眼，像是熟睡过去一般。他摸一下管香菊的手臂，尸体已经冰凉，应该已经死亡了一段时间了。

芮雪带着一名助手进来检查尸体，杨金良却拉着老婆的手不肯放开。

龙毅劝慰他几句，将他拉到一边，待他情绪稳定一点儿之后，开始向他问话。

对于管香菊死亡的原因，杨金良也感到有些莫名其妙。

昨天晚上7点多的时候，管香菊才从昏迷中苏醒过来。当时她的情绪很不稳定，一直在流泪，埋怨丈夫不该救她，让她死了才好。

杨金良虽然不知道到底发生了什么事，但还是一直在劝慰她，后来又买来热粥喂给妻子喝。管香菊不肯喝，还说饿死算了。

杨金良也赌气说：“你不喝我也不喝，我们一起饿死算了。”管香菊这才勉强喝了些热粥。

吃过晚饭，护士拿了一些药片过来，管香菊也不肯吃，杨金良哄她半天，才喂她服下。但她觉得反胃，吃完药后吐了一地。

半夜 12 点左右，护士再次进来给她派药，也是杨金良用温开水喂她将药片服下。这时管香菊似乎精神不错，起床上了一趟厕所，躺回床上后，跟丈夫说了两句话才渐渐睡着。

杨金良见妻子已经熟睡，这才松口气，自己也感觉到十分困倦，就倒在靠窗的那张空病床上，本来只想小睡一会儿，谁知一合上眼，就睡得沉沉的，一直到早上快 6 点的时候才醒过来。起床去看他老婆，见她仍然在床上睡觉，便没有惊醒她。

他跑到外面去买了些早餐回来，准备叫醒老婆一起吃时，却发现怎么叫她也没有反应。

他急忙把医生找来，医生给管香菊检查了一下，摇头说已经没救了，尸体都已经发凉，估计已经死亡一小时以上。

杨金良这才想起，早上起床时看见老婆躺在那里一动不动，当时就感觉好像有点儿不对劲，原来那时他老婆就已经死了。

说到这里，杨金良再也忍不住放声大哭起来。

龙毅拍拍他的肩膀，无声地叹了口气。

欧阳若走过来向队长汇报说，昨天晚上她一直守在医院，并没有发现任何异常情况。

昨天晚上，她一直坐在 310 病房外面的长条凳上，没有离开过。

昨晚 12 点左右，她看见杨金良搀扶着管香菊上厕所，厕所就在病房里。过了一阵，大约凌晨 1 点的时候，她又到病房里转了一圈儿，这时病房里所有的人，包括杨金良在内，都已经睡熟。她还特地看了看管香菊，她当时呼吸均匀，睡得正香。

后来因为感觉有点儿冷，欧阳若让护士给自己拿了一个被子，她就裹着被子在凳子上一直坐到天亮。

虽然中间有一段时间她感觉特别困，但因为队长的命令像一根弦一样紧绷在她脑海里，所以她的头脑一直是清醒的，并没有睡着，如果有人进出病房，她一定会知道。但是从昨天夜里 12 点，至今天早上发现管香菊死亡，这中间除了杨金良出去买早餐，就再也没有人进出过病房。

时间再往前推，从昨晚管香菊苏醒至半夜 12 点之间，只有护士进出过病房四次，其中有两次是给管菊香派药，一次是她的吊瓶打完后护士给她拔针，还有一次是护士给同病房的另一位病人量体温。

龙毅脸上的表情变得严肃起来，盯着她问："你确定自己昨天晚上并没有睡着？"

欧阳若说："这个我完全可以确定。而且案发后我已经第一时间查看过走廊里的监控视频，可以确认昨天晚上除了护士和杨金良，并无其他人员进出过病房。"

龙毅不由得往管香菊旁边那张病床上看了一眼，那张病床已经空了，就问："我记得那个床位昨天好像住着一个老头儿是吧？"

"今天早上命案发生后，为了便于警方封锁现场，医院已经将那老头儿转到另一间病房。"

欧阳若明白队长的意思，如果没有外面的人进来作案，那病房里最有嫌疑的人，就是那个老头儿了。

她说："那个老头儿今年已经七十多岁，瘫痪多年，根本无法下地走路，本来他有一个女儿在这里照顾他，但因为家里有事女儿回去了，所以昨天晚上只有老头儿一个人在这里。我问过杨金良，他并不认识那个老头儿，所以那个老头儿害死管香菊的可能性几乎为零。"

"凌晨 1 点你进入病房查看的时候，管香菊还活着，对吧？"

欧阳若点头说："是的，这个我可以确定。当时病房里很安静，我可以清晰地听到她的呼吸声。"

"这就奇怪了。"龙毅拧紧眉毛道，"凌晨 1 点她还活着，这之后并没有人进过病房，那她是怎么死的呢？"

“我觉得只有一种可能，”欧阳若看着队长说，“那就是自杀。”

龙毅沉思半晌，对她的推断既没有点头同意，也没有摇头否决，只是说：“还是等下听听法医怎么说吧。”

第九章　真假护士

这时芮雪已经把死者的尸体初步检查了一遍，向龙毅汇报："管香菊的死亡时间，大约是今天凌晨 4 点半，前后误差应该不会超过半小时，死因是三唑仑中毒。"

"三唑仑？"龙毅一怔，"那是安眠药啊。"

芮雪说："是的，她是因为服用了过量三唑仑，最后导致循环衰竭，呼吸抑制而死。"

"那自杀的可能性就比较大了。"方可奇听了法医的话，凑过来说，"服用过量安眠药致死的案例，多是自杀。我觉得这案子看上去也不像是他杀啊。"

龙毅明白他的意思。福尔摩斯有一句名言："排除一切不可能的，剩下的即使再不可思议，那也是真相。"现在有医院监控视频可以证明，昨天晚上并没有可疑人员进入病房，而同在病房的杨金良和另一个住院老头儿都不可能是凶手，那么剩下的唯一可能，就只能是自杀了。心中早已存下自杀念头的管香菊在昨天半夜，丈夫熟睡之后，自己悄悄服下过量安眠药，在沉睡中结束了自己的生命。

"据我所知，三唑仑可是国家管制药品，一般人是不可能随便买到的。"欧阳若提出自己的疑问，"如果管香菊是自杀，她是怎么拿到这些管制药品的呢？"

龙毅低头想了一下，说："管香菊不可能拿到三唑仑，但有一个人肯定能拿到。"

"谁？"

"丁剑兰。"

"丁剑兰？"欧阳若和方可奇都不大明白队长的意思。

"难道你们忘了吗？管香菊曾在手机录音里说过这样一句话，'我们家女主人床头柜里有安眠药’。她离开乔家时，就已经有寻死之心，所以我推断，会不会是在她离开乔家的时候，就已经偷了一些丁剑兰的安眠药拿在手里。”

欧阳若点头说：“这个倒是有可能的。”

龙毅走到一边，立即给丁剑兰打电话，先是告诉她管香菊的死讯，丁剑兰听后在电话里叹了口气，没有说话。然后龙毅问她：“是不是在服用安眠药？”

丁剑兰说：“是的，生下女儿后，我精神状态一直很差，经常失眠，后来到医院找熟人给开了一种安眠药，失眠的时候吃上一片，感觉效果还不错。”

龙毅问她：“这种安眠药的具体药品名叫什么？”

丁剑兰说：“是三唑仑片，而且是淡蓝色的那种，据说药效比普通安定强45~100倍，平时一般服用一片就够了。”

龙毅问：“假如有人偷了你的药，你会知道吗？”

“应该能知道吧，可是……”丁剑兰说，“这个药家里只有我一个人用，而且是放在我卧室床头柜里的，不可能被人偷走吧。再说谁会偷安眠药呢？”

说到这里，她忽然明白过来：“是不是管阿姨她？”

龙毅说：“是的，她就是因为服用过量三唑仑死亡的，而且她也应该知道你把这种淡蓝色药片放在床头柜里，对吧？”

“是的，她知道。而且我跟她说过这个药效果很好，但不能多吃，多吃几片就会永远醒不过来。”丁剑兰说，“你稍等，我去检查一下我的小药瓶。”

过了一会儿，她在电话里说：“我觉得这瓶子里的淡蓝色小药片，好像少了几片。”

龙毅问：“为什么？难道你还记得瓶子里有多少片药吗？”

丁剑兰说：“倒也不是记得多清楚。我用的这种三唑仑片，是30片一瓶，现在这瓶药是十天前找我朋友开处方买的，我记得自己只使用过五六次，但现在瓶子里只剩下十几片药，我不知道是自己记错了，还是真的被人偷走了一些。”

龙毅听到这里，心中已把这个案子的各个细节渐渐串联起来。

管香菊知道警方正在调查她之后，就已经抱定以死脱罪的决心，所以在昨天离开乔家时，她顺便从女主人床头柜里偷了一把安眠药备用。回到家，她上吊自杀没有成功，被丈夫救下送到医院，但赴死之心并没有改变。昨天半夜，趁丈夫熟睡，她拿出自己藏好的安眠药一口吞下，沉睡到今天凌晨，终于在睡梦中停止了呼吸。

龙毅把自己的推理说出来，欧阳若、方可奇还有老毕听了，都点头认可。

四人又分头把案发现场认真看了一遍，确认没有其他可疑之处，正打算按自杀案件来处理，杨金良忽然走过来，叫了一声“龙队长”，好像有什么话要说。

龙毅停住脚步问他：“有什么事？”

杨金良犹豫着说：“我刚才好像听见你们说到什么淡蓝色小药片。”

龙毅说：“是啊，你老婆是自己偷偷服下过量安眠药自杀身亡的。那种安眠药叫三唑仑，是一种淡蓝色小药片。”

“那个……”杨金良搓着手说，“昨天夜里12点，医生给我的药，也是一种淡蓝色小药片。”

“一共有几片？”

“一共有9片，我记得很清楚，我是分两次喂给我老婆服下的，一次是4片，一次是5片。”

龙毅听后，点头说：“好的，我知道了。”

他来到护士站，找到昨晚的当班护士，问她：“昨晚12点左右，派给管香菊的是不是一种淡蓝色小药片？”

护士查了一下派药记录，摇头说：“昨晚12点，我没有给管香菊派药啊，昨天最后一次派药，是晚上8点27分，我看见那时管香菊刚刚喝完热粥。这之后，就再也没有给她派过任何药片。”

“是吗？”龙毅心头一沉，立即转身回到病房，问杨金良，“你确定昨天晚上12点左右，医院护士给你老婆派过一种淡蓝色小药片？”

杨金良被他脸上严肃的表情吓了一跳，赶紧站起身说：“当然啊，我记得清清楚楚，那个药片是淡蓝色的，很小，共有9片，是医院护士亲手交给我的，还叮嘱我一定要让我老婆赶紧服下。晚上第一次派药的时候，我老婆吃下去又吐出来了，我以为是护士知道情况后又补发了另一种药，当时想也没想就喂给我老婆吃了。不信你看，装药片的小塑料瓶盖还在这里呢。”

他朝病床前的床头柜上指了一下，床头柜上放着一个白色小药杯，是医院给病人派药时的容器。

杨金良说："护士离开后，我分两次把那 9 片淡蓝色小药片喂给我老婆吃了，然后这个空塑料瓶盖就一直放在这里。当时我还有点儿奇怪呢，因为以前护士来给药，一般过一会儿就会进来把这塑料瓶盖收走，但这一次却一直不见护士来收，我还以为是护士太忙，忘记了呢。"

龙毅已经大概明白发生什么事了，立即戴上手套把那个小药杯拿给芮雪，请她检测一下，看看盖子里是否有残留的三唑仑成分。然后他继续追问杨金良："那名半夜给你派药的护士，你看清楚她的相貌了吗？"

杨金良摇头说："没有，她脸上戴着口罩，我根本看不清她长什么样。"

"那你有没有注意到她跟其他护士有什么不同的地方？"

"这个倒没有注意。护士不都是一个样吗？身上穿着白色护士服，头上戴着护士帽，脸上捂着一个大口罩，看上去都是一个样啊。"

龙毅皱皱眉头，知道从他这里问不出什么来，又去问欧阳若。

欧阳若有点儿意外，说："昨天半夜进病房的那名护士啊，这个我倒没有特别留意，反正是一身标准的护士打扮，我抬头看她一眼，就让她进来了。怎么了，龙队？"

龙毅说："我问过昨晚的当班护士，昨天夜里，只有她一个人在三楼值班，半夜 12 点前后她根本没有给管香菊派过药。"

欧阳若立刻意识到事情的严重性，道："这么说来，当时给管香菊派药的护士是别人假扮的了？"

龙毅点头说："很有这个可能。"

"难道她当时派给管香菊的淡蓝色小药片，就是置管香菊于死地的三唑仑？"

龙毅说："这个还不能最后确定。"

这时芮雪走过来，告诉他说她已经对那个装药片的小药杯进行了快速检测，可以确认里面的确残留三唑仑成分。

一旁的痕检员也报告说，在小药杯上只有杨金良的指纹，没有找到其他人的指纹。

龙毅点点头，现在至少可以确认两点：第一，这个小药杯确实装过三唑仑片；第二，把小药杯交给杨金良的那名"护士"很小心，没有在上面留下任何指纹，如果是护士正常派药，她根本用不着这么小心谨慎。

欧阳若说："这样一来，已经可以确定那个来历不明的'护士'交给杨金良的，确实就是三唑仑片了。"

那个神秘的"护士"在昨晚12点左右混进病房，将9片强效安眠药交给杨金良，并且让他赶紧喂给管香菊服下。杨金良并不知情，很快就按照"护士"的吩咐，把这些药喂给他老婆吃了。管香菊吃完，当时并无异状，渐渐熟睡，直到今天凌晨4点半，才在睡梦中停止呼吸。所以从目前的情况来看，管香菊极有可能是死于他杀。

而现在最要紧的就是搞清楚那名假护士的真实身份。龙毅走出病房，在走廊里四下看看，在走廊的一头，电梯出口处，安有一个监控摄像头。

欧阳若明白队长心里在想什么，说："监控视频显示终端在楼下保安室。早上我已经去看过监控，根本没有注意到那名半夜走进病房的护士是假冒的。"

龙毅快步跑下楼，在一楼保安室查看了三楼走廊监控摄像头拍摄到的昨晚半夜前后的视频画面。夜里11点56分，一名白衣白帽戴着口罩的护士，从走廊另一头的楼梯间走出来，径直走到310病房。当时坐在门口值勤的欧阳若只抬头看她一眼，并没有多加留意。大约一分钟后，这名护士快步走出病房，原路返回，从楼梯走下去。因为三楼护士站设置在靠近电梯的一头，所以这名护士进出310病房，并没有从护士站门口经过，一直在护士站值班的当班护士也没有看见这名假护士。

龙毅把这名假护士的头像截图给昨晚值班的护士看，因为视频拍摄的距离较远，截图很模糊。护士看后摇摇头说："不能确认这到底是不是他们医院的护士。而且对方脸上戴着口罩，就算在走廊里遇见，也不一定能马上分辨出真假来。"既然连医院的护士都不能马上分辨出来，那欧阳若及杨金良自然就更不用说了。

龙毅又回到保安室，把那段监控视频反复看了几遍，发现这名假护士的穿着打扮跟医院里的真护士几乎完全一样，很难将她与医院的护士区分开来，但有一个细节，却引起了龙毅的注意。

这名来历不明的神秘"护士"脚上穿的是一双黑色高跟鞋，在白色护士服下面特别显眼。而龙毅通过观察发现，医院里的护士要长时间站立或行走，上班时穿高跟鞋会很辛苦，所以一般都是穿平跟鞋。

他让欧阳若和方可奇把昨晚在医院值班的所有护士都问一遍，证实昨天晚上并没有护士穿黑色高跟鞋。

利用黑色高跟鞋这个易于辨别的标志，龙毅又把昨晚医院大门口的监控视频看了一遍，门口的监控摄像头清楚地拍到了这名穿黑色高跟鞋的护士进出医院大楼的画面。

她进入医院大楼时是昨天晚上 11 点 49 分。进入大门之时，她身上已经换好了护士服，并且戴好了口罩。

据门口保安说，医院里经常有护士穿着工作服出去买消夜之类的，所以他们对于穿护士服进出的人，并没有多加留意。

那名假护士走出医院大楼，是半夜 12 点过 5 分。她走出医院大门，拐个弯儿，顺着医院门口的街道往东走了。几秒钟后，她的背影就彻底走出了视频监控范围。

龙毅又让痕检员把假护士在医院行走过的路线仔细勘查一遍，无奈早上 7 点左右，医院的保洁员已经用消毒水把医院地板都清洗和拖扫了一遍，所以基本没有可能再找到那个女人的黑色高跟鞋脚印。

如此一来，警方虽然能从监控视频中看到那个女人出入医院的经过，但实际上却找不到其留下的任何痕迹。

第十章　黑色皮鞋

为了不影响医院正常的医疗秩序，310 病房的现场勘查工作结束后，警方立即解除了对现场的封锁，管香菊的尸体被拉到法医中心做进一步尸检。

回到市局，龙毅立即召集专案组的人员召开案情分析会。

目前虽然已经可以确认视频中出现的那个假护士，就是用安眠药毒杀管香菊的真凶，但因为在案发现场没有找到她留下的任何蛛丝马迹，所以她的身份对于警方来说，仍然是个谜。

龙毅把案情向大家做了简单的通报，也说了眼下遇到的困难，最后说："这个案子现在该怎么查下去，我想听听大家的意见。"

方可奇忍不住第一个发言，说："目前我们手里掌握的线索十分有限，从假护士这条线索查下去，估计有点儿困难。我觉得我们下一步，不妨从凶手的作案动机入手调查。"

说到这里，他扭头看看队长，见龙毅正在认真地听着，于是接着往下说："管香菊在乡下是个农妇，在城里也只是一个保姆，平时接触的人不会太多，说到跟她有什么深仇大恨的人，更是少之又少。我问过杨金良，管香菊平时有没有跟什么人结仇。他说他老婆脾气不错，平时很少得罪人，更不会因此引来杀身之祸。所以现在欲置管香菊于死地而后快的人，我想除了那个人，就再也不会有别人了。"

龙毅自然明白他的意思，看着他问："你说的是丁剑兰？"

"对，就是她。"

方可奇说到激动处，不由自主地站起身来："丁剑兰的女儿被管香菊害死，她曾多次扬言要亲手杀了害死她女儿的凶手，这个我们可都听见了的。据管香菊所言，她是因为孩子的哭声太吵，所以用枕头把她盖住，不想却意外令其窒息身亡，因此她的行为并非故意杀人，而是意外致人死亡。就算她被警察抓住，应该也不会被判立即执行的死刑，最多也是死缓，之后还有可能会减刑。也就是说，就算管香菊被警方捉拿归案，也不太可能为丁剑兰的女儿偿命。丁剑兰并不笨，我相信她心里应该明白这点。但是她不服气，她一定要置管香菊于死地，为自己惨死的女儿报仇！”

欧阳若问：“你的意思是说，那个用三唑仑片毒杀管香菊的假护士，就是丁剑兰？”

方可奇点头说：“我觉得完全有可能。丁剑兰知道管香菊自杀未遂，在白杨店镇中心医院住院，于是顿起杀心，在半夜里冒充护士混入医院进入病房，将一把药效极强的安眠药交给杨金良，让他喂给管香菊吃，最终导致管香菊因三唑仑中毒在睡梦中无声无息地死去。因为管香菊在手机录音中提到过女主人的安眠药，误使警方一开始认为她是偷了丁剑兰的安眠药后服药自杀的。当警方在电话里告诉丁剑兰，管香菊是服用过量安眠药自杀时，她立即顺着警方的话往下说，说自己的安眠药好像被人偷走了一些。当然，昨天晚上丁剑兰是戴着口罩经过伪装后进入医院的，就算最后警方查出管香菊并非自杀，而是死于他杀，也抓不到她任何把柄。”

大家听完方可奇的推断，都没有说话，一齐望着龙毅，想看看他是否认同这个说法。

龙毅沉思片刻，最后还是摇头说：“丁剑兰确实曾经说过，她想要亲手杀死害死她女儿的凶手，但我觉得那只是她一时的气话。她的脾气我们不是没有领教过，冲动起来她什么话都敢说。但要说她真的会做出这样害人性命的事，我还是觉得这并不符合她的性格。”

欧阳若说：“要想知道管香菊到底是不是丁剑兰杀的，我们去查一查昨晚案发时她在什么地方，是否有不在场证明，不就一清二楚了吗？”

龙毅一想，现在警方的侦查工作已经陷入僵局，沿着方可奇提出的这条线索去查一查也好，于是就点头说：“那好，小若，你跟方可奇一起去找丁剑兰调查一下，看看她是否有不在场证明。”

欧阳若和方可奇点点头，两人走出了会议室。

欧阳若看看表，现在是上午 11 点多，正是上班时间，丁剑兰应该在单位，于是跟方可奇一起驱车赶到市教育局。

找到丁剑兰的办公室时，这位丁副局长正在办公室里批阅文件，看见两个警察找上门，她有点儿诧异，问："你们找我有事吗？"

方可奇直截了当地说："今天早上管香菊死了，这下你高兴了吗？"

"我有什么好高兴的？"丁剑兰愠怒道，"她死了，我女儿就能活过来吗？"

欧阳若走到她办公桌前面，说："丁副局长，我们来这里是想调查一下昨天晚上 10 点至今天凌晨 2 点之间，你在哪里？"

丁剑兰一愣，盯着她问："你们这是什么意思？"

欧阳若不卑不亢地说："我们并没有特别的意思。从目前的情况来看，管香菊并非死于自杀，而是死于他杀。在破案之前，依据案件需要，警方可以将任何人列入调查范围。"

丁剑兰把身子往椅背上一靠，说："昨天晚上，在你说的这个时间段，我一直在家里睡觉。"

"有谁能证明吗？"

"我儿子可以证明。昨天我老公出差去了外地，大概要下周才能回来。昨晚只有我跟小磊在家，不信你们可以去问小磊。"

方可奇说："你说的这个情况，我们一定会调查核实的。当然，我们根本用不着去问你儿子，我们只要去你所居住的小区调看昨晚的监控视频，就知道你说的是真话还是假话了。"

丁剑兰脸色微微一变，忽然冷笑道："那恐怕要让你失望了，因为我昨天晚上并没有住在明珠花苑那边。"

"那你住在哪里？"

"你不会认为我们家只有一套房子吧？"丁剑兰喝了口茶，缓缓说道，"明珠花苑那套房子，是我们几年前买的，我们还有一套旧房子，在我儿子念书的学校附近。昨天晚上我儿子因为参加学校合唱团的排练，放学比较晚，他爸又不在家，所以我就跟小磊一起在那间旧屋里将就了一晚。"

"你的旧屋在哪里？"

"在革新路 42 号，不过那是一条老街，周围好像并没有安装任何监控摄像头，所以如果你们想看监控，我也帮不上忙。"

“不对吧？”欧阳若抓住了她话语中的一个漏洞，说，“你说你的安眠药就放在床头柜里，这个指的应该是明珠花苑那个家吧？今天早上我们警方打电话问你的安眠药是否被管香菊偷走过一些的时候，你能即时拿出药瓶查看，这说明当时你就在明珠花苑那个家里啊。”

丁剑兰嘴角一挑，带着一丝嘲弄的笑意道：“不巧得很，因为我知道晚上有可能要住在旧家那边，所以昨天下午我就已经把那瓶安眠药带在手提包里了。你们队长早上打电话问我的时候，小药瓶就躺在我的手提包中，所以我立即就能查看里面的药片数量。”

这一点倒是出乎欧阳若的预料，她“哦”了一声，一时之间竟接不上话来。

正在这时，丁剑兰的手机忽然唱起歌来，她拿起手机看了一下来电号码，又看看站在自己办公室的两个警察，起身走到门外，才按下接听键。

当她从自己面前走过时，欧阳若下意识地低头看了一下她脚上穿的鞋子，那是一双白色休闲鞋，她有些失望。

欧阳若一扭头，却看见丁剑兰办公桌下的缝隙中，伸出半个黑色皮鞋鞋尖。她心中一动，听见丁剑兰还在门外讲电话，就绕到她办公桌后面，果然看见桌子下放着一双黑色高跟皮鞋，应该是丁剑兰穿到单位上班之后才换下来的。

她想了一下，顺手从办公桌上拿起一张空白 A4 纸，把两只皮鞋放在上面，印下一对清晰的鞋印。

她刚放下皮鞋，就听见方可奇用力咳嗽一声，她知道丁剑兰要回来了，急忙从办公桌后面站起身，背对着门口，假装正在欣赏墙边的一盆兰花，顺手将那张 A4 纸小心折好，藏在衣服里。

离开丁剑兰的办公室后，欧阳若给队长打电话，汇报了自己这边的调查结果，并问队长要不要去丁剑兰在革新路的旧家那边再核实一下。

龙毅在电话里说：“先不要管丁剑兰，你们赶紧回来，老毕刚才从现场带了新线索回来。”

欧阳若正要问是什么新线索，队长已经挂断电话。她听出队长的声音有些振奋，想必老毕带回来的应该是重要线索，她也兴奋起来，和方可奇急忙赶回刑警大队。

老毕带回来的线索，是一枚清晰的女式高跟鞋鞋印。

龙毅他们离开白杨店镇中心医院后，老毕一直带着两名痕检员留在现场做补充调查。后来他们观看监控视频时发现，医院大门口的街道边有一小摊积水，那个假护士在离去时，一只脚不小心踏进了泥水中，然后赶紧抬脚踩在了旁边一家打字复印店的台阶上。

而今天上午，那家打字复印店因故没有开门营业，从视频记录的情况来看，昨晚半夜到今天上午，极少有人踏上过台阶，所以那个女人昨晚留在台阶上的鞋印，一直完整地保留在那里，直到被老毕发现。痕检员随后提取到了那枚鞋印。

痕检员已经用三维扫描仪将鞋印扫描进电脑，整个鞋印在电脑屏幕上放大后清晰地显示了出来，那是一枚 37 码的女式尖头高跟皮鞋印，脚掌处有凹凸花纹。

欧阳若凑到电脑前看了，感觉那凹凸花纹有点儿眼熟，忽然想起自己在丁剑兰办公室拓印到的鞋印，赶紧把那张 A4 纸拿出来一看，电脑里的这只鞋印，居然与纸上的右脚鞋印一模一样。

龙毅有些意外，拿过她手里的 A4 纸看了，问这是谁的鞋印。

欧阳若就把自己在丁剑兰办公室偷偷拓印她皮鞋印的经过说了。

龙毅把 A4 纸拿给老毕："赶紧找技术科的人比对一下，看看这个是否跟我们在现场发现的那枚皮鞋印一致。"

半个多小时后，好消息从技术科传来，经过认真比对，两组鞋印从花纹、磨损程度到缺损特征，都完全一致。可以确认，在案发现场发现的这枚鞋印，就是丁剑兰留下的。

龙毅一拍桌子道："迅速对丁剑兰实施抓捕！"

第十一章　少年同盟

丁剑兰被带到公安局时，一改往日嚣张跋扈的态度，一直低垂着头，沉默不语。

龙毅问：“知道为什么把你带到这里来吗？”

“这也正是我要问你们的问题。”丁剑兰抬头道，“为什么要把我带到这里来？我公务繁忙，浪费我的时间你们负得起责吗？”

“我们的工作也很忙，所以我就不跟你绕弯子了。”龙毅走到她跟前说，“现在我们警方怀疑你跟管香菊被毒杀一案有关系，你有重大作案嫌疑。”

丁剑兰知道杀死女儿的凶手管香菊自杀未遂，在白杨店镇中心医院住院之后，于昨天晚上驱车来到白杨店镇，化装成护士混进医院病房，将9片强效安眠药交给杨金良，叫他喂给管香菊吃下，最终导致管香菊因三唑仑中毒身亡。

丁剑兰一路上小心谨慎，尽量避免留下作案痕迹，甚至为了避开小区门口的摄像头，带着儿子住进了处在偏僻街道的旧家。

“至于你的杀人动机嘛，”龙毅补充说，“当然就是为了亲手给女儿报仇。”

“龙警官，你这番推理，乍一听好像勉强能够成立，可是实际上没有任何证据作为支撑，完全是站在你们警方的角度凭空想象出来的。”丁剑兰的语气忽然变得咄咄逼人，“你说我昨晚到过白杨店镇，你有证据吗？你说我化装成护士潜入医院杀人，你有证据吗？”

“我知道你是教育局的重要领导，是副处级干部，也知道你父亲是副市长，你觉得如果没有充分的证据，我们会轻易把你丁副局长请到这里来吗？”

“我倒想听听你有什么充分的证据。”

丁剑兰脸上带着一丝嘲讽之意，坐正身子，摆出一副愿闻其详的模样。

龙毅说：“昨天晚上，你是自己开车去白杨店镇医院的，因为你在教育部门当领导，平时经常到乡镇检查工作，对下乡的道路已经十分熟悉，所以一路上你避开了所有安装有交通监控摄像头的道路，把车开到镇上，停在了距离镇中心医院较远的一条小街边。这一路上，你走得小心翼翼，可以说几乎没有留下任何能被警方抓住的线索。但是你的一个重大疏忽，导致你自己把自己一路给监控起来了。”

“我自己监控自己？”

“是的，你百密一疏，忘记关闭你车上的行车记录仪了。我们的人刚才提取了你小车里行车记录仪拍摄的视频文件，通过查看视频，可以证实你昨晚 10 点从位于革新路的旧家出发，专走偏僻路段，避开交通监控，花了近一个半小时，最后抵达白杨店镇。从市区到镇上，再从镇上回到市区，整个过程都被你自己的行车记录仪清楚地记录了下来。”龙毅盯着她道，“要不要我把你的车载行车记录仪拍摄到的视频播放一遍给你看？”

“不用了，”丁剑兰摇头说，“因为行车记录仪拍摄的视频证明不了什么，最多只能证明我的车昨晚去过白杨店镇。可是我并没有在视频中出现，所以并不能证明那个开车的人就一定是我，对吧？”

“那好吧，你再看看这个。”

龙毅把桌子上的手提电脑转过来，使显示器正对她，电脑屏幕上显示的是一枚清晰的鞋印。

他说：“警方在昨晚的案发现场提取到了那名毒杀管香菊的假护士留下的皮鞋印，经过比对，证实是你穿着你办公桌下那双黑色高跟鞋留下的鞋印。这个你做何解释？”

“我办公室的高跟鞋？”丁剑兰回过头来，看见欧阳若手里拿着一张印有她单位抬头的 A4 纸，纸上印着一双尖头高跟皮鞋鞋印。她想起欧阳若曾到过自己办公室，忽然明白过来，“原来是你在搞鬼！”

她突然暴躁起来，举起双手，往欧阳若身上砸去。她手腕上戴着手铐，若被砸到，难免要受伤。

欧阳若眼明手快，侧身避开，伸手抓住她的胳膊，用力将她按在椅子上。

龙毅脸色一沉，对方可奇说：“去，给她上审讯椅。”

因为顾及丁剑兰的身份，刚才只是给她上了手铐，并没有让她坐在审讯椅上。

方可奇说声“是”，正要给丁剑兰上审讯椅，丁剑兰喘口粗气，忽然安静下来，说：“不用这么麻烦了。”她抬头看着龙毅，脸上露出一丝苦涩的笑容，“好吧，你赢了，我承认，你的推理完全正确，昨晚出现在那家医院的假护士就是我。”

“是吗？”龙毅愣住了。

他一直以为丁剑兰是一个强劲的对手，早已做好在审讯室里打持久战的准备，完全没有想到才两三个回合，对方就低头认罪了。

他忍不住追问一句：“你承认管香菊是你毒杀的吗？”

丁剑兰目光散乱，已经完全失去斗志，低下头去，说：“是的，她是我用安眠药毒死的。她是杀死我女儿的凶手，如果她自杀谢罪也就算了，可是她又被人救活，真是老天无眼，我就是要亲手为我女儿报仇！”

她的眼睛里忽然流下泪来。她流着眼泪，把自己的作案经过复述一遍，其过程与警方的推断基本一致。

审讯结束，丁剑兰被两名刑警押下去之后，欧阳若、方可奇和老毕等人，都松了一口气。

这个案子，从丁剑兰的女儿乔雅思失踪开始，到周虎和嗝屁两名绑匪落网，从发现孩子带血的尸体到错抓杨金良，从人贩子向欢芳之死到倒卖人口组织头目向贵落网，再从保姆管香菊在医院离奇死亡到丁剑兰低头认罪，绕了一个大圈，现在总算水落石出，真相大白。

专案组的人虽然一路辛苦，但看到案子有了令人满意的结果，心中也颇有成就感。

只有龙毅坐在那里，看着几名属下脸上都露出如释重负的表情，他却双眉紧锁，从口袋里掏出一支香烟叼在嘴里，一边吐着烟圈，一边看着丁剑兰刚刚坐过的那把椅子，目光深沉，若有所思。

欧阳若不由得有些奇怪，她知道队长只有在办案时遇上无法解决的难题，才会借抽烟来整理自己的思绪，但从来没有见过他在案子破了之后，还会皱着眉头抽烟的。

她凑到队长跟前，笑笑问：“龙队，这个案子总算水落石出，你怎么看起来一点儿也不高兴啊？”

龙毅看了她一眼，吐着烟圈说：“这个案子虽然破了，可我心里总觉得还有一个很大的疑问没有解决。”

“什么疑问？”

龙毅走到丁剑兰刚刚坐过的那把椅子跟前，仿佛这名女嫌犯还坐在那里。他对着椅子凝神思忖片刻，说：“我心中的疑问，就是丁剑兰深夜驱车奔行一百多里，跑到下面乡镇中心医院杀人这件事。”

“这事还有什么可疑之处吗？”欧阳若说，“警方有确凿证据证实这起杀人案是丁剑兰所为，而且她自己也亲口承认管香菊是她杀的。”

“但以我对这位丁副局长的了解，要不计后果地奔波百里去杀人，这完全不像她的行事风格啊。”龙毅把烟叼在嘴里用力抽了一口，然后说，“如果说管香菊被警方逮捕之后，丁剑兰花大价钱请最好的律师，一定要法官在法庭上判处管香菊死刑，这个我可以理解，因为这就是她行事做人的风格。但说到她亲自动手为女儿报仇雪恨，我就觉得有点儿不可思议了。我总在想，我们是不是把这个女人想得太简单了一点儿？”

“龙队，我倒是觉得你把她想得太复杂了呢。”方可奇说，“她的性格是不计后果，敢说敢做，冲动之下用安眠药杀人，这样的事她完全能够做得出来啊。”

“也许吧，但愿是我想多了。”

龙毅脸上终于露出一丝笑意，看看手表，已是下午4点。他扫了专案组的同事一眼，个个都是满脸疲惫，尤其是欧阳若，昨天晚上她守在医院一夜未眠，今天白天又马不停蹄连续作战，累得黑眼圈都出来了。

他说：“既然这样，那这个案子就这样结案吧。大家都辛苦了，今天早点下班休息。”

欧阳若一挺胸脯，朝队长行个军礼，笑道：“多谢龙队，你真是太了解我们了，我现在什么都不想做，只想倒在床上一觉睡到明天。”

她笑嘻嘻跑出门，却在门口差点儿跟别人撞个满怀，抬头一看，走过来的是法医芮雪。她本来想开玩笑说：“芮雪姐你来找龙队啊？龙队正好有空呢！”但看见对方手里拿着一个文件夹，知道她是来谈正事的，这句玩笑话溜到嘴边又缩了回去。她叫了一声“芮雪姐”，又退回审讯室。

芮雪的脸色有些苍白，她走进屋里，忍不住咳嗽一声。

龙毅急忙把烟头扔到地上用脚踩灭。

芮雪问欧阳若：“你们队长在吗？”

欧阳若不由得看看队长，吐了一下舌头。龙毅就站在旁边，她知道芮雪一定看见他了，却偏偏绷着脸来问她。她知道两人离婚后关系有点儿冷淡，忙道：“在的在的。”

“小雪，你找我有事？”龙毅走过来问。

芮雪看他一眼，一副公事公办的表情，说：“我这里有一份最新尸检报告，想拿给你看一下。”

“是管香菊的尸检报告吗？这么快就出来了？”

“不是，是乔雅思的。”

“那孩子的尸检报告不是早就出来了吗？”龙毅有点儿诧异。

芮雪说：“给孩子做完第一次尸检后，我觉得还有一些疑点没有搞清楚，所以最近又给她做了第二次尸检，结果与第一次给你的尸检报告基本一致。但在死亡时间的推断上，有了比前一次更加精确的表述。”

“她的死亡时间有什么变化吗？”龙毅接过尸检报告，边看边问。

“第一次尸检报告上对死亡时间的表述是，案发当日早上8点至10点30分之间，”芮雪指着报告上更改过的时间说，“这次检测出的时间更加精确，是在早上8点30分左右，我们用的是一种新的检测方法，前后误差应该不会超过20分钟。”

龙毅点点头，说：“辛苦了！”

芮雪淡淡地应道：“都是为工作，谈不上辛苦。”转身离去时，她走到门边又回过头来，看看龙毅脚边的烟头，说，“你的肺不好，还是别抽烟了。”

龙毅一怔，抬起头来看着她，芮雪脸上很快恢复了她惯有的淡漠，快步走出审讯室。

龙毅目送她离开之后，才低头看手里的尸检报告。

“我最担心的事，终于发生了。”看完报告，他叹口气说。

“什么事？”欧阳若问。

龙毅说："丁剑兰是一个表面脾气恶劣，但内心十分冷静，考虑事情十分周密的人，我总觉得她一点儿也不像那种为了给女儿报仇而不顾一切实施杀人计划的亡命之徒。现在看来，我的分析是完全正确的。"

方可奇问："你的意思是说，管香菊并不是丁剑兰杀死的？"

龙毅说："毒杀管香菊的凶手是丁剑兰，这点没有错。但她的杀人动机，却并不是给死去的女儿报仇。"

"那是为了什么？"欧阳若和方可奇同时发问。

龙毅没有直接回答他们，而是把目光落在手中的尸检报告上，说："丁剑兰真正的杀人动机，看看这份尸检报告，就已经十分明确了。"

关于乔雅思的死亡时间，警方一开始推断为案发当日上午 10 点她被人贩子偷走之后不久，后来管香菊在手机录音中供述乔雅思是被她捂死的，那么孩子的死亡时间就大大提前了。

根据明珠花苑小区门口的监控视频记录，10 月 12 日，管香菊出门买菜的时间是早上 8 点。大约一小时后，也就是 9 点过 5 分，她提着菜篮回到小区。

根据管香菊的供述，她买菜回家，听见孩子在哭心生烦意，拿枕头盖住孩子的脸，等她择完一小半捆蔬菜回房再看，孩子已经窒息而死。经过现场还原，警方判断孩子的死亡时间大约在 9 点 15 分。

但是现在，最新的尸检报告对孩子死亡时间的推测是案发当日早上 8 点半左右，前后误差不超过二十分钟，也就是说孩子死亡的时间段是在 8 点 10 分至 8 点 50 分之间。而这个时候，管香菊还在菜市场，根本不在家。

听队长说到这里，专案组几个人都愣住了，几乎异口同声地问："难道杀死孩子的凶手，不是管香菊？"

"这一点已经毫无疑问，因为孩子死亡时，这名保姆根本不在现场。"

"那杀死孩子的，到底是谁？"方可奇忍不住问。

龙毅看着手里的尸检报告没有说话。

欧阳若忽然明白过来："案发当日早上 8 点半左右，乔谦夫妇都出门去了，家里除了半岁大的乔雅思，就只有……"

"对，你说得没错。"龙毅把手里的尸检报告丢在桌子上说，"现在唯一有可能成为凶手的人，就只有乔小磊！"

“丁剑兰的儿子乔小磊？”所有在场的人都呆了一下。

老毕好半天才吭一声，说：“原来真正的凶手，竟然是那小子。”

“既然管香菊并不是杀死孩子的凶手，那她为什么要承认孩子是自己捂死的？并且事后还设计让人贩子向欢芳把已经死亡的孩子抱走？”方可奇不解。

“我想那应该是管香菊有意帮助乔小磊隐瞒真相并顶罪。”

“这又是为什么？”

龙毅解释说：“乔小磊是管香菊一手带大的，据说两人感情深厚，情同祖孙，管香菊这样做，倒也不出人意料。”

案发当日，管香菊买菜回家，发现乔雅思已经死亡，或者她当场就从乔小磊的表情中看出端倪，又或者是经过详细问询，她得知是乔小磊将妹妹捂死的。而乔小磊已经年满 14 周岁，故意杀人是要负刑事责任的。

为了帮助孩子隐瞒罪行，管香菊想出一个让人贩子在不知情的情况下把孩子偷走的主意，这样一来，杀死孩子的罪名就落到了人贩子头上。她这个嫁祸于人的计划，本来实施得很成功，但是在最后关头，因为她与人贩子联系时留下的手机号被警方掌握，让警方对她起了疑心。她知道嫁祸于人的计划已经败露，为了保护乔小磊，她只好自己站出来顶罪，承认乔雅思是她杀死的。

昨天中午，乔小磊在家里和他妈妈一起听到了管香菊离开时留下的手机录音，知道管香菊有可能会自杀。等警察离开之后，这个孩子再也无法保持沉默，向妈妈说出了真相。

丁剑兰是个心思缜密的人，知道杀死女儿的真凶竟是自己的儿子，而保姆管香菊只是在替儿子顶罪之后，她心里对管香菊生出的并非感激之情，而是担忧和恐惧。如果管香菊被警察抓住，万一警方瞧出端倪，审讯时从她嘴里得知真相，那儿子的一生就算是毁了。

在得知管香菊自杀未遂、在医院被救活的消息之后，丁剑兰就再也坐不住了。

她知道为了保护儿子，为了不让儿子的前途毁于一旦，自己一定得做点什么。于是，她在匆忙间实施了毒杀管香菊的计划。

待龙毅说完自己的推理之后，欧阳若问：“那我们现在要不要重审丁剑兰？”

龙毅想了一下，说：“丁剑兰为了保护儿子已经抱定必死之心，想要从她身上找到突破口估计有点儿困难。我看，我们还是先从乔小磊那孩子身上入手吧。”

他看看手表，现在还没有到放学时间，乔小磊应该还在学校上课。他带着欧阳若和方可奇驱车赶往乔小磊就读的初级中学。

在学校办公室，他们见到一位年轻的副校长，正拿着一支红笔在评阅试卷。

龙毅表明身份后，说："我们想找一个名叫乔小磊的学生。"

副校长听后一愣，说："你们来得可真不巧，这孩子目前已经离校出走，我们也正在找他呢。"

"离校出走？"龙毅皱着眉头问，"什么情况？"

副校长说："乔小磊是我们学校初二（5）班的学生。今天上午他在学校上完第三节课就失踪了，直到下午上课，也没有见到他的人影。我们联系他家长，他爸爸在外地出差，让我们打电话给孩子他妈。我们打了乔小磊妈妈的手机，一直没有人接。学校派人到他居住的小区问过，下午没有看见孩子回家。现在我们正派人到处找他，学校办公室也正准备报警呢……你们找他，是不是他在外面犯什么事了？"

"不是你想的那样，我们找他，主要是想向他了解一点儿情况。"龙毅不想多透露消息，就岔开话题问，"乔小磊是一个人离校，还是跟其他同学一起？"

"我们查看过学校门口的监控视频，发现他是跟其他五名同学一起离开学校的。"

"其他五个人，也是他们班的学生吗？"

"不是，同年级，但不同班。"

"这几名学生之间，有什么关联吗？"

副校长点着头说："他们这六个人，好像私底下组成了一个什么联盟。"

"什么联盟？"

副校长想了想，一拍脑袋说："对，是叫'反弟弟妹妹联盟'，他们原本都是独生子女，国家放开二胎政策后，他们的父母或是正准备生二胎，或是已经生了二胎。可能他们觉得家里多一个孩子会让他们失去父母亲对自己的爱，所以……"

"反弟弟妹妹联盟？"龙毅愣了一下，在嘴里重复着这几个字，心里已经隐约知道了乔小磊的杀人动机。

"孩子去了哪里，学校一点儿消息也不知道吗？"欧阳若问。

副校长摇头说："不知道，不过我们已经派了一些老师出去寻找。"

"孩子们年纪并不大，应该不会走太远，我建议你们立即向辖区派出所报警，请警方出动警力帮助寻找。"龙毅递给他一张名片，说，"还有，如果找到乔小磊，请务必联系我们。"

离开学校时，他命令欧阳若和方可奇："你们俩去追查乔小磊的下落，他是这个案子最关键的人物，无论如何也要找到他！"

第十二章　必遭天谴

龙毅刚回到刑警大队，老毕就迎上来说：“龙队，你回来得正好，我们这里来了个找碴儿的。”

龙毅不由得笑了，说：“好家伙，什么人居然敢到刑警大队找碴儿？”

他走进大队办公室，看见屋里坐着一个人，光头，胖子，戴着一副眼镜，跷着二郎腿，拿着手机不停地写着短信，一副业务繁忙的样子。

老毕指着这人说：“龙队，他是个私家侦探，外号叫四眼侦探，找到我们这里，说是要见见丁剑兰。”

龙毅脸上的表情变得严肃起来，上下打量那个四眼侦探，问：“你怎么知道丁剑兰在我们这里？”

四眼侦探收起手机，笑笑说：“如果我连这点信息都掌握不了，还怎么干私家侦探这一行呢？”

“那你找她干什么？”

“她以前委托我调查过一个案子，现在有了一些结果，我必须当面回复她。”

“她委托你调查什么事？”

“抱歉，这个属于我委托人的隐私，根据我们的行规，我不能向你透露。”

龙毅沉下脸来：“那你请回吧。你有你的行规，我们也有我们的规定。丁剑兰确实在我们这里，但我们是不可能让你跟她见面的，因为根据相关规定，没有判决的嫌犯是不允许会见任何人的，除了律师。”

“也许我们可以做个交易，”四眼侦探眼珠一转，笑嘻嘻地说，“我告诉你丁剑兰委托我调查的事项，你让我见见她。”

龙毅断然摇头，说：“我们不可能跟你做这种违反规定的交易。”

“既然这样，那我只有失望而归了。”四眼侦探一边慢吞吞地站起身，一边说，“不过据我猜测，丁剑兰委托我调查的事项，很可能跟你们正在调查的案子有所关联，既然你不想知道，那我也只好……”

“等等，”龙毅叫住假装要走的他，问，“你说什么？”

“我什么也没说。”

“那好吧，你告诉我丁剑兰委托你调查了什么事，我们可以破例让你跟丁剑兰见一面，不过最多只能给你们十分钟，而且你们会面时，我必须在场。”

四眼侦探一拍手，大声道：“好，成交！我收到丁剑兰的委托费，就有责任把我调查到的真相告诉她，至于能不能有第三者在场，我跟她的合约中并没有规定。”

龙毅问：“丁剑兰委托你调查的，到底是什么事？”

四眼侦探说：“她怀疑她老公乔谦有外遇，所以委托我对这位乔校长的异性关系展开调查。”

“结果呢？”

“结果嘛，”四眼侦探笑笑说，“我见到丁剑兰自然会说的。”

龙毅点头说：“行，你跟我来，我带你去见她。”他带着四眼侦探，往羁押室方向走去。

此时虽然只是傍晚，但羁押室因为采光不好，已经是漆黑一片。龙毅打开羁押室的门，按一下设在门外的电灯开关，屋里灯光亮起，丁剑兰眯了好一会儿眼睛，才适应过来。

她睁开眼睛看见跟着龙毅走进来的四眼侦探，不由得吃了一惊，问：“你，你怎么来了？”

四眼侦探看见她手上的铐子，叹口气说：“我既然已经接受你的委托，不管你身在外面，还是身在牢房，都必须得对你有个交代。”

丁剑兰苦笑一声，问他：“那我委托你调查的事，有结果了吗？”

“有结果了，”四眼侦探告诉她说，“那天在咖啡馆伸手找你老公要 10 万现金的黄发女人，我已经彻底调查过，她跟你老公确实没有男女方面的关系。”

“没有关系，我老公会平白无故给她 10 万块？”

“正如你老公向你坦白的那样，那个女人手里握有你老公的把柄，她在敲诈勒索他。不过你老公被她抓住的把柄，却并不是什么财务上的问题。”

“那是什么问题？”

四眼侦探看看她，又回头看看站在身后的龙毅，说：“这事说来话长。”

他告诉丁剑兰，其实她丈夫乔谦的母亲，并没有死去。

乔谦的父亲去世得早，家境贫寒的他读高中时，因为付不起学费，面临辍学的窘境。后来他听说学校有政策，凡是父母双亡的孤儿可以免除学杂费，并且学校还会定期向这样的困难学生发放助学金。为了能继续留在学校上学，他只好回到老家，请村长帮忙盖章，伪造了一份母亲的死亡证明。

正是因为这份伪造的证明，他不但得到了学校的助学金，而且被学校树立为战胜困难励志上进的学生榜样，还因此得到了丁剑兰的父亲、时任学校副校长的丁树人的另眼相看。

没有儿子的丁树人，很喜欢这个刻苦上进的孩子，几乎把他当成半个儿子一样看待，后来不但资助他上大学，还把自己的女儿嫁给他，并且一手提拔他当上了二中的校长。

而乔谦的母亲，自“死亡”之后，为了不让儿子学校瞧出端倪，自然不敢再在原来的村子居住，很快就搬到另一个叫作白杨店镇的地方重新安家，并且更改了自己的名字，给自己另外取名叫管香菊。

乔谦成为丁副市长的女婿，在城里站稳脚跟后，每年都会回家探望母亲一两次。但每次都只能悄悄地来，悄悄地走，不让丁剑兰有所察觉，更不敢让自己那位当副市长的岳父知道。

后来丁剑兰生下儿子乔小磊，家里要请保姆，乔谦为了能把母亲接到城里跟自己一起生活，灵机一动，对丁剑兰说是从职介所请回来的保姆。

管香菊深知儿子的良苦用心，自然不敢在儿媳妇丁剑兰面前表露自己的身份，只是在家里尽心尽力做好自己的保姆工作。丁小磊是她的亲孙子，她把他照顾得无微不至，乔小磊也很依赖她，这一老一小，感情深厚。

乔小磊十岁时，丁剑兰觉得儿子已经长大，应该学会独立生活，不能再依赖保姆照顾，执意要将管香菊辞退。乔谦只好又让母亲回到乡下。

四年后，因为国家全面放开二胎政策，丁剑兰生下女儿乔雅思，乔谦还是想让母亲进城帮自己带孩子：一来母亲可以跟自己生活在一起，彼此间有个照应；二来请母亲带孩子，自然要比请外面那些来历不明的保姆让人放心些。

这时管香菊已经在乡下再婚，但她怕儿子责怪自己，一直没有将这个消息告诉儿子。乔谦偶尔匆忙回家一次，她也事先让杨金良避开，所以乔谦并没有见过杨金良，杨金良也不知道乔谦是管香菊的儿子。

乔谦让母亲再次到家里来当保姆，但这时管香菊跟杨金良一起生活，已经不太愿意再次进城。

乔谦就多次打电话劝说和恳求她。他给母亲打电话，自然不能让妻子听见，所以每次打电话都躲到阳台或厕所里。这就是那段时间丁剑兰总是看见丈夫躲在一边鬼鬼祟祟打电话的原因。后来管香菊拗不过儿子，只好答应再次进城照顾刚刚出生的孙女。

当初乔谦伪造母亲的死亡证明骗取学校助学金，是他下跪央求村长，村长才同意在假证明上盖章的。当时在场的，还有村长刚刚读小学一年级的女儿。

现在，村长的女儿，也就是出现在咖啡馆的那个黄发女人，已经长到了二十多岁。

村长女儿也在城里打工，一个偶然的机会，她看见了乔谦和管香菊，也打听到了乔谦请管香菊到家里做保姆的事。这时她想到了当年乔谦跪求她爸开出的那张假死亡证明，不用细想，她也大致明白其中的故事了。

正好这时她赌地下六合彩输了钱，觉得乔谦当上校长了肯定有钱，于是就以公开当年假死亡证明的事来要挟他，找他要 10 万元封口费。乔谦有把柄被她抓住，只得把她约到一个偏僻的咖啡馆，给她 10 万元钱了结此事。

听四眼侦探说到这里，丁剑兰已是泪流满面。她忽然明白，当初自己跟丈夫吵架，正在气头上的她用手推了一下管阿姨，为什么丈夫会说她“小心遭天谴”，原来她当初动手打的是自己的婆婆啊！

这时候，龙毅心中最后一个谜团也豁然解开。

为什么管香菊宁愿自杀，也要替乔小磊隐瞒杀人罪行？

因为乔小磊是她的亲孙子啊！

龙毅带着四眼侦探离开羁押室时，忽然听到身后传来丁剑兰后悔莫及的哭声……

第三卷

白骨恨杀

第一章　暗藏杀机

一条灰扑扑的黄土路迤逦向前，伸向看不见的远方。一辆乡镇班车“嘎”的一声在路边停下，车门打开，段明晖带着女友程韵跳下车。中巴车关上门很快又开走了，车屁股后面扬起的尘土，被初秋的阵风一吹，呛得程韵直咳嗽。

段明晖急忙拿出一张纸巾递给女友，程韵用纸巾捂住口鼻，待汽车尾气和飞扬的尘土散尽，她才发现自己正站在河堤上，堤下是一条碧波荡漾的小河，河面宽约百米，对岸有一座大山，山脚下散落着三四十户人家。段明晖指着河对岸被大山包围的村子说：“那就是我家了！”

对面的大山，因为形似马蹄，所以叫作马蹄山，被大山包围着的村子叫作马蹄村，村前的这条小河，叫作马蹄沟。

段明晖是马蹄村人，十年前他走出小山村，到城里读高中，高中毕业后没有考上大学，他不想再回村里过父辈那种面朝黄土背朝天的农村生活，就留在南州城里，在一家广告公司找到了一份广告业务员的工作。因为工作卖力，业绩超群，现在他已经是公司业务部的高级主管。而今年 24 岁的程韵，则出生在与南州仅一江之隔的曲江市，大学毕业后她应聘到段明晖他们广告公司做文员，由于工作方面的原因，她平时跟段明晖接触得比较多，一来二去，两人就成了男女朋友。这次段明晖是带女朋友回家见父母的，如果家长不反对，两人就准备谈婚论嫁了。

两人牵着手，刚走下河堤，就看见一条渡船从对岸缓缓划过来，船上载着三五个过渡的乘客，撑船的是一个驼背老头儿。

不多时，渡船靠岸，船夫看见站在码头边的段明晖，不由得呵呵直乐，说：“哎哟，这不是明晖吗？除了过年，平时可难得见你回来。”

“驼子叔好！”段明晖也忙跟他打招呼。这个船夫姓刘，因为背有点儿驼，村里人都叫他刘驼子，而晚辈则尊称他一声“驼子叔”。

这条小河上原本有一座木桥连通东西两岸，因为年久失修，几年前被洪水冲垮了。为了方便村民过河出村，刘驼子就做了在这马蹄沟河上撑船摆渡的船夫。

刘驼子看见段明晖身边站着一个姑娘，不由得愣了一下，脸上现出疑惑的表情。段明晖忙说：“她是我女朋友，我带她回家见我爸妈的。”

刘驼子“哦”了一声，上下打量程韵一眼，说：“那你们快上船吧，我渡你们过河。”

段明晖和程韵跳上船，刘驼子吆喝一声：“坐稳啰！”竹竿往岸边用力一撑，小船就离开码头，朝着对岸缓缓行去。

程韵坐在船上，只觉阵阵河风拂面，十分凉爽。河水清澈，偶然一低头，竟然能看见从船舷边游过的小鱼。这让从小生活在城市里的她备感新奇，童心大起地俯下身把手伸进河水里，想要把鱼抓住，小鱼却绕着她的手指灵活地游开了。

她在河水中洗洗手，一抬头，忽然看见刘驼子正一边撑船，一边盯着她看，不由得一愣。

刘驼子忽然问：“明晖，你女朋友是曲江市人吧？”

段明晖有点儿意外，点头说：“是啊，她的老家在曲江市。怎么，驼子叔你认识她？”

刘驼子“嘿嘿”一笑，说：“不认识，我猜的。”

河面不算太宽，说话间船就已经到岸。段明晖付了船资，拉着程韵跳上岸，两人一起往村里走去。

这是一个自然村，一条呈“几”字形的小路在山谷中蜿蜒穿过，小路两边零星地分布着一些住户。段明晖的家，是一栋刚刚盖好的平房。他父母年纪不算大，前些年一直在外面打工，去年才回到村里盖起这栋平房。院子里还堆着一些砖头和水泥，老两口准备儿子结婚的时候，再在房顶加盖一层，做儿子的新房。

段明晖回到家时，他父亲段一山和母亲何芹正在院子门口等着。看见儿子带回来一个漂亮的女朋友，不但是城里人，而且还是个大学生，老两口直乐得合不拢嘴。

程韵大大方方地上前叫了声“叔叔、阿姨”，段一山和何芹连声应着，一齐伸手接过她背上的行李，反倒把段明晖给晾在了一边。

进屋后，程韵打开背包，把带回来的礼物拿出来送给两位长辈。她送给段一山的见面礼是两瓶好酒。她曾听段明晖说过，他父亲没有别的爱好，就是喜欢早晚喝两杯小酒。

果然，段一山接过礼物一看是两瓶泸州老窖，高兴得很，恨不得马上揭开瓶盖喝上两口。

何芹则拉着程韵的手，把她左瞧右看，好像儿子为她捡回来一个宝贝一样，连脸上的皱纹都绽放出了笑意。程韵被她瞧得满脸通红，都有些不好意思了。

段明晖不满地嚷道：“妈，你做饭了没有？坐了老半天车，我这肚子都快饿瘪了。”

何芹一拍大腿说：“瞧我这一高兴，竟然把吃饭的事给忘了。小韵你也饿了吧？我早就做好晚饭，只等你们回家了。”她脚步轻快地跑进厨房，不大一会儿，香喷喷的饭菜就摆上了桌子。

吃饭的时候，何芹问程韵的生辰八字，程韵说了。何芹掐指一算，说：“我们家明晖是庚午年出生，属土，小韵你壬申年出生属金。命书里说，男土女金喜洋洋，儿女聪明家兴旺，姻缘美满福双全，满仓财产好风光。”

程韵忍不住“扑哧”一笑，说：“阿姨原来你还会算命啊。”何芹笑笑说：“我这也是跟外面的八字先生学来的。”

吃完饭，趁着母亲在厨房里收拾的时候，段明晖走进去悄声问：“妈，你们觉得小韵怎么样？”

何芹回头看看正在堂屋里收拾饭桌的准媳妇，说：“这姑娘倒是不错，既懂事又勤快，只是妈担当心人家可是有城市户口的大学生，要是结了婚，你可不一定能管得住她。”

段明晖不由得笑了，说：“妈，你那一套早过时了，结婚后两个人是平等的，不一定非得谁管住谁。再说在公司里我是她的领导，要管住她也不是什么难事。”何芹听罢，这才放心。

这时程韵也走进厨房，挽起衣袖要帮何芹洗碗，何芹忙说：“不用不用，别把你的衣服弄脏了。”一面朝儿子说，“你们别闷在家里了，明晖你带小韵出去走走吧。”

段明晖“嗯”一声，就带着女朋友从家里走出来。刚走到院门口，忽然听到有人尖声大叫：“咿呀呀……”

程韵吓了一跳，循声望去，却见路边杨树下站着一个身材瘦削的年轻人，正对着池塘水面尖声长叫。

听见脚步声，年轻人转过头来，看见段明晖，大声跟他打招呼：“明晖哥，你几时回来的？”

段明晖说：“刚刚到家吃过晚饭。”

年轻人的脸显得有些苍白，但两只眼睛却十分灵活，他朝程韵望了一眼，笑笑问：“这位美女是……”

段明晖拉着程韵的手向他介绍说：“她是我女朋友，叫程韵。”

年轻人“嘻嘻”一笑，对着程韵叫了一声“嫂子”。程韵脸色一红，怔在那里，竟不知道该怎样回答。

两人前行不远，拐了一个弯后，段明晖才告诉程韵，这个年轻人名叫宋宝弟，是他们邻居家的孩子，因为身体长得单薄，没办法出去打工，现在正在村里的戏班学唱戏，刚才估计是在吊嗓子。

程韵有点儿意外，说：“你们村还有戏班啊？”

段明晖说：“是啊，我们村地处偏僻，村中没有什么娱乐活动，老人们就自己组织了一个戏班，逢年过节，或者村里有红白喜事的时候，就用门板搭个戏台，自娱自乐地唱唱花鼓戏什么的，在村里很受欢迎。”

两人一边说着话，一边牵着手，沿着村中小路往前走去。

这时正是傍晚时分，太阳已经落到大山背后，那些鸡呀鹅呀鸭呀，都从山间草丛中钻出来，从路边水塘中爬上来，大摇大摆地各自回家。几个穿开裆裤的小孩忽然跑出来，把一只芦花鸡撵得满地乱窜。村道边的大树下，三三两两地坐着一些老人，有的在闷头抽烟，有的在说话聊天，看到段明晖，都熟稔地跟他打着招呼。当看清他身边还带着一个女孩时，都不由得盯着她多看了几眼。

程韵观察了一下，这一路走来，在村子里见到的几乎全是老人和孩子，除了刚刚那个站在池塘边吊嗓子的宋宝弟，就再也看不到一个年轻人。段明晖看出了她心中的疑惑，说："村子里的青壮年都外出打工了，村子里只剩下了老人和孩子。"

程韵犹豫了一下，说："你有没有注意到刚才那些村民看我的目光，有点儿怪怪的。"

段明晖道："是吗？我怎么没有感觉到？可能是我们村里太久没有来过美女了。"说罢，他哈哈大笑起来。

程韵也不由得笑起来，自己是第一次来到马蹄村，第一次见到这些村民，他们用怀疑和警惕的目光看自己，那也是人之常情。想到这里，便也觉得没什么可放在心上的了。

这时夜幕降临，天色渐暗，她拉拉段明晖的胳膊，正要转身往回走，忽然听到一阵"踢踢踏踏"的脚步声。抬头看时，却是一个老头儿高挽着裤脚，牵着一头大水牛从村道那头走过来。

她急忙松开段明晖的手臂，两人分别退到村道两边，准备先让大水牛过去。

谁知就在那头大水牛从两人中间经过时，走在前面的老头儿一抖缰绳，大水牛忽然把头一偏，一只牛角竟然猛地朝程韵挑过来。程韵吓了一跳，急忙往后退一步，尖尖的牛角贴着她的衣服下摆划了过去。老头儿回过头，狠狠地瞪她一眼，牵着牛扬长而去。

程韵看着那头大水牛远去的背影，不由得感到一阵后怕。她在电视新闻里看到过，有人被牛角挑穿肚子，内脏都露了出来，刚才若不是自己闪避得快，只怕后果不堪设想。

段明晖也看到了刚才那惊险的一幕，跑过来问："你没事吧？"

程韵摇头说："还好，不过我觉得他好像是故意的。"

"他叫段大谷，是我大伯，他有这样的举动倒也不奇怪。"段明晖看着那个牵牛人的背影说，"我大伯脾气暴躁，而且喜欢赌博，每次输了钱回家就动手打他老婆，所以年轻的时候他老婆就受不了他的打骂，跟着一个到村里做工的小木匠跑了。那时他经常找我家借钱去赌博，而且只借不还，我爸找他要债，他就动手打人，两家因此结了愁，互不来往。直到现在，我爸跟他，兄弟之间还是谁也不理谁。估计刚才他看见你跟我在一起，连你也一块儿恨上了，所以才……”

程韵不由得叹了口气，第一次意识到这平静悠闲得如世外桃源般的小山村里，竟然也暗藏着杀机！

第二章　午夜惊变

夜晚的乡村，显得特别寂静，偶尔传出的一声犬吠，也能把人吓一跳。与城市不同，乡村的夜生活单调而枯燥，除了偶尔串串门，多数时候，人们都只能坐在家里看电视。

马蹄村没有通有线电视，村民们都在自家屋顶上装一个卫星锅，接收卫星电视信号，但因为信号微弱，所以电视机里的影像十分模糊，满屏都是雪花点。

晚上，程韵坐在堂屋里，一边看电视，一边陪着段明晖的父母聊天。

何芹为儿子能找个城里的姑娘作女朋友感到十分高兴，却又隐隐有些担心，拉着程韵的手语带歉意地说："闺女，我们家住在农村，你也看到了，境况不是很好，没法跟你们城里比，你跟我们家明晖在一起，真是让你受委屈了。不过你放心，我们把砖头水泥都已经准备好了，等你们结婚的时候，我们再想办法在房子上加盖一层当你们的新房，到那时我们家也算是住上楼房了。"

段明晖看了自己的老妈一眼，忍不住笑起来，说："妈，房子的事您就别操心了，难不成我们结婚后还回到这马蹄村来住啊？我跟小韵早就商量过了，等我们攒够钱，就在城里买套房子。"

程韵也跟着点头说："是的，到那时我们再把叔叔阿姨接到城里一起住。"

晚饭的时候，段一山喝了两杯泸州老窖，这时酒劲还没有消，瞪了程韵一眼，故意板起脸说："这都什么节骨眼儿上了，还叫叔叔阿姨呢？"

程韵不由得脸一红，她心里当然知道，段一山这话就是认可了她这位儿媳的意思，抬头看看段明晖，段明晖正朝她眨眼睛。她只好朝着段一山和何芹低声叫了一声："爸，妈！"段一山和何芹老两口一听，当即就"呵呵"乐出声来。

何芹又问了一些程韵家里的情况，觉得时候不早了，就让她早点去睡觉。

为了迎接这位城里来的准儿媳妇，何芹早就收拾好了一间干净的卧室让程韵单独住。

段明晖把她带进卧室，程韵看见房间里摆着一张崭新的席梦思，床上的床单被子都是新置的，知道这是未来的公公婆婆为自己特意添置的，心中十分感动。

段明晖坐在床边，一脸赖皮地嬉笑着说："今晚我也想睡新床行不？""不行，"程韵断然拒绝，笑着把他从床上踹下来，"赶紧滚回你自己的房间去！"

段明晖只得摸着被她踹疼的屁股，讪笑着走了。程韵从里面将房门锁上，然后上床睡觉。

可是躺在柔软的席梦思上，她却翻来覆去一时难以入睡。看看手表，才晚上9点多，如果是在城市里，丰富多彩的夜生活才刚刚开始呢。她已经好多年没有这么早上床睡觉了，一时之间竟然有些不习惯。

她闭上眼睛，脑海里忽然闪现出马蹄村那些村民看到她时那种古怪的目光。

他们为什么会用那样一种目光看她，难道真如段明晖所言，仅仅是因为她是来到村子里的陌生人？还有段明晖的大伯，看见她的时候，为什么会突然抖动缰绳指使那头大水牛用牛角来挑她？

她心里忽然涌起一种细思极恐的感觉，总觉得这个看似平静的小山村，好像暗中透着一种说不出来的古怪味道。

她想了好久，也想不出个所以然来，只好回过头自己安慰自己，也许什么事都没有，只是自己想多了。再说就算自己跟段明晖结婚，以后也不会在这村子里住，管别人用什么眼光看自己呢，只要明晖他爸妈对自己好，只要明晖对自己好，就行了。

这样想着，她慢慢放松下来，翻过身去，头枕着软绵绵的新枕头渐渐进入梦乡。

也不知睡了多久，忽然"砰"的一声，房门被人踢开，段明晖闯进来，一把将她从床上拉起，扯着她就往外跑。

程韵吓了一跳，问他："怎么了？"段明晖没有说话，只是拉着她一个劲儿地往前跑。

程韵回头一看，这才发现后面竟然跟着一大群人，手里举着铁锹锄头菜刀镰刀之类的武器，正在追杀他们。她再睁大眼睛仔细一瞧，原来这些人，都是他们晚上在村道上散步时见过的那些村民。

“到底发生什么事了？”她气喘吁吁地问段明晖。

段明晖仍然一语不发，只是连拖带拽地拉着她，往马蹄沟的方向跑去。来到小河边，却发现那条渡船已经不见了。段明晖站在码头上大叫：“驼子叔，驼子叔，快渡我们过河……”但并没有听到那个驼背船夫的回应。后面追杀他们的村民已经越逼越近，程韵吓得浑身发抖，一紧张，就感觉到一阵内急……

她身子一弹，猛然睁开双眼，发现自己还躺在床上，这才知道，刚才只不过是做了一个噩梦。

她摸摸额头，已经是满头虚汗。她嘘了口气，翻过身，正想接着睡，却感觉到有些内急，她掀开毛毯翻身起床，正要去上厕所，忽然发现床边地板上印着一个模模糊糊的人影。

她心里一紧，抬头一看，才发现窗户外面好像站着一个人，淡淡的月光把他的影子照到了房间地板上。

“是谁？”

程韵大吃一惊，同时伸手摁亮了房间里的电灯。没错，窗户外面确实站着一个人，是一个穿白裙子的女人，垂肩长发几乎把她的脸全部遮住，侧身站在那里，程韵一时间竟无法看清她的相貌。

程韵“啊”的一声，双腿一软，一屁股坐在床上，颤声问道：“你，你是人还是鬼？”

白衣女人一动不动地站在窗外，轻声叹口气说：“我当然是人。”她的声音听起来有点儿沙哑，好像是故意压着嗓门在说话。

程韵一听对方是人不是鬼，略松了口气，说：“你是谁？你想干什么？”

白衣女子说：“我叫宋佳佳，我是来找你要回我男朋友的。”

“要回你男朋友？”程韵一怔，问，“你男朋友是谁呀？”

宋佳佳说：“我男朋友是段明晖。”

“什么？”程韵以为自己听错了，“明晖是你男朋友？”

宋佳佳点头说：“是的，段明晖就是我的男朋友。”

她告诉程韵说，她家跟段明晖的家是挨着的，两个人从小就定下了娃娃亲，这事全村人都知道，随便找个人打听一下就能证明她没有说假话。她跟段明晖自小青梅竹马两小无猜，关系十分亲近。段明晖到城里打工之后，她也跟着他到了城里，两人还在一起同居了两年多。但是就在她跟段明晖水到渠成、即将谈婚论嫁的时候，这个负心汉却移情别恋，跟公司的同事程韵好上了。

段明晖不但狠心地抛弃了她，还逼她离开南州城，回到了马蹄村。而就在宋佳佳回到村里后不久，她发现自己已经怀上了段明晖的孩子。

这次段明晖带女朋友回家之前，就已经打电话警告过她，叫她识相一点儿，别没事找事，要是坏了他的好事，他就放一把大火烧死她全家。宋佳佳受到段明晖的威胁，心里很是害怕，直到今天傍晚看见段明晖牵着程韵的手在村道上散步，好像故意向她示威一样，她心里气不过，这才豁出去了，三更半夜来找程韵……

“这不可能，这绝对不可能！”程韵听宋佳佳说完，蓦然冲到窗户边，看着她的侧影摇头说，“明晖曾告诉我，在我之前，他从来没有跟别的女孩谈过恋爱，他跟我是第一次谈恋爱……你在说谎，你一定在说谎！”

“哼，第一次谈恋爱？”宋佳佳忽然冷笑起来，说，“他都已经 25 岁了，居然还是第一次跟女孩谈恋爱，在这个连读初中的小屁孩都在谈恋爱的时代，你觉得他的话可信吗？”

“我……”程韵被她问住了。一个生活在充满诱惑的现代都市的年轻人，身体和心理都很正常，在 25 岁之前没有谈过恋爱，这听起来确实让人难以置信。哪怕像自己这样性格单纯的人，不也在段明晖之前谈过一个男朋友吗？尽管后来分手了。

“我知道你一时难以相信我说的话。”宋佳佳换了一种语气说，“在段明晖左边屁股上有一块青色的胎记，样子看上去像一只蝴蝶，对不对？”

“对，你怎么知道的……”程韵忽然惊讶得说不出话来。

段明晖在她面前换衣服的时候，她确实看见他臀部有一块蝴蝶状的青色胎记。如果不是跟他关系亲近的女人，是绝不会知道这个细节的。她的心渐渐沉了下去。

“我的下场你也看到了，哪怕是怀上了他的孩子，只要有了新欢，他仍然会毫不犹豫地抛弃我。”宋佳佳叹口气说，“你自己想想，你跟着这样薄情寡义的负心汉，会有好结果吗？如果遇见更好的女人，他一定会像丢弃一块烂抹布一样将你扔进垃圾桶。我的今天，就是你的明天！”

“不，不，”程韵摇着头说，“明晖他不是这样的人……”

“段明晖是不是这样的人，你自己去问问他就知道了。”宋佳佳抚摸着自己那已经突起得很明显的肚子，缓缓地道，“我跟明晖哥从小就在一起，我是真心爱他的，我心里除了他，已经装不下别的男人了。他单方面宣布跟我分手之后，我心灰意冷，本想一死了之。但我肚子里的孩子是无辜的，我想把孩子生下来，可是孩子不能没有爸爸，所以孩子生下来后，如果明晖哥不认他，哪怕是去做亲子鉴定，我也一定要把明晖哥夺回来做孩子的爸爸……”

看着她那隆起的肚子，已经容不得程韵不相信她的话了，没有哪个女人会用自己肚子里的孩子来撒谎。“原来段明晖竟然是这样一个人……”程韵忽然感觉胸口好像挨了一记重拳，疼得几乎喘不过气来，他踉跄着后退几步，一屁股坐在地板上。

她用手抚抚胸口，缓过一口气来，抬头看时，窗户外面空空荡荡的，已经不见了宋佳佳的身影，只有一些模糊的树影在月光下随风摆动，给人一种恍若梦中的感觉。

程韵倒宁愿刚才的一切只不过是一场噩梦，她用力咬一下自己的手腕，钻心的疼痛告诉她这不是在做梦，这一切都是真实的。她坐在冰凉的地板上，背靠床边，眼泪止不住流了出来。

她真是做梦也没有想到，自己打算托付终身的男人，竟然是一个这样的人。现在她该怎么办呢？她用力扯着自己的头发，把头在床边磕得“砰砰”直响。

过了好久，她忽然想到什么，掏出手机，犹豫一下还是拨通了储存在手机里的一个号码。

电话那头的人，是她的姐姐程依琳。程韵出生在曲江市，在她很小的时候，父亲就因为罹患肝癌去世，她和姐姐都是靠母亲一手拉扯大的。后来她母亲因操劳过度，身体不好，一直在家里养病。比她大两岁的姐姐高中毕业后虽然考上了大学，但并没有去上学，从 18 岁起，她就在一家旅游公司做导游，尽自己最大的努力赚钱养家，同时供妹妹上学。

程韵知道姐姐也是一个聪明好学的人，上学时她的成绩并不比自己差，只是为了支撑起这个家，她才早早辍学去打工。她不想让姐姐做一辈子的打工妹，在读大学时，她利用自己勤工俭学挣来的钱，给姐姐买了很多学习资料，鼓励她去参加曲江市的公务员考试。经过多次尝试，程依琳终于在两年前考上公务员，现在在老家曲江市旅游局工作。

从小到大，程韵跟姐姐的关系就非常要好，成年后她更是对姐姐充满感激之情，如果没有姐姐的无私付出，就没有今天的她。姐姐虽然只比她大两岁，却比她成熟稳重得多，遇事也颇有主见，所以每当程韵遇上什么难以决断的事，都会给姐姐打电话，请她帮自己拿主意。在她心里，姐姐是她最大的依靠。

电话响了很久，才有人接听。这时已经是凌晨 2 点多，估计姐姐是在睡梦中被手机铃声惊醒的。

程依琳刚刚在电话里“喂”一声，程韵就忍不住拿着手机轻声啜泣起来。

程依琳吃了一惊，忙问：“小韵怎么了？你不是跟着你男朋友去见他父母了吗？发生什么事了？”

程韵委屈地叫一声“姐”，就把自己跟着段明晖到马蹄村见他父母，却在半夜里遇见其怀孕前女友的事告诉了姐姐。

程依琳今年初到南州市出差时，曾见过段明晖，对他的印象还不错。她在电话那头沉默片刻，问妹妹：“你确定那个叫宋佳佳的女人，说的是真话吗？”

程韵想了一下，说：“我不敢百分之百确定，但她肚子都那么大了，没有哪个女人会拿自己肚子里的孩子开这种玩笑，所以我觉得她说的应该不是假话。”

“既然这样，那我相信你的判断，看来是我们看错了段明晖这个人。”程依琳说，“其实他以前谈过女朋友，这并没有什么大不了的，谁没有一段不堪回首的过去呢，但两个人相爱贵在坦诚，他向你隐瞒这件事，就足以证明他心中有鬼，所以我觉得这样的男人你还是小心为妙。”

“姐，那我现在该怎么办？”程韵说，“要不我明天当面问问段明晖？”

“不，这时候你千万不要去问他，你现在还在他家里，万一他因被你揭去伪装而恼羞成怒，你的处境就很危险了。”

程依琳想了一下，说："你先当作什么事也没有发生，静待天亮。明天一早，你就找个借口离开段家回到城里，在确保自身安全的情况下，再慢慢质问段明晖。"

程韵细细一想，觉得还是姐姐想得周到，就擦擦眼泪，点头说："好的，姐，我记住了！"挂了电话，这个晚上她再也睡不着，蜷缩在床上，一直默默流泪到天亮。

第三章 旧事疑云

天刚亮，程韵就对段明晖说公司有紧急任务，叫她今天必须赶回去处理。

她向段一山夫妇匆匆告别，背上自己的背包，急急忙忙往外走。正在给她准备早餐的段一山和何芹愣在当场，半天没有回过神来。

段明晖觉出了异样，跟着程韵追出家门，在院子门口拉住她，疑惑地问：“小韵，发生什么事了？为什么这么急着走？”

程韵不想看他那张虚伪的脸，把头扭到一边，说：“昨晚公司给我打电话，叫我今天上午必须赶回去，说是我以前经手的一份文件出了纰漏，叫我回公司处理。”

段明晖皱皱眉头说：“我也是公司领导，这事我为什么不知道？”

程韵随口说：“是刘总直接打电话给我的，你当然不知道。”

“刘总？”段明晖愣了一下，马上掏出手机拨通了公司刘总的电话，问他是不是昨晚给程韵打电话叫她赶回公司。刘总感到莫名其妙，说并没有这回事。

段明晖不禁有些恼火，举起手机瞪着程韵质问道：“你现在还有什么话说？”他的声音有点儿大，路过的村民以为有人吵架，都纷纷驻足看过来。

程韵不禁脸一红，忙说：“是我记错了，不是刘总给我打电话，是我昨天晚上突然想起前两天在公司打印的一份文件写错了一个数据，如果不及时更改，可能会给公司带来不小的损失，所以我必须尽快赶回去处理。”

“你撒谎，根本不可能有这样的事。”段明晖把她逼到墙边，用力捏着她的胳膊追问道，“昨天还好好的，为什么今天一早就突然要走了？到底发生什么事了？”

程韵心中一痛，眼泪就流了出来。

她委屈地说：“你都已经有女朋友了，而且人家还怀上了你的孩子，你为什么要瞒着我？”

“我有女朋友，而且还怀了我的孩子？”段明晖忍不住皱起眉头，脸上露出莫名其妙的表情，说，“小韵你在说什么？我完全不明白你的意思。我除了你，哪里还有别的女朋友？”

程韵见他到了这个时候，居然还装出一脸无辜的表情，心中气愤难当，情绪忽然激动起来，早已忘记了姐姐昨晚的交代，瞪着他说：“我告诉你，我已经什么都知道了。昨天半夜，有一个女人在窗户外面找我，说她叫宋佳佳，是你的邻居，也是你青梅竹马的女朋友，而且她还怀上了你的孩子……”她把昨天半夜宋佳佳找她要男朋友的事，一五一十说了出来。

“啊，居然有这样的事？”

段明晖听完她的讲述，先是张大嘴巴愣了半晌，忽然又哈哈大笑起来。看他那表情，好像是听到了天底下最滑稽的故事一样。

程韵见他情绪有点儿反常，不由得心头一紧，想起姐姐提醒过她的话，怕他因为被自己揭穿而恼羞成怒对自己不利，下意识地往旁边退闪一步。

段明晖止住笑说：“小韵，这些都是你昨晚做的梦，然后你把梦里面的事情当作真实场景说出来了吧？”

程韵摇头说：“我倒希望这是一场噩梦呢，可惜不是。我清楚地知道，这绝对是真的。”

段明晖说：“那就一定是有人在开玩笑。估计是有人看见我昨天带你这位美女回家，想开个玩笑吓唬吓唬你，只不过这玩笑开得确实有些过分了。”

“你觉得会有人拿这样的事情开玩笑吗？”程韵盯着他冷声道，“请你回答我，你是不是有一个名叫宋佳佳的女邻居？”

段明晖点头说：“是的，宋佳佳确实是我们邻居家的女孩。”

“那她是不是你女朋友？”

段明晖犹豫了一下，说：“这个嘛，还真不好说，可以说是，也可以说不是。”

程韵怒道：“是就是，不是就不是，你这么说是什么意思？”

段明晖说：“邻居家里确实有一个叫宋佳佳的女孩，不过她十年前就失踪了，所以根本不可能半夜跑到你窗前来跟你抢男朋友。”

段明晖告诉她说，邻居家确实有一个女孩叫宋佳佳，也就是昨天傍晚在池塘边吊嗓子的宋宝弟的姐姐，年龄比段明晖小三岁。因为两家父母关系要好，所以小时候就半开玩笑半认真地给两人定下了娃娃亲。这事村里人都知道，还经常有人拿这事笑话段明晖。但宋佳佳并不怕村里人笑话，一直像个小跟屁虫似的黏着这位明晖哥哥。村里的其他小伙伴见了，也都说宋佳佳是段明晖的小媳妇儿，这就是宋佳佳是段明晖女朋友的由来。

那场突如其来的变故，发生在十年前，那一年宋佳佳 12 岁，段明晖 15 岁。一天傍晚，段明晖和宋佳佳两人从马蹄沟对岸的学校一块儿放学回家，那时小河上的木桥还没有坍塌，两人从桥上走过时，突然蹿出一个陌生男人，将宋佳佳抱上停在河岸边的一辆摩托车，然后一踩油门开走了。段明晖跑回村里把这件事告诉了大人，大人们说宋佳佳肯定是被从外地来的人贩子给抢走了。宋佳佳的父母和村里人越过河桥追了好远，也没有追上那个人贩子。从此以后，宋佳佳就失去音信，再也没有回过马蹄村。

最后，段明晖说："这个宋佳佳已经失踪十年，现在是生是死还不知道呢，你说她怎么可能……"

程韵说："万一她真的回来了呢？"

"不，她绝不可能再回来！"段明晖摇着头，斩钉截铁地说。程韵问："你为什么这么肯定？"

段明晖怔了一下，这才觉得自己刚才说得太过武断，于是又改口说："我的意思是说，她失踪十年，现在回来的概率已经很小了。再说我跟她之间只不过是小时候的玩伴，娃娃亲一说，也只是大人们的玩笑话罢了。就算她真的回来，我跟她之间也不可能发生什么关系，你说对不对？"

"那你直到 25 岁还没有谈恋爱，是不是一直在等她？"

程韵听了他的解释，心中疑虑已经消除一大半，但还是故意噘着嘴这么问了一句。

段明晖脸上露出又好笑又好气的无奈表情，耐心地说："我早就跟你解释过，我出生在农村，家境贫寒，一直想努力打拼，在事业上有点儿成就再谈恋爱，所以一不小心就差点儿熬成了一个大龄青年。"

程韵看了他一眼，说："那好吧，既然昨晚那个女人不是宋佳佳，那你说她会是谁呢？"

段明晖摇头说："这我就不知道了，估计是村里哪个无聊的人在搞恶作剧。"

"真的是这样吗？"程韵柳眉一皱，说，"昨天那个女人明明白白告诉我说，你左边屁股上有一块形似蝴蝶的青色胎记。你的胎记长在那么隐私的部位，如果不是跟你有过亲密接触的女人，不可能知道吧？"

"你说什么？"段明晖忽然变了脸色。程韵说："那个女人能准确地说出你身上胎记的位置、形状和颜色。"

"她，她知道我身上的胎记？"段明晖似乎忽然想到了什么，一瞬间，脸上竟然露出惊惧的表情，抓住她的手臂追问，"她真的知道我身上的这个胎记？"

"你把我抓疼了。"程韵皱皱眉头，甩开他的手，点头说，"是的，她连那块胎记的具体位置都说得很清楚，所以我才会相信她说的话。"她看段明晖脸上的表情有点儿异常，就问，"怎么，你现在是不是想起她是谁了？"

"没有。"段明晖摇摇头，脸上的表情很快恢复了平静，笑笑说，"很可能是我妈告诉别人的，她总喜欢把我的糗事到处宣扬，也许是人家无意中听到的，所以知道了我屁股上的这块胎记。"

虽然这个解释听起来有点儿牵强，但程韵知道，如果那个宋佳佳真的在十年前就已经被人贩子拐卖，那她再回来跟自己争夺男朋友的概率确实非常小。而且现在她的头脑渐渐冷静下来，回想一下自己刚刚与段明晖交往时，他确实不像一个已经有女朋友的人。她沉默片刻，最后还是决定相信段明晖。

段明晖见她抬眼看着自己，脸上浮现出淡淡的笑容，知道她心中已经释怀，也暗暗松了一口气，从她背上接过背包，拉着她的手回到屋里。正好这时何芹已经做好早餐，看见程韵和儿子双双回来，急忙招呼他们吃早餐。

早餐过后，段一山和何芹夫妇扛起铁锹和锄头，准备下地干活儿。村子前面有一大片空地，早已被村民改造成了赖以生存的稻田和菜地，段家的责任田也在其中。程韵提出要跟他们一起下地，帮他们干活儿。

老两口不由得笑起来，段一山说："你还是在家休息吧，这农村粗重活儿还真不是你这城里姑娘能干得来的。"

段明晖也笑了，说："小韵你没干过农活儿，就不要去了，我去帮他们就行了，你在家里好好休息一下。昨晚你不是没有睡好吗？赶紧补个觉，要不然就要长黑眼圈了。"

程韵揉揉太阳穴，说：“那也好，我确实有点儿犯困了。”

等段明晖和父母都出门干活儿之后，程韵接连打了几个呵欠，揉着眼睛走进卧室，和衣躺在床上。因为昨天后半夜几乎没有睡觉，所以她头一挨着枕头，就进入了梦乡。

等她醒过来时，已经是上午10点多。这时段一山他们下地干活儿还没有回来，她觉得有些无聊，就信步走出院门，一个人在村道上漫步。

走不多远，看见昨天见过的宋宝弟正坐在池塘边，这次不是吊嗓子，而是在钓鱼。

看见程韵走过来，小伙子老远就叫她：“嫂子好！”程韵怔了一下，才知道他是在跟自己打招呼。尽管她对这种直白的称呼感觉到有点儿别扭，但还是笑着点点头，并且缓步走到池塘边，站在他身后静静地看着他钓鱼。这时浮标忽然往下一沉，宋宝弟急忙起钓，一条大鲫鱼挂在鱼钩上，正在拼命挣扎。

等他取下鲫鱼，把钓钩再次抛进水中时，程韵忽然想起了昨晚那个自称为宋佳佳的搞恶作剧的女人。她犹豫了一下，问宋宝弟：“我听明晖说，你本来还有一个姐姐是吧？”

宋宝弟脸上的表情立即暗了下去，叹口气说：“是啊，我姐姐叫宋佳佳，比我大两岁，长得可漂亮了，只可惜在我10岁那年，她被人贩子拐跑了。”他回头看看程韵，“如果她还活着，应该跟你差不多大了。”

程韵暗自点一下头，看来在这件事上，段明晖并没有说谎。只是这样一来，她心里又生出另一个疑问，如果昨晚站在她窗户外面的长发女人不是宋佳佳，那又会是谁呢？她为什么要冒充一个失踪十年之久的女人，来离间她跟段明晖呢？

是真的有一个跟段明晖有说不清道不明关系的女人存在，还是如段明晖所言，那仅仅是一个恶作剧？

离开池塘后，她一边想着心事，一边沿着村道继续往前走。村道两边的民居分布得很零散，走过好远，才能看到一间掩映在树丛里的房子。村民大多已经下地干活儿，村道上行人很少，村子里只能偶尔听到几声孩子的哭闹声。

她顺着曲折的村道拐了个弯，忽然“嗖”的一声，从路边树后闪出一个人，拦在了她面前。程韵吓了一跳，定睛一看，不由得用手捂住胸口，缓过一口气来，问道："方可奇，怎么是你？你来这里干什么？"这个突然从大树后边闪出来的人，正是她那已经分手的前男友方可奇。

她和方可奇是大学同年级校友，在学校的时候他们就已经恋爱了。大学毕业后，为了能待在男朋友身边，她没有回户籍地，而是在男朋友所在的南州市找了一份工作。

后来方可奇通过考试，成为一名人民警察，因为工作任务重，经常要加班，他陪女朋友的时间明显减少。程韵觉得男朋友已经不再重视自己，很是伤心，于是提出分手，两人经过一次长谈后，最终和平分手。大约半年后，她有了新的男朋友，他就是段明晖。

在程韵跟段明晖恋爱后不久，方可奇曾经来找过她一次。他告诉程韵说她的新男朋友段明晖不太靠谱，叫她最好不要跟他在一起。程韵问他凭什么这么说段明晖。方可奇搔着后脑勺，吭哧半天也没说出个所以然来，最后被程韵逼问急了，才说自己凭的是一个刑警的直觉。程韵当时就气得不行，说："你是警察了不起啊？凭直觉就可以给别人定罪吗？"方可奇顿时无言以对，只得讪讪地离开。

程韵以为他再也不会来烦自己，做梦也没有想到冤家路窄，竟然会在这里遇上他。

方可奇把她拉到一棵大树后面，说："我从你同事那里打听到你跟着段明晖回他老家订婚，我是特意赶过来找你的。"

"你找我干什么？"程韵面布寒霜，扭过头去，冷声道，"我现在已经跟明晖订婚了，你还想怎么样？"

"你误会了，小韵，我对你并没有什么企图，"方可奇喘口气说，"我只是想告诉你，段明晖这个人靠不住，你最好不要跟他在一起。"

程韵直视他道："你又是凭直觉觉得他不是一个好人吗？"

方可奇说："我调查过你男朋友段明晖，他在公司当业务员的时候，欺骗过很多客户，还曾把客户支付的一部分广告费偷偷装进自己的腰包。这件事被他的顶头上司，也就是当时的业务部主管知道了，正要揭露他的罪行时，他却在主管招聘新员工时，花钱雇一个托儿向主管行贿，并拍下视频作为证据，到公司老总那里恶人先告状，结果前主管很快就被公司开除，而他却顺利成为新主管。这些虽然不是什么大奸大恶之举，但至少可以看出此人品行不良。我打了你手机两次，你都不肯接我的电话，我只好跑到马蹄村来找你，你千万不要跟这种男人在一起。”

“这么说来，我还得感谢你的好意了？”

“我没有这个意思，我只是想提醒你，段明晖这个人人品有问题，你最好重新做出选择。”

程韵嘴角一挑，冷笑道：“就算我重新选择，也不会选择你。”

“我，我真的不是这个意思。”方可奇有点儿着急，结巴起来，“就，就算我们已经分手，但也还是朋友对吧？就算是普通朋友，我也不希望你遇人不淑，抱憾终生，对吧？”

“你是不是这个意思都无所谓了，”程韵冷着脸说，“我男朋友是怎样的人，我有自己的判断，不劳烦你老人家操心。你走吧，我再也不想见到你！”

“程韵，其实我……”

方可奇急切地说到这里，见对方脸上已经露出对自己极其厌恶的表情，知道多说无益，只好用力吞了一口口水，连同要说的话一起咽进肚子里，然后叹了口气，掉头往村口走去。

第四章　密林惊杀

到了晚上，马蹄村忽然热闹起来。村中有一个叫牛老才的村民今天过六十大寿，特意请村中戏班到家里唱大戏。这可是村里难得的娱乐活动。晚饭过后，全村男女老少都聚集在牛老才家门前的晒谷场上。在晒谷场的一头，已经用门板搭起了戏台，晚上7点，大戏准时鸣锣开演。今天戏班演的是花鼓戏《刘海砍樵》。

段一山夫妇是花鼓戏迷，太阳刚一落山就带着凳子来到牛老才家的晒谷场，生怕去晚了占不到好位置。

段明晖也拉着程韵来看戏，当剧中女主角狐仙九妹胡秀英的八姐上台亮相时，段明晖问她："你瞧出这个女角色是谁演的了吗？"程韵认真瞧了瞧，只见这位女演员头戴珠花，身穿绿罗纱，开口说话声音清亮，只是脸上涂抹的脂粉实在太多，让人无法瞧出本来面目。

她摇摇头说："我瞧不出来。"

段明晖笑笑说："这个角色是宋宝弟反串的，怎么样，这小子有两下子吧？"

程韵又往这位"八姐"身上看了看，点一下头说："你不说，我还真看不出来呢。"她暗自惊叹了一番，坐在男朋友身边，认真看起戏来。

可惜戏班是用当地方言说唱戏文，程韵很难听懂，再加上那喧天的鼓乐声，没多大一会儿，就吵得她头都痛了。

段明晖见她不住地用手揉着额头，忙问："小韵你怎么了？脸色这么苍白，是不是哪里不舒服？"

程韵打了两个喷嚏，抽抽鼻子说："我有点儿头痛，不知道是因为这里太吵，还是感冒了。"

段明晖起身说："那我带你早点回家休息吧。"他走上前，跟坐在最前排的父母说了一声，就拉着程韵的手离开了。

回到家里，程韵往嘴里塞了一片感冒药，就回自己房间睡觉去了。段明晖也没有再回去看戏，只是坐在堂屋里看着电视。

也不知道过了多久，程韵正睡得迷迷糊糊的，忽然感觉到房门被人推开，段明晖轻轻走了进来。

她虽然没有睁开眼睛，但是能够感觉到他站在床前看了她好一会儿，似乎是在确认她是不是真的睡着了。然后他似乎嘘了口气，又悄悄退出房间，轻轻带上房门。

程韵的意识有些模糊，她翻转身子，正欲接着再睡，忽然听到外面电视机的声音戛然而止，应该是段明晖关了电视，紧接着又听见“叮当”一声轻响，像是有人在拿放在屋里的铁锹或锄头，然后“吱嘎”一声，是后门打开的声音。

程韵有些诧异，坐起身子朝窗户外面看了一下。她房间有前后两扇窗户，后墙上的窗户正好对着段明晖家后门。只见段明晖手里拎着铁锹，从后门走出去，四下里看了看，然后沿着村子后面的一条小路，往看不见的黑暗中走去。

程韵柳眉一皱，暗想这大晚上的，他拿着铁锹神神秘秘从后门溜出去干什么啊？难道是想趁着晚上天气凉快帮家里干点农活儿？这也不对啊，他妈今天早上说过，他们家的责任田和菜地都在村子前面，村子后面只有树林和大山，没有耕地。他到底想干什么呢？

她想了一下，觉得这事有点儿奇怪，又想起白天方可奇对她说过的话，暗道莫非明晖真的有什么事情瞒着她？她迅速穿衣下床，打开后门，悄悄地跟着段明晖走出去。

天上挂着一轮半圆形的月亮，月光透过薄薄的云层照下来，大地好像被笼罩在一片银雾中，一切都显得朦胧而虚幻。

程韵看见段明晖把铁锹扛在肩上，已经在小路上走得很远。她犹豫一下，最后还是快步跟了上去。小路在一片半人多高的杂草丛中蜿蜒穿过，路上坑洼不平，平时应该很少有人到这里来。身后敲锣打鼓唱戏的声音越来越小，可见已经离开村子很远。

段明晖显得十分谨慎，一边朝前走，一边向四周张望。程韵怕被他发现，只好猫着腰，将身子隐藏在杂草丛中，慢慢向他靠近。她看见段明晖的脚步越来越快，举动越来越神秘，甚至显得有点儿鬼鬼祟祟，她心中也越发疑惑，他到底要在这黑夜里去干什么呢？

两人一前一后，又往前走了几十米远，忽然不远处的草丛中传出“噗”的一声响动，两人都吓了一跳。

段明晖立即把铁锹攥在手里，回过头警惕地四下张望。程韵吓得心口“扑通”直跳，蹲在杂草丛中连大气也不敢出。

就在这时，一只野鸽扑腾着翅膀，从发出声音的地方冲天飞起，张嘴叫了两声，又振翅往山上飞去。原来是一只栖息在草丛里的野鸽在作怪，两人都松了口气。段明晖又把铁锹扛在肩头，继续往前走去。

就在他转过身去的那一瞬间，程韵似乎看见野鸽飞起的地方闪过一条黑影，她愣了一下，揉揉眼睛再看过去时，只见风吹草动，“沙沙”有声，草丛间什么也看不见。

看来是自己太过紧张，看花眼了！她手抚胸口，一边安慰自己，一边继续在草丛中隐蔽前行，悄悄跟踪段明晖。

再往前走不远，就是一片阴森森的树林。树林的那一边，是要把头仰得很高才能看见顶峰的大山。刚才那只扑腾的野鸽显然让段明晖心生警觉，他的脚步越来越快，不多时，身影就隐没在树林中。

程韵快步跟上。林子里树木茂盛，树影密密匝匝的，头顶的月光无法渗透进来，光线比外面更暗，几乎什么也瞧不见。

程韵以为自己跟丢了，正犹豫着要不要从这鬼气阴森的树林里退出来，忽然看见前面不远处亮起一束灯光，定睛一看，才知道是段明晖打开了手机的手电筒功能在为自己照路。于是她借着树木的掩护，又朝他悄悄靠过去。

段明晖往树林深处又走了四五十米，忽然不再前行，而是用手机灯光照着一株长得有些扭曲的雪松，围着这株雪松转着圈子。

程韵怕被他发现，不敢靠得太近，就在距离他二十多米远的一片灌木丛中隐下身来。

几分钟后，段明晖把手机放在树杈上，灯光垂直照下，正好落在他脚下的一片草地上。他往手心里吐了两口唾沫，然后挥动铁锹，在雪松下挖掘起来。

程韵这才明白，刚才他围着雪松转圈子，其实是在确定位置，确定自己下锹挖掘的位置。

程韵从灌木丛中探出半个头来，看着他一下一下地在地上挖掘着，心中更是疑窦丛生：段明晖到底在这荒野密林中挖什么呢？难道这株大树下藏有宝藏？她很想再靠近一点儿，看看他到底在挖什么宝贝，可是又怕被他发现，只能忍住好奇心，远远地看着。

段明晖挥动铁锹，一口气挖了半个多小时，那株雪松下已经被他挖出一个长和宽都超过一米的大土坑。挖出的泥土堆在一边，看上去像一个小坟包。

忽然间，他停顿了一下，似乎挖到了什么。他把铁锹丢到一边，纵身跳下土坑，土坑的深度正好超过他的膝盖。

他蹲在坑里，徒手刨挖。没过多久，他似乎终于在土坑里看到自己想要的东西，停住正在刨土的双手，从泥坑中直起腰来，像是松了口气似的，一屁股坐在土坑边上，一边用衣服下摆揩着额头上的汗珠，一边自言自语地说："我还以为真的活见鬼了呢，看来只不过是自己吓自己啊！"

程韵努力伸长脖子，想要看清泥坑里到底埋着什么东西，可惜相距太远，她就算把脖子伸得像长颈鹿一样长，也不一定能看见坑底的东西。

段明晖的目的似乎已经达到，他跳出泥坑，拿起铁锹正准备把挖出的泥土填回去。就在这时，突然从旁边一棵大树后面闪出一条人影，戴着尖斗笠，手里拎着一把锄头。

等段明晖听到响动正要回头察看时，那人猛然举起锄头，狠狠地往他头上砸下来。只听"噗"的一声闷响，段明晖来不及哼一声，就已经被砸得脑浆迸裂，身子摇晃一下，"扑通"一声，一头栽进了他自己挖出的那个泥坑里。

程韵几乎被这突如其来的变故吓傻了，目瞪口呆地愣了十来秒，才不由自主地发出"啊"的一声惊呼。

"谁？"

斗笠凶手也吓了一跳，他手持锄头，回身四顾。

程韵浑身像筛糠似的颤抖起来，用手死死捂住自己的嘴巴，生怕一不小心再次发出声响被凶手察觉到。

“别躲了，我已经看见你了，快出来！”凶手把头上的斗笠拉得更低，大半张脸都被斗笠挡住，就是与他面对面地站着，也不一定能看清他的相貌。他一边发出威胁的信号，一边机警地四下察看，脚步缓缓移动，朝程韵藏身的灌木丛边走去。

程韵从来没有经历过如此生死攸关的紧张时刻，并不知道对方其实并没有发现她的藏身之处，只不过是在吓唬她而已，还以为对方真的已经发现她了。凶手既然能出手杀段明晖，自然也不会放过目睹了他整个杀人过程的自己。与其坐以待毙，不如拼死逃命。她咬咬牙，奋力从灌木丛里钻出来，转身就跑。

“站住，再跑我就对你不客气了！”斗笠凶手呼喝一声，快步朝她追来，同时双手用力一挥，锄头脱手飞出，往她身上砸过去。只听“砰”的一声响，锄头砸偏了，撞在了程韵身旁的一棵大树上。

程韵吓得心胆俱裂，一边大呼救命，一边没命地朝前跑。可惜这里已经离村子很远，就算她喊破喉咙也不会有人听到她的呼救声。一不留神，脚下被野生的刺藤绊到，“扑通”一声，跌了一个大跟头。

她惊惧地回头看看，斗笠凶手已经捡起锄头，又大步追了上来。黑暗中看不清对方的脸，但有那么一瞬间，她觉得凶手的举止神态有点儿熟悉，可是现在命悬一线，已容不得她多想，从地上爬起又拼命往前跑。

奔行好一阵，还没有跑出树林，她喘口气，四下里看看，这才发现自己慌不择路，居然跑错了方向，并不是朝树林外逃命，而是跑向了树林深处。她不由得暗暗叫苦，这时掉头再跑已经来不及，后面那斗笠凶手追击的脚步声越来越近，她已经别无选择，只好咬咬牙，硬着头皮继续往树林深处奔跑逃命。

又跑出好长一段路，她已经累得气喘吁吁双腿发颤，但仍然没有甩掉凶手，那个斗笠人一直在后面紧追不舍，看来不抓住她是绝不会罢休的。跑着跑着，她忽然感觉到眼前一亮，这才知道自己跑出树林，来到了一座大山脚下。月亮从头上照下来，地上到处都是泛着白光的石头，再往前，就是抬头也看不见顶的大山和一面无法攀越的绝壁。

这可真是前无去路后有追兵，就在程韵一愣神的当儿，后面脚步声响起，斗笠凶手也跟着追出树林。

程韵向前跑了几步，已经来到山崖下，再往前已经无路可走，除非她是可以攀缘绝壁的蜘蛛侠。

她闪身躲到旁边一块巨石后边，听见凶手追赶的脚步声越来越近，而且他故意把锄头在石头上敲得“当当”作响。程韵吓得瑟瑟发抖，双手抱肩，流下泪来。

就在这千钧一发之际，忽然听见身后有个声音说：“快到这里来！”

她扭头一看，只见身后的山壁上有一个半人多高的山洞，一个女人正在洞口向她招手。

她像是濒死之人抓到了一根救命稻草，急忙弓着身子，借着巨石的掩护，朝那山洞跑去。

女人伸手将她拉进山洞，然后移过一块石头，将洞口封住。这样一来，从外面就完全看不出山洞的位置了。

程韵进到洞中，一颗心兀自“怦怦”狂跳，从石头缝隙朝外看去，只见那个斗笠凶手完全没有发现这里竟然有一个可以藏人的山洞，来来回回围着那块巨石转了几个圈，确认找不到她了，才拎着锄头悻悻离去。

程韵这才松了一口气，身子一软，竟然靠在山洞洞壁上，再也无力站起。喘了几口大气，她渐渐缓过神来，这才发现山洞里亮着一支手电筒，洞中铺着一层稻草，救她的那个女人大约50岁年纪，样貌看起来似乎有点儿眼熟，应该是在村子里见过的村妇。

程韵正要向那女人道谢，却听后面传来脚步声响，回头看时，只见从山洞深处走出来一个老头儿，手里提着一把明晃晃的柴刀，正一面盯着她，一面朝她走来。

当他走到手电筒照射的范围内时，程韵才发现这个老头儿居然就是段明晖的大伯段大谷。

第五章　离奇失踪

这天早上，南州市公安局刑警大队大队长龙毅刚到办公室门口，就看见自己手下的年轻刑警方可奇在门外的走廊里等他。

“小方，你找我有什么事？”他一边把刚刚从单位食堂买的两个热包子往嘴里塞，一边问。

方可奇跟着他走进办公室后，说：“龙队，有个人口失踪的案子，我想去查一下。”

龙毅三两口吃完包子，差点儿噎着，一边喝水，一边说：“人口失踪案？最近我们好像没有接到这样的案子啊。”

方可奇犹豫了一下，说：“这事说来话长。有一个女孩，名叫程韵，出生在邻近的曲江市，是我的大学同学，从大学三年级开始，我们就恋爱了。”

龙毅瞧他一眼，说：“你直接说是你女朋友不就得了？”

方可奇搔搔后脑勺说：“是，她是我女朋友。大学毕业后，她为了能跟我在一起，就离开老家，在我们南州市找了份工作，在一家广告公司当文员。后来我当上刑警，陪她的时间就减少了许多，她觉得我忽视了她，就跟我分手了。这之后不久，她有了新的男朋友，是他们公司的一名主管，叫段明晖。但是后来我了解到这个段明晖的人品有些问题，我想告诉程韵，但是她不肯接听我的电话。两天前，也就是8月5日那天，我到他们公司去找她，却从她同事口中得知，她已于前一天请假跟男朋友一起去见她未来的公公婆婆了。我打听到段明晖的老家在我们市白杨店镇下面的马蹄村，于是就坐乡镇班车赶过去。在村子里见到程韵后，我把自己了解到的有关段明晖的事情告诉她。但她不相信我的话，以为我是对她旧情未断，在离间她和她新男朋友。我有点儿恼火，感觉她是狗咬吕洞宾，不识好人心，于是我很快就离开马蹄村，坐车回到市区。第二天，也就是昨天，我冷静下来一想，觉得我明知道程韵遇人不淑，却不想办法阻止她跟段明晖在一起，如果以后她真的过得不幸福，我一定会内疚一辈子。于是一大早我又赶到马蹄村，想把自己了解到的情况跟她说清楚，劝她做出慎重选择，但是发现她已经不在村子里了，不但她不在，连她的男朋友段明晖也不见了。”

“是不是他们的婚姻遭到父母的反对，所以两人就一起在夜里悄悄溜走了？”龙毅提出了自己的假设。

“基本没有这种可能。”方可奇摇摇头说，“第一，我问过段明晖的父母，他们很喜欢儿子带回来的这个女朋友，不但没有反对他们在一起，反而还催他们早点结婚，自己也好早点抱孙子；第二，如果你去看过那个村子的地形就会知道，那个马蹄村后面及左右两边，三面环山，山势陡峭，常人无法翻越，村前横着一条叫作马蹄沟的小河。如果从地图上看，马蹄村被大山和小河四面包围，任何人想要出入村庄，都必须乘坐渡船过河。我问过码头上的船夫，程韵和段明晖根本没有过河，也就是说，两人一定还在村里，可是就连段明晖的父母也完全不知道儿子和程韵到底去了哪里。我觉得这事有点儿蹊跷，就到当地派出所报警，派出所昨天下午派人到村里调查，并且发动全体村民寻找，也没有找到两人的下落。”

龙毅放下手里的水杯说：“你的意思是说，你女朋友和她的新男朋友一起在这个叫马蹄村的地方离奇失踪了？”

“是我的前女友。”方可奇更正了队长的说法，并且说，“我觉得这不仅仅是一个失踪案，很可能程韵已经遇上了危险。虽然我们已经分手，但始终还是朋友，就算她真的跟我没有任何关系，但作为一个警察，我还是觉得有必要把这件事调查清楚。”

龙毅点点头，表示自己已经明白他的意思，说：“你来找我，是想让我派你去这个叫马蹄村的地方，调查这件你所说的失踪案？”

方可奇说：“是的，我想得到龙队的批准后亲自去调查一下。”

龙毅想了一下说：“也好，反正最近也没有什么大案，闲着也是闲着，我就让欧阳若跟你一起去一趟马蹄村，有什么情况及时向我汇报。”

方可奇一听，队长要派师姐欧阳若跟自己一起去，顿时信心倍增，胸脯一挺，说："多谢龙队。"

龙毅立即给自己的助手女刑警欧阳若打电话，欧阳若很快赶到队长办公室。龙毅把情况简单跟她说了一下，欧阳若点点头，接受了这个任务，跟方可奇一起，驱车赶往白杨店镇马蹄村。

从市区到马蹄村，有七八十公里的路程，再加上乡间土路坑洼不平，十分难走，警车开到马蹄沟边上时，已经是上午 10 点多。两人把警车停在码头边，搭乘渡船过河，来到马蹄村。

这时村里仍然有当地派出所的两名民警——小茂和老戴，在负责调查这宗失踪案。

方可奇昨天已经见过两名民警，算是熟识了，他上前问："有没有什么新进展？"

老戴摇摇头，脱下警帽一边用手梳理着头上稀疏的几根头发，一边沮丧地说："完全没有线索，我们找遍全村，就差掘地三尺了，仍然没有找到那两个人。我怀疑两个人是不是在半夜里悄悄游泳过河，离开村子了。"

方可奇说："这不可能，我已经问过，段明晖水性并不好，程韵则完全不会游泳，他们不可能在不搭乘渡船的情况下游过河去。"

他又跟两个民警说了这个失踪案将由市局刑警大队接手调查，两个民警早上已经接到所长的电话通知，说市局会派人来查这个案子，叫他们两个留在村里尽力配合。

欧阳若观察了一下马蹄村的地形，说："从现在的情况来看，段明晖和程韵要想离开村子，必须得到码头上搭乘渡船。刚才我们过河时，已经向那个船夫再三确认过，段明晖和程韵是大前天，即 8 月 4 日下午搭乘他的渡船过河回家的，这之后两人并没有再搭乘渡船出村。也就是说，现在唯一可以确定的是，这两名失踪人员应该还在村子里，只是出于某种原因，我们还没有找到他们。"

民警老戴说："可是我们已经像篦子一样把村子从头到尾梳理了好几遍，村子周围的草地、树林和凡是人能够攀缘上去的山壁，也都寻找过，完全没有任何线索。"

欧阳若皱皱眉头说："这两个大活人，不可能长出翅膀飞过村子后面的大山绝壁，也不可能像鱼一样游出村子前面的小河，他们肯定还在村子里，一定是我们疏忽了什么，所以一直无法找到他们。我们现在还是把这件事重新梳理一遍吧。段明晖的家在哪里？我想先找他父母了解一下情况。”

方可奇往前一指，说：“他父亲叫段一山，母亲叫何芹，就住在前面那间带院子的平房里。”

欧阳若点点头，跟他一起来到段明晖家里。

因为儿子离奇失踪，段一山老两口自然没有心思下地干活儿，正坐在院子里愁眉苦脸长吁短叹。见两个警察走进院子，急忙起身迎住，问：“是不是找着我儿子了？”

欧阳若摇头说：“我们正在调查之中，暂时还没有消息。”

段一山夫妇闻言，叹息一声，失望地坐下。

欧阳若问：“你们是什么时候发现你儿子和程韵两人失踪的？”

段一山告诉警方：“大概是昨天早上吧，具体是几点记不大清了。前天晚上，村里牛老才家里唱大戏，我们全家还有程韵，都一起去看戏了。但是戏还没演多久，程韵就说自己感冒了，我们家明晖就带她回家休息。我们两公婆一直把戏看完才回家……”

“戏是什么时候演完的？”欧阳若忽然插嘴问了一句。

“那晚演的是《刘海砍樵》，这个戏很长，演完后大伙觉得还看得不过瘾，纷纷要求加戏，结果村里的戏班又在后面加演了一段《讨学钱》，等到演完散场的时候，都已经快到夜里12点钟了。我们回到家，看见我儿子和程韵的房间都关着房门，以为他们都上床睡觉了，也就没有惊动他们。第二天早上，太阳已经老高，还不见他们起床，我就让我家老婆子去叫他们，结果发现他们根本就没有在房间里睡觉。我们两公婆都觉得有点儿奇怪，心里想是不是程韵这姑娘对我们家的情况不满意，所以天还没亮就拉着明晖悄悄回城里去了？打了明晖和程韵的手机，都没有人接听。一开始我们也没怎么在意，心想等他们回到城里，过几天肯定会跟家里联系的。直到后来这位……”段一山说到这里，抬眼看看方可奇，接着说，“直到他带着派出所的警察来到村里，我们才知道明晖和程韵两个人不是回城了，而是失踪了……”

欧阳若问：“前天晚上看戏的时候，他们两个有什么异常的举动吗？”

“异常举动啊？”段一山与老婆对望一眼，两人同时摇头，说，“好像没有啊，他们一直手牵手坐在我们后边看戏，好像并没有什么让人觉得奇怪的地方。”

“对于你儿子跟程韵谈恋爱这件事，你们两个怎么看？”

何芹说：“我们两公婆当然很高兴啊，程韵这姑娘大方得体，又长得漂亮，如果能有这样一个儿媳妇，我们当然求之不得。”

“那程韵对你们家的情况满意吗？”

“她都改口叫我们爸爸妈妈了，我觉得她应该还满意吧。”

“那你们觉得有没有这种可能，”欧阳若字斟句酌地说，“由于某些原因，你儿子和程韵觉得家里可能会不同意他们在一起，让他们感觉到很大的压力，所以只好在夜里悄悄私奔？”

段一山否定了她的假设，说：“这个应该不会，我们并没有反对他们在一起，而且我们还一直催他们早点结婚，只要他们把婚期定下来，我们就会想办法凑点钱在房子上面再加盖一层当作他们的新房。而且我儿子平时还算孝顺，肯定不会一走了之扔下我们老两口不管的。”

欧阳若想了一下，说：“可以让我们看看他们两个住过的房间吗？”

段一山点头说：“行，派出所的人已经来看过了。”

他起身把欧阳若和方可奇带进儿子住过的房间，然后又去了程韵睡觉的房间。

段明晖房间的摆设很简单，但程韵房间里却摆着一张崭新的席梦思，看得出段一山和何芹确实对这个准儿媳妇另眼相待。两个房间床上的被子都叠得很整齐。

欧阳若问：“昨天早上你们发现他们俩失踪的时候，他们床上的被子就已经是这样的吗？”

段一山答不上来，扭头看着自己的老婆。

何芹说：“我记得昨天早上，明晖床上的被子是我前一天早上叠好的，看上去他前一天晚上好像并没有上床睡觉。但程韵床上的被子是打开的，看上去还有点儿乱，她应该是上床睡过了。当时我还不知道他们是失踪了，所以没有多想，顺手就帮她把被子叠好了，也就是你们现在看到的这个样子。”

欧阳若在程韵的房间里转了一圈儿，看见床头柜上放着一个红色的女式背包，就问："这个背包是程韵的吗？"

何芹点头说："是的，是她的行李包。"

欧阳若上前打开背包，仔细检查，包里装的是一些衣服和化妆品，还有几本流行小说，并没有什么可疑之处。

离开段家后，欧阳若边走边对方可奇说："程韵离开的时候，床上被子是打开的，这说明她当时正在睡觉，是因为某件突发的事情才让她从床上爬起来，匆忙走出房间离开家的。而且她没有带上随身行李，所以她离开的目的显然不是想回城里。"

"是的，如果她想连夜赶回城里，不可能不带自己的随身行李。"方可奇点点头，表示同意她的推断，"而且我给他们公司打过电话，证实段明晖和程韵确实没有回公司。"

"你联系过程韵的家人吗？"

"程韵的家在曲江市，我给她家里打过电话，接电话的是她妈妈。她妈妈说程韵并没有回家。"

欧阳若皱眉道："这两个人前天晚上离开了家，既没有回工作单位，也没有回曲江市，种种迹象表明，他们很可能根本就没有走出村子。可是整个村子并不大，警方已经发动群众村前村后地毯式地搜索了两天，居然完全找不到两人的踪迹。"

她目视远方，思索着说："那么这一对处在热恋中的青年男女，到底去了哪里呢？"

第六章　树下掘尸

村中有间小卖部，欧阳若和方可奇等人买了几包方便面，在店里借了些热水把面泡开，就地解决中午饭，下午接着调查。

直到现在，案子还完全没有头绪，方可奇建议再增派人手到村前村后各处搜查。欧阳若却觉得在没有掌握确切线索的情况下，这样的盲目搜索意义不大。派出所民警小茂和老戴也点头赞同欧阳若的意见。

几个人正聚在一棵大树下讨论下一步的行动方案，忽然听到一阵呼喝声，只见段一山拉扯着一个十来岁的小男孩朝这边跑过来。

欧阳若迎上去问："什么情况？"

段一山一见她就嚷开了，说："警察同志，这孩子是个小偷，他偷了我儿子的手机。"

那孩子没等他说完，就大哭起来，说："我不是小偷，我没有偷东西。"

欧阳若有点儿糊涂，看看段一山，又看看那孩子，皱起眉头问："到底怎么回事？"

段一山喘口气说："刚才我在村子里转来转去，想看看能不能找到我儿子，没想到却看见这小子拿着一部手机，坐在路边玩得正高兴。我走近一瞧，才发现他手里拿着的正是我儿子的手机。我儿子的手机我认识，后面还贴着他女朋友的照片呢。不信你看？"他从那孩子手里夺过手机，递给欧阳若。

欧阳若看了一下，那是一部苹果手机，机身沾着一些污泥，屏幕是黑着的，已经无法开机，翻过来一看，后盖上果然贴着一个女孩的大头贴。方可奇上前看了看，说："这个女孩就是程韵。"

欧阳若觉得有点儿蹊跷，段明晖的手机怎么会在一个孩子手里呢？她蹲下身，问那孩子："你叫什么名字？"

孩子看见警察，吓得只顾着哭，连话也说不出来。

段一山说："他叫张小兵，住在小卖部旁边，他父母在深圳打工，已经好几年没有回来过，他一直由他爷爷奶奶带着。小孩子家没有父母在身边管教就是不行，你看这小小年纪就学会偷人家东西了。"

"不，我不是小偷，这手机不是我偷的，是我从小河沟里捡来的。"那孩子抹了一把鼻涕眼泪，小声辩解道。

欧阳若听出了端倪，看着他温言道："小朋友你别怕，警察相信你不是小偷，但这个手机到底是怎么来的，你能告诉阿姨吗？"

张小兵见她说话和颜悦色，也就没那么害怕了，止住哭声说："今天中午，我到村子后面的水沟里抓鱼时，在水里捡到了这个手机，因为开不了机，我以为是谁家丢掉的坏手机，所以就拿在手里当玩具玩，谁知被他看到了，"孩子瞟了段一山一眼，"就说是我偷来的，还要把我抓来见警察。"

"你确定这是你儿子的手机吗？"欧阳若抬头问段一山。段一山立即点头说："错不了，这就是我儿子的手机。"

欧阳若见那孩子一脸委屈，不像在说谎的样子，就说："阿姨相信你说的话，我们想去你捡到手机的地方看看，你可以带我们去吗？"那个叫张小兵的孩子点头说："行。"

张小兵挣脱段一山的手，带着欧阳若他们几个警察往村子后边走去。段一山有些尴尬，但还是在后面跟了上来。

村子后面，是一大片芳草地，一条蜿蜒的小路自草丛中穿过，通向不远处的树林和山岭。

欧阳若他们跟着张小兵沿着小路前行不远，拐个弯儿，果然看见草地上有一条小水沟，有一米多宽，自山那头流过来，从树林和草地中穿过，绕过村子，流向马蹄沟。

张小兵来到水沟边，辨认了一下地点，最后指着一处有他泥脚印的地方说："手机就是在这里捡到的。本来我想下去抓鱼，没想到却从水底下摸出了一部手机。"

方可奇说："小若姐，我下去看看。"

欧阳若明白他的意思，段明晖的手机落在水沟里，那水底很可能还有其他跟案情有关的东西。她点点头，方可奇就把裤腿挽得高高的跳入水中，沟渠里的水并不深，刚刚没过他的膝盖。

他俯下身去，双手在水底摸索着。民警小茂也下去帮忙，两人沿着水沟来回摸索数百米，并没有其他发现。

欧阳若看见水沟两岸都长满了茂盛的野草，要想在草地上寻找丢弃手机的人留下的蛛丝马迹，估计有点儿困难。等方可奇和小茂上岸后，一行人回到村里，欧阳若说："小方，你马上打电话回市局，向龙队申请从警犬队调两条警犬过来。"

"你的意思是……"

欧阳若说："这是一部最新款的苹果手机，对于段明晖来说应该算是比较贵重的东西了。他没有理由把这么贵重的东西随手扔进水沟里。"

方可奇忽然明白过来，说："你的意思是说，他很可能发生了意外，或者说，遇上了危险？"

欧阳若点头说："是的，很显然，这件事现在看来很可能已经不仅仅是失踪案这么简单了。"

方可奇已经意识到事情的严重性，立即走到一边给龙队打电话。

下午 4 点多，三名训导员带着两只警犬来到马蹄村。欧阳若向警犬驯导员简单介绍了案情，然后训导员带着两条警犬进入段明晖家，何芹拿出几件儿子最近穿过的衣服，训导员让两条警犬上前嗅认嗅源，然后开始追踪，欧阳若等人则沿着迹线两侧跟进。

警犬在屋里转了两圈，然后从后门走出来，一边把鼻子凑近地面用力嗅着，一边走上了村子后面的小路。小路弯弯曲曲，一头连着村庄，另一头通向马蹄山下的一片茂密树林。警犬在小路上没有停留，一直将办案人员带进了树林。

警犬在树林里行进了数十米之后，忽然围着一株长得有点儿扭曲的雪松转起圈子来。

雪松下，有一丛灌木，两条警犬最后停留在这丛灌木边重嗅示警，嘴里呜咽有声。

训导员对欧阳若说："这一处灌木丛很可疑。"

方可奇皱眉说："这片树林，包括这一处灌木丛，我们都已经搜查过了，并没有发现什么疑点。”

欧阳若没有出声，蹲下身仔细观察，却意外地发现这一处灌木丛根茎部覆盖着一些新鲜泥土，看上去像是新近移植到这里的。她伸手轻轻一扯，果然就将那丛灌木从泥土里扯了出来。

她知道此处必有玄机，让众人合力将灌木移开，被灌木掩盖着的，是一片明显被翻动过的新鲜泥土。

她叫人拿来铁锹，沿着那些松软的泥土小心地挖下去，大约往下挖了半米多深，就感觉到铁锹似乎触碰到了什么东西。她俯下身扒开泥土，泥坑中霍然露出一具尸体，脸朝下背朝上，扑倒在泥土里。

她缓缓将尸体的头转过来，定睛一看，正是段明晖。

何芹站在一边看了，“啊”的一声晕倒在丈夫身边。

欧阳若的心开始往下沉，她最担心的事情还是发生了。她马上从泥坑里跳出来，对民警小茂和老戴说：“马上拉警戒线封锁现场，所有与办案无关的人员一律退到树林外面。”

这时现场除了段一山夫妇，还远远地围了一些看热闹的群众，一看见尸体，顿时就像炸了锅一样热闹起来。小茂和老戴立即将围观群众劝退到树林外面。

欧阳若对方可奇说：“立即给龙队打电话，叫他尽快带法医赶过来。还有，给白杨店镇派出所打电话，请求他们先行派人支援！”

当地派出所所长老熊很快就带人赶了过来。这时围在四周看热闹的群众已经越来越多，有人越过警戒线往树林里涌，都想冲上前看看到底发生了什么事。警方只得重新划定警戒位置，拦住不断往树林里涌来的群众，努力控制现场，保护现场。

这时何芹已经从昏迷中醒过来，一面号啕大哭，一面往警戒线里冲，想要再去看看儿子的尸体，却被丈夫死死拉住了。夫妻俩抱头痛哭，伤心欲绝。围观的村民见此，也都唏嘘不已。

又过了一个多小时，市局刑警大队的人终于到了，看到队长大步走过来，欧阳若终于松了口气。

龙毅一边走进树林，一边问：“什么情况？”

欧阳若迎上去，语速很快地将段明晖和女朋友程韵在前天晚上同时失踪和今天下午发现段明晖尸体的经过，向队长做了简要汇报。

法医芮雪带着助手跳进泥坑，开始检查段明晖的尸体。刑事侦查人员戴上白手套，开始勘查现场。

龙毅皱着眉头，在树林里转了一圈儿，一面查看案发现场，一边问欧阳若："另一个失踪人员找到没有？"

欧阳若摇头说："暂时还没有。刚才我们也动用了警犬对程韵进行搜索，警犬从段明晖家后门出来，追踪路线基本与寻找段明晖相同，但追踪到这片树林后，就开始乱窜乱嗅，训导员说可能是段明晖尸体发出的腐败气味影响了警犬的嗅觉，所以暂时没有办法继续追踪下去。"

龙毅走到树林外面看了一下，说："搜查程韵时，警犬的追踪迹线，与段明晖的行进路线是重叠的，对吧？"

欧阳若说："是的，所以我们分析很有可能程韵是与段明晖一起进入树林的。但进入树林后，程韵去向何方，现在仍然是个谜。"

没过多久，芮雪前来报告初步尸检结果，死者段明晖系被钝器重击头部，造成头盖骨碎裂，颅骨损伤严重，当场死亡。死亡时间在前天晚上 8 点至 12 点之间。

龙毅问："凶器是什么？"

芮雪说："从死者伤口的形状分析，目前只能判定是钝器所伤，有可能是不规则的砖头石块，也有可能是其他什么铁器，具体是什么凶器，必须等到详细尸检后才能查清楚。"

龙毅问："死亡时间是前天，即 8 月 5 日晚上 8 点至 12 点之间，这个时间跨度是不是有点儿大，能再缩小一点儿吗？"

芮雪摇头说："暂时不能。尸体被埋在地里的时间有点儿长，已经开始出现腐败迹象，给我们判定死亡时间带来了一些不确定因素，所以暂时没有办法做出更精确的判断。"

方可奇凑过来说："龙队，有个孩子在距离树林不远的一条水沟里捡到了段明晖的苹果手机，我刚才请技术科的同事检查过，因为手机进水，电路板已经完全烧坏，但技术科的同事还是通过技术手段搞清楚了手机进水自动关机的时间，是在 8 月 5 日晚上 9 点 34 分。"

欧阳若说："这么贵重的手机，我相信不会是段明晖自己丢弃在水沟里的，很可能是凶手行凶后从他身上拿到手机，丢弃在树林外面的水沟中。也就是说，手机关机的时候，段明晖已经死了。"

龙毅点点头，说："如此一来，段明晖的死亡时间，就缩小到了前天晚上8点至9点半之间了。"他想了一下，又问方可奇，"还能从死者手机里找到其他有用的信息吗？"

方可奇摇摇头说："手机现在无法开机，修复起来也很困难，估计希望不大。"

龙毅点头"嗯"了一声，抬起头，若有所思地看着远处的云霞，没有再说话。

这时已是傍晚，天边晚霞散尽，树林里的光线开始暗淡下来，远处的村庄已渐渐被薄薄的暮雾所掩盖。那条连通村庄与树林的蜿蜒小道，在草丛中时隐时现，已经看不太真切。

"龙队，龙队，"刑警老毕从后面跑上来，报告说，"刚才我们在搬动段明晖尸体的时候，发现他身边还埋着一把铁锹。"

龙毅闻言转身，果然看见他手里拿着一把铁锹，虽然上面沾满泥土，但还是可以看出来，这是一把农村常见的用来掘土的普通铁锹，尖头圆柄，手柄是实木的，他用手掂了一下，感觉挺沉的。

他皱皱眉头问："尸体身边怎么会有铁锹呢？会是凶手慌乱间遗留下来的吗？"

老毕说："看起来不像，铁锹是跟尸体并排放在一起的，像是凶手有意埋在坑里的。"

"能从铁锹上面找到什么线索吗？"

"估计有点儿困难，铁锹上沾满了泥巴，估计指纹什么的，早就没有了。"

"等一下，"旁边的段一山忽然跑过来，拿过老毕手里的铁锹看了看说，"这把铁锹好像是我家的。"

龙毅问："你确定吗？"

段一山把铁锹木柄中间一段的泥土揩干净，仔细看看后点头说："对，错不了，就是我家的，你看我还用火钳烧红后在这里刻了个记号呢。"

龙毅低头看看，那铁锹的木柄处果然有一个铁器烙出的黑色的"段"字。

他问："这把铁锹你平时都放在什么地方？"

段一山说："我家有两把铁锹，一把是旧的，一把是新买的，新买的就是这把。因为平时经常有人来借用，我就把旧铁锹放在外面，谁要用谁借去就行了，这把新铁锹我一直藏在床底下，只有自己要用时才拿出来。"

"也就是说，别人并不知道你把这铁锹收藏在什么地方，对吧？"

"对的，"段一山说，"这把铁锹放在什么地方，除了我和我老婆，没有其他人知道。"他想一下，又说，"哦，对了，应该还有我儿子知道。我儿子失踪的那天白天，他曾下地帮我们干活儿，回来后他看见我把铁锹洗净藏在了床底下。"

"那程韵呢？"龙毅接着问，"她知道这把铁锹存放的位置吗？"

段一山说："当时她在厨房帮我老婆做饭，应该不知道。"

"也就是说，这把铁锹很可能是你儿子带到这里来的，对吧？"

"这个……"段一山想了一下，点头说，"应该是吧。"

"这树林里有你们家的田土吗？"

"没，没有。"

"那你儿子为什么要在黑夜里拿着一把铁锹到这里来呢？"

段一山一脸茫然，摇头说："这我就不知道了。"

龙毅见从他嘴里再问不出什么，就拍拍他的肩膀说："你先去照顾好你老婆，如果想到什么跟案子有关的事，随时来找我。"段一山表情黯然，点头去了。

这时天色已经完全黑下来，警方在树林里亮起了LED手提灯。毕竟到了回家吃晚饭的时候，围观的人群也渐渐散去，警方的刑侦技术人员仍然还在现场忙碌着。

龙毅拿着一支手电筒，以段明晖的埋尸地点为中心，渐渐向四周扩大搜寻范围。在距离案发现场一百多米远的地方，他发现一根刺藤上挂着什么东西，走近一看，那是一块手掌大小的带花纹的黄色布片。

他把布片从刺藤上取下，正欲细看时，在不远处搜寻线索的方可奇忽然叫起来："龙队，那应该是从程韵衣服上撕扯下来的。在他们失踪的那天白天，我见过程韵，当时她穿的就是一条这样颜色的裙子，裙子下摆处带有细碎花纹，跟这布片上的一模一样。”

他跑过来仔细看了看，说：“肯定是程韵从这里跑过时，被树林里的刺藤刮到衣服，把裙摆扯下了一块。”

龙毅点点头，树林里到处都有这样的刺藤，叶柄下分布着许多粗短刺，如果在树林里快速奔跑的话，是很容易被短刺钩挂到的。程韵的衣服在这里被刮破，说明她当时一定从这里经过，而且奔跑的速度很快。

他把手电朝地上照照，地上铺着一层树叶，行人走过，根本不会留下脚印。

夜里9点多，现场的勘查工作基本结束，段明晖的尸体被抬过马蹄沟送上车，运往法医中心做进一步尸检。

第七章　神秘女人

第二天，警方重点对埋藏段明晖尸体的那片树林进行了搜索。因为在段明晖埋尸地点旁边那株雪松树干上发现了喷溅状血迹，经过化验，确认是从段明晖伤口处溅出的血液。所以龙毅断定埋尸地点也就是第一案发现场，凶手应该就是在这里用钝器击杀段明晖，然后就地挖坑埋尸，并从远处移植灌木加以掩盖。

但是警方在树林里进行了拉网式排查，并没有再发现什么新的线索，而且也没有在树林里找到击杀段明晖的凶器。估计凶手在杀人埋尸后，自己将凶器带离了现场。

龙毅向小卖部店主借了一辆自行车，骑车绕着村子转了一圈儿，发现马蹄村的地形果然如欧阳若向自己报告的一样，三面都被马蹄山包围着。

马蹄山形似马蹄，靠近村庄的这一边，全是刀削斧砍般的绝壁，高约数百米，一般情况下，根本不可能有人能翻越山壁。而村中唯一的出口，又被村前的马蹄沟挡住，任何人出入村子，都必须搭乘渡船从河面上经过。

他踩着自行车来到河边码头，一条渡船靠在岸边，船夫刘驼子正坐在码头边草棚里的一把躺椅上睡大觉。他把自行车靠在树边，弯腰走进草棚。刘驼子听见脚步声，以为有人要过渡，睁眼起身，一看是警察上门，不由得吃了一惊。

龙毅“呵呵”一笑，掏出烟盒，甩给他一支烟。刘驼子接过警察敬的烟，心下稍安。

龙毅自己也叼了一根烟在嘴里，一边掏出打火机给刘驼子点烟，一边问：“大叔，段明晖被杀的事，您知道了吧？”

刘驼子点头说：“知道，我听人说了，也跑去树林里看了，挺惨的！”

龙毅说："我想跟您打听一下，在段明晖带他女朋友回来的这几天，有没有什么陌生人坐你的船到村子里来过？"

刘驼子抽着烟，眯着眼说："陌生人，倒是有一个，就在段明晖回来的第二天，有个年轻小伙子坐我的船进村，不过很快又坐船出村了。这人大概二十多岁的年纪，剃着平头，两只眼睛很有神，直到后来他穿着警服再次坐我的船进村，我才知道他是个警察。"

龙毅知道他说的是方可奇，就说："您说的这个人，是我的同事。除了他，还有其他人吗？"

刘驼子想了想，摇头说："好像没有了，我这里往来两岸的都是村子里的乡亲，平时很难见到一个外人。"

龙毅点点头，"哦"了一声，说："原来是这样。"又跟他闲聊几句，交代他这几天如果有除了警察以外的陌生人坐船进村，一定要告诉警方。刘驼子点头说："行行，我记住了。"

下午，龙毅带着欧阳若和方可奇，开始在村子里进行走访排查，但收获并不大。

马蹄村共有 42 户人家，其中有好几户都已经举家搬进城，只留下空房子在村里。剩下 36 户人家，基本上都只有老人在家，或独居，或为外出打工的儿女在家带孩子，年轻一点儿的，除了段明晖邻居家的宋宝弟，就只剩下在村中开小卖部的一对中年夫妻。全村包括段明晖一家三口在内，总共是 78 口人，其中未成年孩子 26 人，成年人其实只有 52 人。

段明晖于十年前到城里读高中，高中毕业后留在城里工作，其间除了春节回家，平时极少回来，甚至有些村民根本已经不太记得他了。他每次回家都很匆忙，除了看望父母，与其他村民几乎没有交往，所以说是因为他跟村里人有过节而被其他村民所杀的可能性极小。

龙毅皱起眉头说："如果不是村中乡民作案，那只能是外面的人入村行凶了。可是我从船夫刘驼子口中得知，近段时间并无外人进村。"

方可奇被队长的一番推理弄糊涂了，说："既不是村里人作案，又没有外人进村，那这段明晖到底是死于何人之手呢？"

欧阳若明白队长的意思，看了方可奇一眼，提醒他说："我们最好不要忘了一个人。”

方可奇问：“谁？”

欧阳若说：“程韵。”

“程韵？”方可奇吓了一跳，“怎么可能是她？”

欧阳若盯着他反问：“为什么不可能是她？”

“这个……”方可奇搔搔后脑勺，悻悻的说不出话来。

龙毅显然同意欧阳若的推断，说：“看来我们是要重点调查一下程韵了。”

“龙队，”方可奇扭头看着队长，一脸不可思议的表情，“你不会真的怀疑程韵是杀人凶手吧？”

龙毅说：“排除一切不可能的，剩下的即使再不可能，那也是真相。段明晖已经离家十年，跟村人之间并无瓜葛，他被村民所杀的可能性比较小。凶手应该是马蹄村外面的人。我已经调查过，最近到村里来的外地人，只有程韵。而且段明晖被杀，程韵至今没有现身，这也不能不让人怀疑。你跟程韵家里联系过吗？”

方可奇说：“我已经往她家里打了三次电话，她妈妈说她根本没有回过家，也没有跟家里联系过。”

龙毅问：“你跟她妈妈说了她失踪的事吗？”

方可奇说：“已经说了，我还叫她如果有程韵的消息，马上通知我。”正说着话，他的手机响了，一看号码，显示的是曲江市的区号。他顿时紧张起来，一接听，打电话的是一个年轻女人，对方说她是程韵的姐姐程依琳。

程依琳问：“听我妈说，我妹妹失踪了，是真的吗？”得到方可奇的肯定答复之后，她又说，“8 月 4 日那天，我妹妹跟她男朋友段明晖一起去乡下见男方父母了。”方可奇说：“我们现在就在段明晖的家乡，正在全力寻找你妹妹。”

程依琳这才意识到情况不妙，说：“怎么会呢？好端端的一个人，怎么会失踪呢？”

方可奇也没有办法回答她这句话，只是问她：“你妹妹最近跟你联系过吗？”

“最近啊，”程依琳想了一下说，“有的，前几天，就是她跟段明晖一起回乡下的那天晚上，已经是后半夜了，她忽然给我打电话，说有个女人说她抢了她的男朋友，那个女人还说自己已经怀上段明晖的孩子，叫我妹把这个男人还给她。我妹当时都气哭了，打电话问我该怎么办。”

“竟然有这样的事？”方可奇问，“那你当时是怎么对你妹妹说的？”

程依琳说：“考虑到我妹正在段明晖家里，可谓人生地不熟，如果贸然向段明晖摊牌，万一这个男人恼羞成怒，做出对我妹妹不利的事来，她可就真是叫天天不应叫地地不灵了。所以我让她先不动声色，不要跟段明晖吵闹，等天亮以后找个借口赶紧回城里，然后再慢慢找段明晖这个渣男算账。”

“当时她同意照你的话去做了吗？”

“同意了。”程依琳说，“第二天白天我一直在单位开会，没有时间给她打电话，直到晚上9点多才抽空给她打了个电话，想问问她是否已经回城里，却发现她的手机打不通了。”

方可奇想一下，程依琳给程韵打这个电话，时间应该就是在程韵失踪的当晚。

他说：“那天晚上你给你妹妹打电话没有人接听，你还记得你打这个电话的确切时间吗？这个时间点也许对我们调查你妹妹失踪的事有所帮助。”

程依琳说：“那我得翻一下手机里的通话记录。”她按了几下手机后说，“是8月5日晚上9点52分。这之后我又打过几次她的手机，一直都是无人接听。我打到他们公司，公司说她和段明晖都没有回去上班，我这才隐隐有些担心。这几天我在外出差，今天我妈打电话告诉我说，有南州市的警察打电话到家里问我妹妹的事，还说我妹妹可能失踪了，我这才觉得事态有点儿严重，所以赶紧打电话过来问问情况。”

方可奇说：“据我们调查，程韵大概是在她来到马蹄村的第二天，即8月5日晚上失踪的。我们南州警方已经投入大量警力寻找她的下落，但至今没有任何线索。”

“一定是段明晖，一定是段明晖这个浑蛋把我妹妹软禁起来了……”程依琳的情绪忽然激动起来，大声说，“我妹妹发现他有别的女人，情急之下没有听我劝告，直接跟这个男人吵闹起来。段明晖见自己的伪装被她揭穿，于是当场翻脸，就把我妹妹……一定是他，你们只要把他抓起来好好审问，一定能问出我妹妹的下落。”

方可奇叹口气说：“实际上我们发现她男朋友段明晖也跟她一起失踪了，

而且我们昨天下午找到了段明晖，只不过他已经被人杀死并且埋尸在树林里，他的死亡时间是在8月5日晚上8点至9点半之间，也就是你给你妹妹打电话之前不久。”

“什么，段明晖死了？天哪，怎么会……”程依琳在电话那头显然大吃一惊，过了好一会儿，才回神来，说，“那我妹妹呢？她是不是……也有危险？”

“目前我们还没有找到程韵的下落。”方可奇说，“如果找到她，我们会打电话通知你。”挂断电话后，他把程依琳的手机号储存下来，方便联系。

他接电话的时候按了免提，他跟程依琳的对话，龙毅和欧阳若在旁边都听得一清二楚。

段明晖除了程韵，另外还有一个女朋友，而且这个女人已经怀上他的孩子。这个女人在8月4日晚上半夜来找过程韵，极度伤心的程韵已经打算向段明晖提出分手。这些情况，可都是以前警方所没有掌握的。

如果程依琳反映的情况是真实的，那么按照计划，程韵应该在8月5日早上离开段家，回到城里去才对。

但实际上她并没有听姐姐的话离开马蹄村回到城里去。那么，到底是什么原因使她改变了主意呢？

龙毅在村道上来回踱了几步，忽然问：“距离段明晖家最近的，是哪一家？”

欧阳若翻开自己的侦查笔记看了一下，说：“是宋家，户主叫宋琅，妻子叫纪玉珍，他们家有个儿子叫宋宝弟，是村中戏班里的演员。他们家跟段明晖家是邻居。”

龙毅点头说：“走，我们去这个邻居家问问情况。”

三人沿着村道向前走了不多远，就来到了宋琅家。龙毅观察了一下，段、宋两家之间虽然隔着一段挺长的弯路，但如果算直线距离，估计没有超过二十米。

三人走进宋家大门，忽然从屋里跑出一个年轻人，怀里抱着一套戏服，差点儿一头撞在龙毅身上。他抬头看见三个警察，有点儿吃惊，但脚下并没有停留，一溜烟跑了。龙毅扭转头，盯着他瘦削的背影，微微皱起眉头。

“他是我儿子宋宝弟，因为要赶着去戏班排戏，所以冲撞了你们，你们莫要介意。”

说话的是屋子里一个正在缝被子的五十多岁的妇女。

欧阳若曾到宋家走访过，认得这就是这家女主人纪玉珍，上前叫了一声“纪大婶”，然后说：“我们想向您打听一点儿情况。”纪玉珍放下手里的针线说：“什么情况？”

龙毅说：“我们想问一下您，8月5日晚上，也就是段明晖和他女朋友失踪当晚，你们有没有听见他家里传出什么不寻常的响动，比如说吵架声，或者是打斗声？”

纪玉珍摇头说：“这个我可不清楚，那天晚上村里牛老才家唱大戏，全村人都去看戏了，我们都没有在家，所以段家有什么响动，我也不知道。”

龙毅这才想起，下午走访村民时已经了解到的牛老才家唱大戏的事，宋家当时没有人在家，邻居家就算有什么响动，他们也听不见。知道问不出什么，转身要走，纪玉珍忽然补充了一句：“不过那天早上，我倒是听到那两个人吵架了。”

“早上？”龙毅止步转身，问她，“你听到哪两个人吵架了？”

“还能有谁？段明晖跟他那个女朋友呗。”纪玉珍说，“那天早上我下地干活儿时，从他们家门口经过，看见段明晖和他女朋友正在院子门口吵架，那女的背上背着一个背包，而且还哭了。”

“听见他们在吵什么了吗？”

“这个倒没有，我要赶早去地里干活儿，谁有那闲工夫听两个年轻人吵架呢。”

龙毅“哦”了一声，没再说话。欧阳若接着问：“大婶，再跟您打听个事，听说段明晖除了带回来的这个女朋友，还有另外一个女朋友，而且那个女朋友还怀上了他的孩子，有这事吗？”

“这个倒没有听说过。不过就算他真有几个女朋友，我们外人也不会知道啊。”纪玉珍又拿起针线开始缝被子，缝了几针后说，“这事你得去问他爸爸妈妈。”

欧阳若一想也对，就朝龙毅点点头，三人离开宋家，又来到段明晖家里。何芹已经被儿子的死彻底击垮，从昨天得知儿子死讯开始，就一直躺在床上没起来。段明晖的父亲段一山也一直坐在门槛上抽烟，家里来了警察，他连眼皮也没有抬一下。

“那个……”龙毅拖长声调说，“关于段明晖被害的案子，目前警方已经有了些线索。”

“真的？凶手是谁？”段一山立即丢掉手里的烟屁股站起身，看着他急切地问，“是谁杀了我儿子？”

“目前案子正在侦查阶段，有些情况暂时还不方便透露。”

段一山急忙点头说：“我知道，我知道，你们是怕泄漏消息，打草惊蛇。”他眼眶发红，哽咽着道，“警察同志，如果抓住害死我儿子的凶手，你们可一定要枪毙他，让他为我儿子抵命……”

龙毅拍拍他的肩膀，没有说话。欧阳若开口问道：“大叔，我们想问一下，8 月 5 日那天早上，你儿子是不是在自家院子门口跟程韵吵架了？”

“这个……好像是吧。”段一山犹豫着说。

“他们为什么吵架？”

段一山摇头说：“这个我也不知道。那天早上刚起床，程韵就背起行李要回城里去，我儿子在院子门口拉住她，后来他们就在那里吵起来……其实也不算吵架吧，就是两人说话的声音大了点儿。具体说了些什么，我也不知道，当时我和我老婆正在厨房里煮早饭。只知道没多大会儿，我儿子就牵着程韵的手回来了，两人还一起吃了早餐。本来我和我老婆还有点儿担心，一见两人和好如初，也就放心了。”

欧阳若问：“你儿子在跟程韵交往之前，曾经跟其他女人谈过恋爱吗？”

段一山说：“没有。”

龙毅问：“有没有可能他在城里谈过女朋友，但是却没有告诉你们？”

段一山怔了一下，说：“这倒有可能。”

第八章　山洞血尸

村中小卖部被警方当成了临时办公地点，店主老冯在小卖部门前空地上摆了几张凳子，龙毅他们几个就坐在凳子上讨论案情。

方可奇思索着说："8 月 5 日上午，我在马蹄村见到过程韵，当时她正一个人在村道上散步。我告诉她说据我调查，段明晖这个人人品有问题，不适合做她男朋友。但是程韵并不相信我的话，她以为我是想跟她复合，所以捏造事实离间她跟她新男朋友之间的关系。从当时的情况来看，显然前一天晚上出现的那个跟她抢男朋友的怀孕女人，并没有影响她跟段明晖之间的关系。"

欧阳若顺着他的思路往下说："也就是说，8 月 5 日早上发生的争吵，很可能是段明晖在向程韵解释那个怀孕女人的事。很显然，最后程韵相信了他，或者说原谅了他，所以两人才能和好如初。"

龙毅虽然没有说话，但轻轻点了一下头，表示同意方可奇和欧阳若的推断。

方可奇偏着头，脸上露出疑惑不解的表情，说："只是让人奇怪的是，当天晚上，段明晖和程韵两个人怎么会一起到村子后面的树林里去？就算是想享受月光下的浪漫，也不大可能会去那么偏远荒凉的地方，最让人生疑的是，段明晖居然还带了一把铁锹。"

欧阳若说："依我看，很可能是这样的，8 月 5 日晚上，段明晖和程韵没有看完村里戏班的演出，很早就回家了。回来后，两人因为那个怀孕女人的事，再次争吵起来。结果段明晖一怒之下就对程韵动了杀机，从床底下拿出铁锹，将程韵带到村子后面的树林里……"

"不对，"方可奇打断她的话说，"程韵不是傻子，她在这种情况下看见对方手里拎着一把铁锹，还敢轻易跟他一起去那僻静的树林吗？"

"那只有一种可能，就是段明晖使用某种胁迫手段，强行将她带去树林的。”欧阳若推断说，“在这个过程中，程韵一定大声发出过求救声，但是这时全村人都聚集在牛老才家里看大戏，锣鼓声响成一片，根本不可能有人听到她的呼救声。”

“那段明晖为什么要拿着一把铁锹呢？难道他……”

“没错，他拿铁锹的意图其实已经很明显，就是要在荒郊树林里把程韵解决掉，然后就地挖坑，神不知鬼不觉地将她埋了。”

“这个王八蛋！”方可奇不由得咬牙骂道，“程韵对他那么好，他居然敢对程韵起杀心。只是到了最后，怎么变成段明晖躺在泥坑里了呢？”

欧阳若看看龙毅，见队长正在认真听着自己的推理，并没有提出否定意见，顿时信心倍增，接着说：“出现这种戏剧性逆转的原因只有一个，那就是就在段明晖准备动手杀人时遭到程韵的剧烈反抗，最后猝不及防之下被程韵捡起地上一块石头砸碎了头盖骨，当场死亡。为了掩盖自己的杀人罪行，程韵只好在地上挖个坑，把段明晖的尸体埋进去。”

“可是她为什么要把铁锹也埋进泥土里呢？”

“因为铁锹比较大，无论扔到哪里都很容易被人发现，所以把它跟段明晖一起埋在泥土里是最好的选择。”

“这个好像有点儿不对吧。”方可奇终于抓住她推理过程中的一个漏洞说，“她把铁锹跟段明晖的尸体埋在了一起，那她用什么工具来填坑啊？”

欧阳若说：“她挖坑的时候肯定要用到铁锹，但是将泥土回填的时候，并不见得非要用铁锹不可吧？挖出来的泥土十分松软，随便用一根树枝就可以把泥土扒回坑里，实在不行，用两只手扒土也可以啊。她埋好尸体，又将事先准备好的灌木移植过来掩盖住翻动的泥土，这样就很难被人发现了。她用来砸死段明晖的那块石头上留有她的指纹，而警方也有可能根据段明晖的手机来定位他的准确位置，所以她把这两样东西都找了个地方远远地扔掉了。作为凶器的石头我们一直没有找到，而段明晖的手机，却恰巧被到水沟里摸鱼的孩子捡到了。”

“真的是这样吗？”方可奇挠挠头，把她的推理在自己脑海里想了一遍，一时之间竟然找不到辩驳的理由。“难道凶手真的是程韵吗？”说这句话时，他把目光望向了队长，好像是在等待队长最后对欧阳若的这一番推理做出判定。

龙毅沉思片刻，说："就目前我们手里掌握的情况来看，小若的推理算是比较合情合理的。"欧阳若得到队长的表扬，不禁朝方可奇挑一挑眉毛，有点儿小小的得意。龙毅看着他们两人说："不过，你们在推断程韵是凶手的过程中，好像忘记了一个人。"

"谁？"欧阳若和方可奇异口同声地问。

龙毅说："就是那个怀了段明晖孩子的女人啊。从理论上说，她也有杀害段明晖的动机。她怀了段明晖的孩子，却被段明晖无情抛弃，她半夜找到程韵，原本是想让程韵知道真相后自动离开，但事实上，不知道段明晖对程韵使用了什么手段，程韵并没有因为这件事而跟男朋友愤而分手。怀孕女人见无法挽回段明晖的感情，于是因爱生恨，就对昔日情郎动了杀机……"

方可奇倒吸一口凉气，说："龙队说得有道理，我也觉得这个神秘的怀孕女人嫌疑更大。"

欧阳若看了他一眼，脸上露出淡淡的笑意。她知道方可奇跟程韵的关系，虽然两人现在已经分手，但他毕竟还在关心着她，内心深处肯定不愿意看到她成为杀人凶手。

她说："龙队，凶手到底是程韵，还是那个怀孕女人，我觉得只有找到这两个人，才能最终确定下来。"

龙毅点头说："是的。所以我们下一步的工作，就是重点寻找这两个女人的下落。"

话未说完，他口袋里的手机忽然响了。一接听，是刑警老毕打来的。老毕在电话里说："龙队，我们找到程韵了，在树林后面一个隐蔽的山洞里，不过……"

"不过怎么样？"

"不过她已经死了。"老毕叹口气，声音有点儿低沉，说，"而且……很惨！"

"你们保护好现场，我马上就到。"

龙毅把老毕的话对欧阳若和方可奇说了，三人离开小卖部，急急地往村子后面赶去。

这时已经是下午 4 点多，虽然已经进入秋天，但天气依然有些炎热，太阳斜照着地面，没有一丝儿风吹过，人一走动，身上的热汗就流了下来。

三人一边抹着额头上的汗珠，一边快步穿过树林，走过一片乱石嶙峋的空旷地带，来到马蹄山下。

龙毅抬头一望，那山足足有七八百米高，靠近村庄的这一边，是一面险峻的绝壁，耸立的岩石高高悬在头顶，好像随时都可能掉下来把人砸成肉酱。抬头看一眼，就已经让人觉得头晕目眩，只怕就算是最好的攀岩高手，到了这里也只能望壁兴叹。

就在前面不远，老毕和两名侦查员正站在绝壁下等着他。龙毅走近后问："到底什么情况？程韵在哪里？"

老毕说："今天我一直在查找程韵的下落。因为她自从8月4日进村之后，就再也没有搭乘渡船出村，所以我断定她一定还在村子里。下午我让两条警犬对她重新进行搜索，警犬循着气味穿过树林，把我们带到了前面这片乱石地里，然后就失去嗅源，没有办法再继续追踪下去。我观察了一下，这里乱石纵横，极难行走，如果那天晚上程韵真的来到了这里，一定不会走得太远。于是我和几个侦查员分头寻找，结果却意外地发现这山壁上有一条石缝，不断有苍蝇从石缝里钻进钻出，我们觉得有些蹊跷，对着那条石缝研究半天，最后才发现那里竟然是一个山洞，只不过洞口恰好被一块石头盖住，只留有一道半厘米宽的缝隙，从石壁外面看，完全看不出端倪来。我们把洞口的石头移开，果然看见后面是一个山洞，你看……"

老毕说着，把手指伸进石缝，用力移开一块石头，石头掩盖着的，果然是一个山洞。洞口有一米来高，里面黑漆漆的看不到半点亮光。老毕打开手电筒，弯腰钻进洞里，龙毅等人也跟着钻进去。山洞里弥漫着一股令人作呕的尸臭，苍蝇"嗡嗡"乱飞，往前走不远，就看见洞底铺着一层干枯的稻草，稻草上斜躺着一具年轻女性的尸体。

"这个应该就是程韵了！"老毕用手电朝着那女人脸上照了照。龙毅定睛看去，虽然那人颜面膨胀，眼球外突，嘴里还塞着一团稻草，但见过程韵照片的他还是一眼就认出来了，这个女人正是失踪多日的程韵。再往她身上看，她双手双脚都被一根粗草绳紧紧捆住，身上满是血污，尸体已经开始腐烂发臭，估计死亡时间至少有两天了。

"没错，她就是程韵！"方可奇看看尸体，呆了片刻，忽然扶着洞壁使劲呕吐起来。

老毕又把手电筒朝程韵的尸体旁边照了一下，说：“那里有一把柴刀，我已经看过，应该就是凶手遗留在现场的凶器了。”

龙毅从他手里接过手电筒，上前两步蹲下身，认真看看那把柴刀，刀锋有一尺余长，刀身沾满血迹，刀柄上缠着一些稻草。他站起身，说：“立即打电话叫法医和技术科的人过来。”

欧阳若说：“好。”忙掏出手机立即往市局打电话。

龙毅又拿着手电筒，往山洞深处照了照，这山洞看上去并不深，摸索着往里走了二三百米，果然就到了尽头。尽头也是一面石壁，也就是说这个山洞只有入口，没有出口，任何人要进出山洞，都必须走前面的洞口。他打着手电照着脚下来回搜索了两遍，并没有发现脚印之类的痕迹。

法医芮雪和市局的刑侦技术人员赶到马蹄村时，已经是傍晚时分，老毕和方可奇找村民借来两盏充电式 LED 手提灯，将山洞里照得亮如白昼。

芮雪检查尸体后对等候在一旁的龙毅说：“死者身中 47 刀，每一刀都砍得很重，刀伤遍布全身，致命伤在咽喉处，被一刀斩断颈动脉，因失血过多而死亡。”

龙毅在沉默中点头，这个结果跟他观察尸体后预想的情况基本一致。死者手脚被缚，身体蜷卧，表情扭曲而痛苦，身下稻草凌乱，草梗染满血迹，可见程韵中刀后并非立即毙命，而是在山洞中挣扎许久，才在痛苦中死去。

芮雪看他一眼，知道他在等着自己往下说，就接着说：“死亡时间，大约在三天前，即 8 月 5 日晚上 8 点至 12 点之间，跟我当初推测的段明晖的死亡时间基本一致。”

龙毅说：“死者戴在手腕上的一只手表被砍坏了。我们推测应该是凶手砍杀她时，她下意识地转身躲闪，结果柴刀砍到她被反绑的手腕处，手表被砍坏，里面的指针也停止走动，时间停止在夜里 9 点 11 分。”

芮雪“嗯”了一声，点头说：“既然这样，那么她的死亡时间很有可能就是在 8 月 5 日晚上 9 点 11 分前后。”

龙毅没有再说话，只是看看身边的欧阳若，示意她把这个时间点记录下来。这时，刑侦技术员已经在现场忙碌起来。他摸摸自己身上，竟然已经在这闷热的山洞里汗湿了衣服，交代了老毕和欧阳若几句，就赶紧钻出山洞，到外面透口气。

不多时，方可奇跑出来报告说，因为程韵被害处的地面铺了厚厚一层稻草，很难发现凶手留下的脚印。那柄染血的柴刀已被法医确定为凶器，但刀柄上缠着一层稻草，所以也没有办法从上面提取到凶手留下的指纹。程韵随身携带的手机已经不见了，应该是被凶手拿走了。

“也就是说，我们没有在现场找到任何有用的线索，对吧？”龙毅扭头看着他。

方可奇不好意思地搔搔头，说：“目前来看，确实是这样，还没有找到任何与凶手有关的蛛丝马迹。”

龙毅叹口气，抬眼望着不远处那片黑沉沉的树林，眉头渐渐拧紧了。

第九章　艰难决定

晚上，专案组的人聚集在小卖部门前汇总线索讨论案情，研究下一步行动方案。

方可奇站起来大声说："龙队，我觉得这个案子已经不需要再讨论，案情已经十分明显了。"

"哦？"龙毅抬头看着他，问，"那你说说看，案情怎么明显了？"

"我觉得这个案子，应该是这样的……"方可奇拿起矿泉水瓶子，喝了口水，对大家说出了自己的推测。

8 月 5 日晚上，段明晖和程韵在牛老才家看了一会儿大戏就回家了。回家后不久，段明晖忽然发现家里来了小偷，于是顺手抄起他老爸放在床底下的铁锹就追出去。

这时已经上床睡觉的程韵听见响动，也赶紧穿衣下床，跟在段明晖后面一起去追小偷。

小偷将二人引到村后树林，然后躲起来，等段明晖进入树林后，趁其不备，小偷突然跳出来，用石头将其砸死。跟在后面的程韵目睹男友被杀，自然是吓得大声惊叫，慌忙奔逃。她裙子的下摆应该就是在这个时候，被树林里的刺藤划破的。凶手自然不会轻易放过她，举着随身携带的柴刀，跟在她后面快步急追。

程韵慌不择路，最后跑到树林后面的乱石地，凶手也跟着追到这里。就在走投无路之际，程韵意外发现绝壁上有一个山洞，于是立即躲藏进去，本以为可以就此躲过一劫，不想凶手也跟着追进了山洞。无路可逃的程韵面对凶手，奋力反抗，凶手将她制伏后，顺手拿起地上的稻草绞成一根粗草绳将她手脚捆住，为了不让她叫喊，又将她的嘴巴堵住。然后拿起柴刀，疯狂而凶残地将她砍杀。

凶手杀死程韵之后，扔下柴刀，走出山洞，并将洞口像原来一样用石头封住，以防被人发现。然后再回到树林，将段明晖的尸体掩埋，最后拿走二人的手机，分别扔在不同的地方。

听完方可奇的推理之后，欧阳若轻轻点了一下头，说："你的这个推断虽然没有什么证据支撑，但听上去好像也颇有些道理。只是按你的这个说法，那个将段明晖和程韵二人引至山林并且将二人杀害的凶手，仅仅只是一个偶然出现的小偷吗？"

"不，那人显然并不是小偷。"方可奇摇头说，"那人只是假扮小偷，将二人引进树林而已。凶手连杀二人，而且手段极其残忍，尤其是对程韵，先绑后杀，连砍四十余刀，若无深仇大恨，岂能下得了这样的狠手？所以这人绝非一般的小偷。"

欧阳若问："那你觉得凶手会是谁？"

"这还用问吗？"方可奇看了大家一眼，说，"凶手是谁，已经十分明显了。"

龙毅已经明白他的意思，看着他说："你的意思是说，凶手就是那个神秘的怀孕女人？"

"对，就是她。"方可奇一拍大腿说，"她跟段明晖恋爱之后又被其抛弃，眼见段明晖很快另有新欢，自己却只能怀着孩子独自饮恨。前一天晚上她在程韵面前现身，想要离间她跟段明晖之间的关系又没有成功，黯然神伤之下自然对段、程二人心怀恨意，于是设下毒计怒而杀之。"

"龙队，你觉得呢？"欧阳若看着队长问，"难道凶手真的是那个怀孕的女人？"

龙毅并没有正面回答她的问题，想了一下之后说："方可奇的推理，还有几个不合理的地方。比如说，凶手既然随身携带有柴刀，那她在动手杀段明晖的时候就一定会拿出来，而不是随手在地上捡块石头去砸他，而在追杀程韵时才把柴刀拿出来。"

"也许柴刀并不是凶手随身携带的凶器，"方可奇急忙更正道，"只是她在山洞里偶然捡到的。"

"这就未免有些巧合了。"龙毅皱眉说，"而且最让人难以置信的是，那个女人已经怀有身孕，你觉得她还有能力用石块击杀段明晖，然后经过一段长距离追击，再杀死程韵吗？”

“这个……”方可奇脸色微红，经队长这么一说，他好像也觉得有些不妥，搔着头，一时说不出话来。

“龙队，你说有没有这种可能？”欧阳若提出了自己的猜想，“也许这个女人并没有怀孕，只是为了跟程韵抢男朋友，所以在衣服里塞进一个枕头，假扮成孕妇？”

“这个倒是很有可能。”龙毅点点头，起身踱了几步，最后说，“虽然方可奇的推理并不成熟，那个女人并不一定就是杀人凶手，但从目前情况来看，她跟这个案子肯定有着千丝万缕的联系。现在我们手里并没有多少线索，我觉得我们下一步的重点，就是要把这个女人找出来。找到她，不一定立即就能破案，但至少可以解开一些关键的谜团。”

案情分析会结束，已经是晚上 10 点多。为了便于工作，专案组的人并没有回市区，而是搭乘刘驼子的渡船过河，在镇上的派出所找了两间休息室，将就着睡下。

也不知道睡了多久，欧阳若遭到几只蚊子的轮番攻击，被咬醒过来。恍惚中看见外面走廊台阶上有一点儿红光闪动，以为是一只萤火虫，眨眨眼睛一看，才知道是有人坐在台阶上抽烟。

她看看手表，已经是凌晨 1 点多。她不由得心生疑窦，谁的烟瘾这么大，竟然大半夜起来抽烟?

她被几只蚊子骚扰得没了睡意，就从沙发上翻身坐起，把衣服披在身上，信步走出休息室，借着院子里微弱的星光，才看见坐在台阶上抽烟的竟然是队长。

龙毅平时一般不抽烟，只有在案子陷入绝境时，才会点上一支烟，一边抽烟，一边思考案情。他常说抽烟能给他带来破案的灵感。

听到脚步声，龙毅回过头，看见她，轻轻咳嗽一声，说：“怎么，你也睡不着啊？”

欧阳若嘟囔道：“这地方蚊子真多，我都快被蚊子抬走了。”她也在台阶上坐下，“龙队，这大半夜的，你还在想案子的事啊？”

“是啊，”龙毅用力吸了一口烟，烟头倏地一亮，就在这一刹那，欧阳若看清了他的脸，他的脸色沉重阴郁。

他叹气似的把吸进嘴里的烟雾吐出来，然后说：“小若，我遇上了一个最大难题了！”

欧阳若不由得一怔，她跟了队长这么久，还从来没有听到队长用这么犹疑不决的语气说话。

她有点儿意外，说：“龙队，我们侦破的命案也不少了，比这难十倍的案子我们也遇上过，无论从哪个方面说，这都不算是我们遇上的最难破的案子吧？”

“我说的其实不是案子本身。”龙毅把手里的烟头扔到地上，回头朝屋里望了一眼，似乎是不想让屋子里正在睡觉的同事听到他们的对话。他站起身，缓步朝院子中间走去，欧阳若也跟着走过去。

龙毅走到院子另一边，才说：“这个案子，现在大家都怀疑是那个怀孕的女人干的，对吧？”

欧阳若点头说：“是的，目前种种线索都表明，那个女人有重大嫌疑。”

龙毅说：“我们调查过，在这之前和之后的几天时间里，并没有这样一个女人进入过马蹄村。根据船夫刘驼子的证言，这段时间坐他的渡船过河进村的陌生人只有两个，一个就是段明晖带回来的女朋友程韵，另一个就是方可奇。”

欧阳若知道方可奇曾在8月5日上午进村找过程韵，原因是他发现段明晖的人品有问题，他想劝说程韵离开段明晖。他早上进村，不到中午就坐船离开了村子。然后又在第二天进入村子，原因是他联系不到程韵，觉得事有蹊跷，所以进村查看，这些都是已经被船夫刘驼子证实了的。而从现在的情况来看，他第二次，即8月6日早上进村的时候，段明晖和程韵实际上已经在前一天夜里遇害了。

龙毅说：“既然那个怀孕的女人并不是从村子外面来的，那么只能说明她是村子里的人，对吧？”见到欧阳若点头后，他又说，“可是我们已经对村子里的人进行逐个排查，村子里的成年人也就那么五十来个，而且大部分是老人，我们根本找不到一个疑似这个女人的村民。”

欧阳若脸上现出疑惑的表情，说：“这个女人既不是从村子外面来的，又不是村子里的人，那她到底是什么人啊？”

“我只能说，这是一个不可能存在的女人。”

“不存在的女人？”欧阳若显得有些错愕。

“如果真的有这样一个女人，无论她是从村子外面来的，还是村子里的村民，我们绝不可能查不到她半点痕迹。”

欧阳若渐渐明白了队长的意思，这个女人如果真的存在，就绝不可能在警方调查时凭空消失，而且不留下半点线索。从警方现已掌握的线索来看，这个女人其实只是在程韵面前出现过一次，然后就真的人间蒸发了。

“会不会是程韵在说谎？”她试探着问，“也许是她故意编了一个谎言，想考验一下自己的男朋友。”

“如果她在说谎，她只需要把这件事告诉段明晖，就可以达成自己的目的，完全没有必要半夜打电话向自己的亲姐姐哭诉。所以我敢肯定，她绝对是真的见过这样一个女人。”

“可是，我们现在根本找不到关于这个女人的任何线索啊。”

“那只有一种可能，”龙毅的声音渐渐变得冷峻起来，说，“那就是她在程韵面前现身之后，就真的凭空消失，人间蒸发了。”

“一个大活人，怎么可能真的凭空消失？”

欧阳若以为队长在开玩笑。

“做到这一点，其实一点儿也不难，因为我刚才已经说了，这个女人根本就不存在。”龙毅看着院子里一棵黑乎乎的树影，思索着说，“她其实是另一个人，是有人化装成一个怀孕的女人，半夜出现在程韵房间外面，让程韵确信她是被负心汉段明晖抛弃的可怜女人，自己的离间计得逞之后，她就摇身一变，变回了自己的本来面目。这样一来，任你是神仙下凡，也绝无可能在村子里查到这个女人的半点痕迹。”

欧阳若问：“那这个女人又会是谁假扮的呢？”

龙毅说：“我们已经调查过，段明晖已经离家十年，与村人之间没有任何瓜葛，所以村子里应该没有人会花这么大的力气去‘整蛊’他。”

“既然不是村里人干的，那只能是村子外面的人做的了。”

“是的，这事只能是村子外面的人做的。”

欧阳若忽然明白过来，惊道："进出过村子的外人，除了程韵，就只有方可奇了！"

龙毅点头说："有人曾听见，8 月 5 日上午他在村道上跟程韵发生过争吵。如果那个怀孕的女人是他，一切就解释得通了。"

方可奇对程韵旧情未断，一心想要跟她重新开始，但是这时候程韵身边已经有了新男朋友段明晖。怎样才能让程韵自动跟段明晖分手，回到自己身边呢？

方可奇想出了一个离间计，于 8 月 4 日，即程韵刚刚来到马蹄村的那天晚上假装成一个怀孕的女人，出现在程韵的房间外，骗她说自己也是段明晖的女朋友，而且还怀上了他的孩子，还告诉她段明晖其实是一个花心男，一直都在玩弄程韵的感情。

方可奇这么做的用意，显然是想让程韵愤而跟段明晖分手，但实际上他这一招并没有见效，第二天段明晖向程韵做了解释，程韵相信了他，两人闹出一点儿小风波之后，反而更加亲密。一计不成，方可奇又想出一招，那就是第二天上午直接去找程韵，告诉她段明晖不是一个好人，叫她不要跟他在一起。程韵仍然没有相信他。

这时候方可奇就知道，要想让程韵重新回到自己身边，最好的办法就是让段明晖从这个世界上彻底消失。于是当天晚上，他扮成小偷，将段明晖引到村后树林，用石头将其击毙。但是他做梦也没有想到，程韵也远远地跟着段明晖到了树林，并且目睹了他杀害段明晖的经过。程韵当即要打电话报警，方可奇知道如果让她活在世上，那自己的杀人行径就一定会暴露，无奈之下只好向她举起了屠刀。

欧阳若明白了队长的意思，也明白他为什么睡不着，要在半夜里阴沉着脸坐在台阶上闷头抽烟。他说他遇上了最大的难题。没错，怀疑自己的队友是杀人凶手，这确实是他二十多年刑警生涯当中，从来没有遇到过的为难之事。

但是她很快提出了自己的疑义："可是船夫刘驼子说过，方可奇只有 8 月 5 日上午进村，并且很快离开了，然后他第二天早上进村，却是为了寻找失踪的程韵。那个孕妇出现的时候是 8 月 4 日晚上半夜，段明晖和程韵的被杀时间是 8 月 5 日晚上，在这两个时间段，他并没有在村子里啊。"

龙毅说："我已经观察过，那条马蹄沟河宽才一百多米，这对于曾在我们公安系统游泳比赛中夺得过冠军的方可奇来说，绝不是什么不可逾越的鸿沟。"

"你的意思是说，刘驼子的渡船并不是方可奇进入马蹄村的唯一渡河工具？"

"是的，只要他愿意，他完全可以找一个没有人的地方游过河去，神不知鬼不觉地进入村子。"

"但是段明晖和程韵失踪后，最先觉得事有蹊跷并报警的，就是方可奇。如果他真的跟这个案子有牵连，他完全可以保持沉默，案发时间越往后推就对他越有利，难道不是这样吗？"

"那倒不一定。就算他不报警，段明晖的父母及程韵家人觉察到二人失踪之后，也一定会报警。这样的话，一旦案发，因为他曾在村子里跟程韵有过接触甚至是吵架行为，而且又是程韵的前男友，所以铁定会被警方列为重点怀疑对象。"龙毅说，"如果由他主动报警，甚至由他亲自带人去查这个案子，就能把他自己跟这个案子的关系撇得一干二净。"

欧阳若还是摇着头说："可是无论如何，我还是不相信方可奇是杀人凶手。"

"我也不相信，而且我也没有说他一定就是杀人凶手。"龙毅抬头看看院子对面那个房间，方可奇和老毕等人正在那间屋子里睡觉。他叹口气说，"我只是根据现有证据进行合理推测，只是觉得他有作案的可能性。我也希望明天的后续调查能还他清白，毕竟没有哪个警察会希望自己的队友就是自己要追捕的罪犯！"

第十章　伤心祭奠

第二天早上，在镇派出所吃完早餐，龙毅忽然对方可奇说："小方，从今天开始，你不用再参与这个案子的调查了。"

"为什么？"方可奇抬眼看着他，问，"是不是有其他任务要交给我？"

龙毅没有说话，只是拿眼睛看着欧阳若。欧阳若明白队长的意思，龙毅是想让她最先开口跟方可奇谈这件事。她咳嗽一声，字斟句酌地说："小方，其实我们……是想知道 8 月 4 日和 8 月 5 日晚上，你在什么地方？"

"晚上？我当然是在家里睡觉啊。"

方可奇感觉有点儿莫名其妙。

"有谁能证明吗？"欧阳若补充道，"有谁能证明，8 月 4 日凌晨 2 点和 8 月 5 日晚上 8 点至 12 点之间，你在家里？"

"我一个人住一套房子，家里没有别人，只怕没有谁能证明。"方可奇忽然意识到什么，"8 月 4 日凌晨 2 点，是那个神秘怀孕女人去找程韵的时间，8 月 5 日晚上 8 点至 12 点，是段明晖和程韵被杀的时间。你们这是在查我的不在场证明吗？"

"如果你要这么理解，那也可以。"龙毅脸上的表情渐渐变得严肃起来。

"你们怀疑我是杀人凶手？"方可奇看看队长，又看看欧阳若，霍地站起身，脸上现出愤怒而又难以置信的表情。

龙毅看着他，以他那一贯冷静的语气说："小方，我们只是就事论事，并没有要针对你的意思。我们综合目前所掌握的线索，觉得马蹄村内部村民作案的可能性不大，毕竟段明晖已经离家十年，而且程韵与村民之间完全没有任何关联。排除这种可能性之后，那就只剩下外人入村作案这一条了。而你是这段时间内，唯一进入过村子的外人。"

“哦，那倒也是，”方可奇忽然自嘲地笑起来，说，“如果换成我，我也会这么怀疑自己的队友，而且正好我刚刚跟程韵分手不久，一直幻想着跟她旧情复燃，所以对任何出现在她身边的男人都怀有强烈的杀心……哎，等等，如果说我杀了段明晖，那还说得过去，因为他是我的情敌。可是我杀程韵又是为了什么呢？难道我是想跟她的尸体再续前缘吗？”

欧阳若说：“有可能是因为她目睹了你用石头击杀段明晖的经过，执意要报警，为了保全自己，你只好杀人灭口。”

“这个推理也太扯淡了吧？”方可奇怒道，“我会为了杀人灭口而在程韵身上疯狂地砍四十几刀吗？”

龙毅看着他沉默不语。欧阳若说：“小方你再仔细想想，在那两个时间段内，你是不是真的待在家里？有没有什么证据能够证明你说的话？比如说朋友来访，接听过家庭电话，跟邻居在门口打过招呼之类的，只要能证明当时你确实在家，就行了。”

方可奇苦笑道：“可是偏偏就没有谁能够给我证明。”

龙毅想了一下，用缓和的语气说：“那这样吧小方，你先待在派出所，在我们把这件事调查清楚之前，哪儿也不要去。”

“这是要拘捕我的意思吗？”方可奇对他怒视片刻，忽然笑了，说，“那也行，正好我也想休息休息，反正我又没有杀人，我也不怕你调查我。不过，能把我关在一间有电视的房间里吗？让我看看电视也好，要不然就太寂寞了。”

“行，”龙毅说，“一旦我们查清楚这件事跟你没有关系，马上就恢复你的自由。”他挥挥手，让两名民警把方可奇带到一间有电视机的办公室关起来。

专案组的人又马不停蹄地赶往马蹄村。龙毅对大家说：“下一步我们要重点围绕方可奇的行踪展开调查。对了小若，你让市局的同事去搜查一下方可奇的住处，看能不能找到什么线索。”

来到村里，专案组的人重新展开走访调查，重点查访在8月4日凌晨和8月5日晚间，有没有人在村里见过方可奇。数名侦查员手持方可奇的照片分头调查，但并无收获，除了有村民看见8月5日上午方可奇进村找过程韵，晚上并没有看见过他。

没过多久，局里的同事给欧阳若打电话，说搜查过方可奇的住处，并无可疑之处。

欧阳若刚挂掉电话，手机又响了，一接听，居然是方可奇借派出所的办公电话打给她的。

方可奇在电话里说："师姐，我想起来了，8 月 5 日晚上我曾在家里叫过一个快餐外卖，饭盒还丢在家里的垃圾桶里呢。因为后来一直在忙着调查程韵失踪的事，家里的垃圾还没来得及处理。"

欧阳若立即给市局的同事打电话，让他们再去方可奇的住处看看。

果然有两名警员在方可奇家的垃圾桶里发现了一个快餐饭盒，饭盒上印有快餐店的地址和电话。

那两名警员找到那家快餐店，并且见到了给方可奇送快餐的女店员。女店员说这个快餐是她 8 月 5 日晚上 9 点左右送去给方可奇的。方可奇已经多次在他们店里用餐，所以她跟方可奇也算是熟识了。

女店员确认当时出门接收快餐的人就是方可奇。这盒快餐的费用是 18 元，当时方可奇给了她一张 20 元的钞票，结果她没有零钱找给他，方可奇说："算了，不用找了。"所以女店员对这次送餐过程印象深刻。

欧阳若把这个调查结果告诉队长，龙毅点了一下头，说："段明晖和程韵的死亡时间，大约是在 8 月 5 日晚上 8 点至 9 点半之间，如果当晚 9 点方可奇被人证实正坐在家里吃快餐，那么他显然没有作案时间。从市区到马蹄村，开车的话，大约需要两个小时，哪怕是最快的速度，估计也要耗时一个半小时左右，所以他绝无可能在马蹄村杀完人后，再赶在 9 点之前回到家里吃快餐。"

欧阳若犹豫着问："那还要不要再调查前一晚那个神秘孕妇出现在程韵面前时，方可奇的不在场证明？"

龙毅摇头说："不用了。既然 8 月 5 日晚上他没有杀人时间，那就证明他跟这两起杀人案没有关系，再去调查前一晚的事，已经没有任何意义。"

欧阳若问："那他是不是可以解除禁闭，回到专案组重新参与案件调查了？毕竟这次遇害的是他前女友，我估计他应该也很想亲手抓住那个杀人凶手。"

"可以解除禁闭，但他暂时还不能到村子里来。"

"为什么？"

"我还有另外的任务要交给他，我想让他留在镇上等一个人。"龙毅说，"我们通知程韵的家属之后，她姐姐程依琳已经在早上从曲江市赶过来，她会先到市区去法医中心认尸，然后再转车到镇上，她说想到妹妹遇害的地点看看，并进行祭奠。她不认识到马蹄村的路，我想让方可奇到镇上的车站去接她，然后带她一起到马蹄村来。”

欧阳若说声“好”，立即给方可奇打电话。方可奇听说自己身上的杀人嫌疑已经被解除，总算松了口气。

欧阳若想了一下，看看队长忙碌的背影，又在电话里小声对方可奇说：“小方，其实龙队也只是按章办事，你别怪他。”

方可奇笑道：“你放心，我知道的，如果换了我，我也会这样怀疑。”

大约一个小时后，方可奇带着程韵的姐姐来到了马蹄村。程依琳的年龄比程韵大两岁，虽然二人是姐妹，但从相貌来看，两人长相各异，并不相似，程韵长着一张好看的瓜子脸，程依琳却是方形脸，而且两边颧骨很高，给人一种突兀的感觉。

程依琳脸色苍白，双目红肿，显然在法医中心见到妹妹尸体时伤心恸哭过。

方可奇向她介绍了龙毅的身份，程依琳几乎不能自持，泣声道：“龙警官，我妹妹死得太惨了，你一定要抓住凶手，还她一个公道。”

“你放心，我们一定会竭尽全力查找凶手。”龙毅说，“为了早日破案，我们想向你了解一下你妹妹的情况，不知道你现在是否方便？”

程依琳急忙抹抹眼泪，脸上现出坚毅之色，点头说：“可以的，您问吧。”

“好的，”龙毅看着她问，“首先我们想了解你跟你妹妹的关系怎么样。”

程依琳说：“我们两姐妹关系很好。我很早就辍学了，打工挣钱供她上学。后来在她的鼓励和帮助下，我通过自学获得了大专文凭并最终考上公务员。我们俩的关系一直都很好。”

“你们经常见面吗？”

“我在老家上班，她在南州市工作，两个人都很忙，平时她只有在过年过节时才回老家，所以我们并不常见面。不过我们每个星期都会通电话，她要到这小山村里来见男朋友的父母亲，就是在电话里告诉我的。”

“在她到男朋友家里来之前，有没有在电话里跟你谈起过别的事情？”

“好像没有，她只是有点儿紧张，问我要怎样表现才会让未来的公公婆婆喜欢她这个准媳妇。”

“在最近的通话中，她有表现出什么异常吗？”

“没有。”

龙毅想了一下，又接着问：“8 月 4 日晚上，你妹妹给你打电话的事，你还记得吗？”

程依琳点头说：“当然记得。”接着她就把那天凌晨 2 点自己接到妹妹哭诉电话的事说了，基本与上次她在电话中告诉方可奇的情况没有出入。

龙毅问：“你妹妹有没有在电话中提到那个找她麻烦的女人的名字？”

“那个女人的名字……”程依琳皱眉想了一下，说，“我妹妹好像提到过，不过我忘记了，实在想不起来了，要不然上次在电话中就告诉你们了。”

“你再好好想一想，”龙毅看着她说，“这个名字，对我们警方来说非常重要，很可能就是我们破案的关键。”

程依琳扶着额头，认真想一下，还是摇摇头，满脸歉意地说：“实在不好意思，我真想不起来了。”

“那你妹妹有没有在电话中向你描述那个女人的外貌等特征？”

“我妹说，那个女人穿着一条白色长裙，长发垂肩遮住了大半边脸，肚子有点儿大，看得出来确实是怀孕了。那个女人是侧身站在她窗户前的，晚上光线又不太好，所以她其实也没有看清楚对方的相貌。”

龙毅见问不出什么线索来，只好到此为止，说：“那好吧，如果你还想起其他什么线索来，请立即打电话告诉我们。”

程依琳点头说：“好的。”见他已经没有问题要问，就说，“我想到我妹妹出事的地方去看看，我带了些香烛，想在那里祭奠她。按照我们家乡的习俗，只有在亲人去世的地方进行祭奠，亡者的灵魂才能得以安息，不知道可不可以？”

龙毅说：“你妹妹遇害的地点，在一个山洞里，那里目前还被我们封锁着，不过你要去的话，我可以让我同事带你去。”说完他朝欧阳若点了一下头。欧阳若明白队长的意思，对程依琳说：“程小姐，我带你过去吧。”

第十一章　女童白骨

中午的时候，程依琳在山洞门口祭奠完妹妹，回到村里。龙毅怕她留在妹妹生前最后待过的地方会触景生情更加伤感，就想叫人开车送她回市区。程依琳却摇头说："我暂时还不想回去，这座村子靠山傍水，环境还不错，我想到处转转，顺便等等你们，希望你们能早点传来破案的好消息。"

龙毅苦笑一声，心想这案子只怕不是一时半会儿能破得了的。但他却不能在受害人家属面前把这句话说出来。

他看了程依琳一眼，说："既然这样，那我叫人陪你一起去吧。"

程依琳说："多谢，不用了，我自己一个人到处走走就行了，不用耽误你们工作。"

龙毅说："那行，你自己小心点，有什么事情可以随时来找我们，村子中间那家小卖部是我们的落脚点。"

程依琳点点头，转身往村道上走去。看着她渐行渐远的身影，龙毅不由得暗暗叹了一口气，他从这个女人的眼神里，看到了一种异于常人的坚强。

就在这时，他的手机响了，是老毕打来的。

老毕说："龙队，中午我带着方可奇到树林里重新检查段明晖埋尸的那个泥坑，我们顺着泥坑又往下挖掘了一点儿，你猜我们挖到了什么？居然挖到了两根人骨。"

"什么，人骨？怎么会有人骨？"龙毅有点儿意外，说，"你们在那里等我，我马上就到。"

他立即带着欧阳若等人赶到村后树林，来到埋藏段明晖尸体的那棵雪松旁边。果然看见老毕和方可奇两个人手里各拿一把铁锹，正在往那泥坑深处挖掘。

看见队长来了，老毕从泥坑里爬出来，手里拿着两根骨头，递给龙毅：“就是这两根骨头，看上去像是人骨。”

龙毅接过两根骨头看了一下，那是两截断裂的人骨，颜色已经泛白，每根骨头长约十厘米，看起来应该已经在泥土里埋了好多年。他问：“是在什么地方挖到的？”

老毕指着泥坑说：“就在段明晖埋尸处下面十几厘米深的地方，上次我们挖出段明晖的尸体之后，并没有再往下深入挖掘。今天我和方可奇再度来到这里查看，跳进坑的时候忽然感觉到下面似乎还埋藏着什么东西，于是就找来两把铁锹试着往下挖，谁知刚挖几下，就看到了这两根白骨。这显然不可能是段明晖的骨头。”

龙毅见方可奇还在坑里继续向下挖，就问：“除了这两根骨头，还有别的东西吗？”

方可奇说：“我们已经在原有基础上向下挖掘一尺多深，没有再发现别的了。”

正好法医中心派了一名年轻的法医助理，跟专案组的人一起留守在马蹄村。龙毅打电话把他叫过来，将两根白骨拿给他看。

法医助理细看后说：“这应该是一个女人的肋骨，不，应该是一个女童，估计年龄介于 10 岁至 15 岁之间。”

“能判断出这个已经在泥土里埋葬了多少年吗？”

“嗯，大概十年左右吧。”法医助理跳进泥坑，仔细看了看，又拿起一块颜色有点儿异常的泥土放在鼻子前闻了闻，皱眉说，“龙队，这个泥坑有点儿奇怪，这里应该曾经埋葬过死人。”

老毕不由得笑起来，说：“这里当然埋葬过死人，前几天才被人抬走，而且我还知道死者是一名年轻男子……”

“不，我说的不是段明晖，”法医助理有些着急，说，“我说的是在段明晖之前，同一个泥坑里，应该还埋葬过另外一具尸体。从捡到的这两根肋骨来看，死者应该是一名十多岁的女童，埋尸时间约有十年。你看这坑中有些泥土颜色和气味都与其他泥土不同，这是女童尸体腐烂变质后尸水渗入泥土所形成的。”

方可奇扔下铁锹跳出泥坑问：“照你这么说，那个女童又去了哪里呢？就算十年过去，尸体已经全部腐烂，但至少还有骸骨吧？你可别告诉我，尸体连骨头都已经溶化，最后只剩下这两小块肋骨。”

法医助理知道自己年轻，而且自己仅仅只是一名法医助理，说出的话他们不一定会相信，只好看着龙毅说：“龙队，我怀疑这是一个旧坑，以前曾在这里埋葬过一个女童。后来有人挖开坟墓，把女童的骸骨捡走，并将段明晖埋在这里。只是这个人捡取女童骸骨时不够细心，落下了两根断骨没有拿走。”

欧阳若说：“有没有可能是凶手击杀段明晖后，在挖坑埋尸时，恰好挖到了一座旧坟？”

龙毅跳进泥坑，一面细看，一面摇头说：“那也太过于巧合了，而且可能性不大：第一，我们已经调查过，确实有许多村民去世后都埋葬在这片树林里，不过村民修坟，大多会把地点选择在树林西北角，据说那里风水好。尤其是近二十年来，树林西北角那一片，已经成了村里的坟场，这期间去世的村民很少有葬在其他地方的；第二，正常土葬，一般都有棺材，就算过了十多年棺材腐烂了，那至少还会留下一些木屑。你看这泥坑中找不到一点儿遗留的木屑，就算是被人捡拾过，也不可能会这么干净。这说明在尸体埋藏时就没有棺材。这就有点儿不正常了；第三，如果真的是凶手恰巧挖到一座旧坟，那也没有理由把坟里的骸骨清理掉，再将段明晖埋下去。”

欧阳若说：“如此说来，这件事倒是十分值得怀疑了。”

龙毅点头说：“是的，这座旧坟倒是一条线索。”

他拍拍手从泥坑里爬起来，留下老毕和另外一名警员继续在坟坑里挖掘，看能不能再找到什么线索，自己则带着其他人回到村里，就这座旧坟和女童尸体展开调查。

被问及的村民都一致摇头，说没听说过哪家把死人埋在那个地方，因为村里人极信风水，家中有人亡故，肯定会集中埋葬在树林的西北方向，因为那里上风上水，人死之后埋在那里能福荫子孙，人旺业兴。

再问大约十年前，村中可有 10 岁至 15 岁的女孩死亡。村民皆说没有，村中十来年前倒是有两个十多岁的孩子在马蹄沟游泳时溺亡。但这两人是男孩，而且也并不是埋在那棵雪松旁边。

难道是法医助理的判断有误，那个坑里根本没有埋过这样一名女童？把村里所有村民都走访一遍，警方却没有打听到十年前村中有十多岁女童死亡的情况。

回到村中小卖部，大伙都有点儿泄气。如果真有这样的女童在十年前死亡，不可能全村人都不记得啊。

“龙队，”方可奇看看那名法医助理，对龙毅说，“我看还是把芮雪法医叫过来，让她再重新研究一下那两根白骨吧。要是这家伙判断错误，那我们就真的白忙了一场。”

那名年轻的法医助理，听完他的话涨红着脸说：“我以自己的专业保证，我做出的判断绝对靠谱。”

“你说那里曾经埋葬过一个十年前死亡的小女孩，可是在那个时间段内，村里根本就没有出现过十多岁小女孩死亡的事件，这个你怎么解释？”

“这我就不知道了，”法医助理有点儿口吃起来，“我，我只是基于自己的专业知识做出的判断。”

龙毅皱皱眉头，摆手制止了两人的争吵。正好这时小卖部店主老冯上来给大家倒茶，听了方可奇的话，犹豫着说：“警察同志，你们问村里十年前有没有十多岁的女孩死亡，这个还真没有。”老冯四十多岁的年纪，如果说其他村民是因为年纪太大，对于十年前的事情记不大清楚，那么老冯正当壮年，他的记忆应该不会有错。

老冯倒完茶准备进店的时候，忽然转回身说：“不过十年前，我们村里倒是有一个十多岁的小姑娘失踪了，听说是被人贩子拐了去。”

“是吗？居然有这样的事？”龙毅一把将他拉过来，“你赶紧给我们说说。”

老冯说：“这个女孩名叫宋佳佳，是村里宋琅的女儿，宋琅的老婆叫纪玉珍，就是段明晖隔壁的那一家，他们还有个儿子叫宋宝弟。这事正好发生在十年前，那时宋佳佳大约 12 岁，正在马蹄沟对岸的学校读书。那时候这河上的大桥还在，一天放学，宋佳佳走到桥头，忽然被一个人贩子强行抱上摩托车拉走了。这一幕刚好被跟她一同放学的段明晖看到，段明晖跑回村里告诉宋佳佳的父母。宋琅急忙带人去追，可是因为太迟了，连那辆摩托车的影子都没追上。就这样，这个叫宋佳佳的女孩就被人贩子给带走了，也不知道到底被卖到何处，是生是死，总之这之后再也没有人见过她……”

“哦，对了，”老冯说完，像是忽然想起什么，又补充道，“段明晖曾经跟这个宋佳佳订过娃娃亲，这事村里人都知道。”

“宋佳佳？”龙毅听完老冯的讲述，嘴里把这个女孩的名字重复一遍，脑海里跳出来的，却是上次到宋家走访时，那个面带惊慌差点儿与自己撞个满怀的年轻人。

他问：“那个唱戏的宋宝弟，是她弟弟，对吧？”

老冯点头说：“对，宋宝弟比他姐姐小两岁，宋佳佳被人拐走那年，他好像才 10 岁。别看这孩子外表看起来羸弱，但性子却很倔的。记得他姐姐被拐走时，村里人都沿着河堤去追人贩子，只有他一个人闷着头在村子里到处找他姐姐，后来父母拉他他也不回家，一连在村前村后找了三天……你说宋佳佳都已经被人贩子拐走好远了，怎么可能在村里找得到？”

“宋佳佳？”

这时程依琳已经在村里转完一圈儿，走回到小卖部，听到老冯最后这一句话，不由得一愣，她在嘴里把这个名字下意识地念叨了两遍，忽然眉头一扬说：“我记得我妹妹跟我说的那个女人，就是叫这个名字。”

“是吗？”龙毅转头看着她，“你再好好想想，是不是真的叫这个名字？”

程依琳想了一下，坚定地点点头说：“对，就是这个名字，错不了。我妹妹当时在电话里告诉我说，对方曾向她自报家门，说她的名字叫宋佳佳……”

“这怎么可能？”欧阳若和方可奇几乎同时跳了起来，“宋佳佳十年前就已经被人贩子拐走，这之后便杳无音信，再也没有回过马蹄村。怎么会突然出现在程韵面前，还变成了段明晖的前女友，并且还怀上了段明晖的孩子？”

老毕也一头雾水，说：“难道十年前拐走宋佳佳的人贩子就是段明晖，他找个地方把宋佳佳囚禁了十年，等她长大后，又把她变成了自己的女朋友？这剧情未免太夸张了一点儿吧？”

龙毅没有再说话，脸上的表情却渐渐变得凝重起来，他缓步踱到小卖部旁边的一个水塘边，蹲在地上，掏出一根烟，一边用力吸着，一边看着平静的水面发呆。

专案组的人都面面相觑，知道他抽烟的时候，就是在寻找破案的灵感，大家都闭上嘴巴，谁也不敢再说话。

一支烟还没有抽完，龙毅忽然站起身，把手里的半截香烟扔进池塘，回转身时，众人看到他拧紧的眉头已倏地舒展开。他快步走回来，声音里略微透着一丝兴奋之情，说："这个案子的来龙去脉，我已经知道了。现在要做的，是尽快把一些细节问题调查清楚。"

方可奇忍不住问："龙队，你已经知道凶手是谁了？"

龙毅点头说："是的，凶手的作案手法，我也大致清楚了。"看着方可奇一脸跃跃欲试的表情，他又说，"不过为了不打草惊蛇，现在我还不能透露凶手的身份。"方可奇失望地"唉"了一声。

"小方，现在有一件重要的事情要交给你去做。"龙毅拍拍他的肩膀说，"你开车送这位程依琳小姐回市区，同时采集一份宋琅的DNA，连同今天挖出的两根白骨一起带回法医中心，让他们比对一下，看看这两根白骨的主人跟宋琅是否有血缘关系。"

欧阳若已经明白过来，问道："龙队，你怀疑这两根白骨，其实就是十年前失踪的宋佳佳的？"

"现在几乎已经可以肯定，十年前宋佳佳并没有被人贩子拐走，而是被人杀死，其尸体就埋在那棵扭曲的雪松下。"龙毅扫了大家一眼，接着说，"现在之所以要做DNA比对，只不过是想最后确认一下。小方你让法医中心的人辛苦一下，晚上加一下班，争取尽快把比对结果拿出来。"

"是。"方可奇挺一挺胸，领命而去。

欧阳若虽然仍是满脑子问号，但看到龙毅眉头舒展，似乎成竹在胸，也不由得兴奋起来。

等方可奇带着程依琳离开之后，龙毅和欧阳若一起，再次来到段明晖家里。

段明晖的母亲何芹自从得知儿子的死讯，就病倒了，现在还在镇中心医院输液，家里只有段明晖的父亲段一山，在忙着给屋里的牲畜喂食。

龙毅站在猪圈外面，耐心地等他喂完猪食，在他走出猪圈之后，给他递上一根烟。

段一山看他一眼，默默地接过，自己掏出打火机点上烟，坐在院子里默默地抽着。

龙毅问他："我们听说你儿子跟邻居家一个叫宋佳佳的女孩从小就订了娃娃亲，有这回事吗？"

段一山好像没有料到警察会忽然问及这个问题，被烟呛得咳嗽一声，说："咳，那其实是两家大人说着玩的，当不得真。宋琅家以前生了个大女儿，比我们家明晖还早两年出生，结果带到一岁多就夭折了。后来他们家二女儿宋佳佳出生，老宋家担心她命不好养不活，请算命先生算了，说要早点订个娃娃亲，才能把命拴住。那时我们两家关系比较好，老宋就想到了我们家明晖，于是两家人凑在一起，就给两个孩子订下了娃娃亲。"

"那你儿子对这件事怎么看？"

"我儿子嘛，刚开始年纪小，对这件事也没有什么感觉，一直跟宋家那个女娃儿玩得很亲热。后来他念初中的时候年纪大了，因为村里的大人和周围同学经常笑话他这么小就有小媳妇了，他才觉得不好意思，慢慢地开始疏远宋家姑娘。可是宋家姑娘却不管不顾地，天天像个跟屁虫似的跟在他屁股后面跑……"

"宋佳佳被人贩子拐走的时候，是你儿子亲眼看到的，对吧？"

"是的，是他看到的，也是他跑回村里告诉大人的。"

"宋佳佳被拐的经过，除了他，村里还有其他人看见吗？"

段一山摇头说："好像没有了。当时已经是傍晚，路上也没有什么人了。"

龙毅问："宋佳佳失踪后，你儿子有什么反应？"

"反应？"段一山想了一下，摇头说，"他当时才 15 岁，好像还不是很懂事，对这件事似乎也没有什么特别的反应，不过我感觉宋家的女娃儿不见了之后，我儿子好像变得有点儿沉默，没有以前那么爱说话。但是他很快就初中毕业，到城里念高中去了，时间长了也就渐渐忘记这事了。"

第十二章　十年报仇

第二天下午，方可奇从市区赶到马蹄村，他给专案组带回来两个消息。

第一，经过 DNA 鉴定，证实法医助理的推断没有错，那两根骨头，确系一名 12 岁女童的肋骨。女童死亡的时间大约在十年前，女童与宋琅确实存在血缘关系。

第二，法医对段明晖的尸检结果出来了，基本情况跟芮雪在案发现场做出的判断没有误差，但凶手击杀段明晖所使用的凶器最终被确认为锄头，而不是先前警方认为的石块。凶手作案时将锄头反握，锄刃向上，用呈 D 形的锄头箍将段明晖砸死。

在小卖部门口看完方可奇带回的鉴定报告后，龙毅霍然起身，说："走，跟我一起抓人去！"

方可奇愣住了，问："凶手是谁？"

欧阳若心里已经隐约明白过来，他看了队长一眼，说："如果我没有猜错，应该就是宋佳佳的弟弟宋宝弟。"

"对，杀人凶手就是他！"

龙毅带着欧阳若、方可奇和老毕等人直奔宋琅家里。这时天色将晚，倦鸟归林，宋家三口正在吃饭，看见几个警察快步闯进家门，宋琅和纪玉珍都愣了一下，宋宝弟却脸色一变，蓦然惊起，却又很快坐下，手里的筷子掉到了地上，他却没有感觉到。

龙毅走到他面前说："你就是宋宝弟？"

宋宝弟说："是。"

龙毅说："我们怀疑你就是杀害段明晖和程韵的凶手，现在要正式拘捕你。"

"什么？"宋琅老两口吓了一跳，站起身说，"警察同志，你们是不是搞错了，我们家宝弟怎么会是杀人凶手？”

龙毅紧盯着宋宝弟说：“警方有没有搞错，你问问你儿子就知道了。”

宋琅老两口一齐朝儿子看过去。宋宝弟脸色苍白，没有看自己的父母，而是毫无畏惧地与龙毅对视着，嘴角边扬起一丝冷笑，说：“警察同志，现在是法治社会，你们可不能知法犯法，胡乱抓人。你们说我杀了段明晖和他女朋友，有何证据？段明晖已经离家十年，那个程韵我也是第一次见到，我与他们无冤无仇，为什么要杀他们？”

龙毅冷峻地道：“你杀人的原因很简单，就是要为你姐姐报仇。你知道你姐姐宋佳佳并不是被人贩子拐走的，而是被段明晖害死了。为了替你姐姐报仇，你杀死了段明晖，你行凶的过程恰好被程韵看见，于是你又杀她灭口……”

十年前的那个傍晚，段明晖忽然跑回村里，告诉宋琅说宋佳佳被一个骑摩托车的人贩子拐跑了，宋琅赶紧带着全村人去追赶。当时没有人怀疑段明晖说的话，只有一个人例外，那就是当时才 10 岁的宋宝弟。他年纪虽小，但已十分懂事，他早就看出整天黏着段明晖的姐姐已经让段明晖感到十分厌烦，甚至是反感和厌恶，而且很可能他已不止一次看到段明晖对姐姐目露凶光，表露杀机。所以他怀疑姐姐根本就没有被人拐走，而是已经遭了段明晖的毒手。但是宋宝弟在村里村外一连找了三天，也没有找到姐姐的下落，更没有发现一丝蛛丝马迹，只好作罢。但是他对这件事一直耿耿于怀，对段明晖更是怀恨在心。

十年之后，段明晖带女朋友程韵回家，让宋宝弟又想起十年前的往事，重新燃起了对段明晖的仇恨。虽然十年过去了，他仍然坚信，姐姐是被段明晖害死了，但是他一直找不到姐姐的尸体，所以无法证实自己的猜想。他极不甘心，最终想出了一个逼迫段明晖自乱阵脚，自己露出马脚的办法。

8 月 4 日，就在程韵来到马蹄村，在段明晖家里住下的第一个晚上，宋宝弟化装成一个女人，半夜去找程韵。

他身形瘦高，说话的声音比较尖细，且经常在戏班里反串女角，所以表演女人的角色惟妙惟肖，毫不费力，很轻易地就让程韵对她的身份深信不疑。他向程韵强调了两件事：第一，自己叫宋佳佳，是段明晖青梅竹马的恋人；第二，自己已经怀上段明晖的孩子。

接下来发生的事，与他事先设计好的剧情基本一致。第二天，程韵向男朋友提出质问。段明晖从程韵口中得知宋佳佳居然找上门来，脸上虽然不动声色，但内心已是极为惊恐。一个明明十年前就被自己杀死的人，怎么可能突然复活？难道当年她并没有气绝，又从泥底下爬了出来？内心的惶恐让他决定要把这件事查个水落石出。当然，最先要做的就是去当年埋尸的地方，看看宋佳佳是不是真的已经从泥土里爬出来了。

这天晚上，他从牛老才家看了一会儿大戏回家，见程韵因为感冒已经上床睡觉，他就从床底下拿出一把铁锹，悄悄来到村后那片平时很少有人去的树林，在一株扭曲的雪松下挖掘起来。十年前，他为了不再让人笑话自己跟宋佳佳的关系，也为了彻底摆脱宋佳佳烦人的纠缠，曾把宋佳佳骗到这里后将她杀害，并把她的尸体埋在一棵长得特别扭曲的雪松下。

他很快就在那个泥坑里挖到了宋佳佳的尸体，只不过十年过去，当年那个12岁的小女孩已经只剩下一具骸骨。

见宋佳佳并没有复活，他终于松了一口气。就在这时，一直跟踪他的宋宝弟在终于证实他杀了自己的姐姐之后，突然蹿出来，用自己所带的锄头猛地砸向其头部，段明晖很快就倒地死亡。

但是让宋宝弟没有想到的是，段明晖黑夜离家时惊动了正在睡觉的程韵，她随后也循着村后的小路来到树林里，正好目睹了宋宝弟杀人的经过。宋宝弟惊觉之后，为了不让自己的杀人行径暴露，自然要杀人灭口。程韵被其追杀，慌不择路逃到树林后面的乱石地，无意中发现山壁上有个山洞，于是躲了进去。不想宋宝弟最后还是发现了她的藏身之所，跟着追进山洞，用柴刀将其疯狂砍杀。

他回到树林后，先将姐姐的骸骨捡起，再把段明晖的尸体和他的铁锹一起埋在坑里。因为他觉得警方可能会根据手机定位，找到段明晖和程韵的尸体，所以就把他们的手机都拿走，扔在了一条水沟里。后来段明晖的手机被村里孩子在水沟里摸鱼时捡到，但程韵的手机却沉在水中，一直没有找到。因为宋宝弟一时疏忽，没有把姐姐的骸骨捡拾干净，最后让警方从段明晖的埋尸之地又捡到两根白骨。而正是这两根白骨，成为警方侦破这个案子最关键的线索。

听龙毅说完之后，宋琅和纪玉珍都惊呆了。“宝弟，他说的是不是真的？”老两口扯着儿子的衣服问，“你姐姐她真的是被段明晖他……”

宋宝弟看看年迈的父母亲，眼睛里噙满泪水，既没有点头，也没有摇头。过了半晌，他轻轻叹口气，看着龙毅说："警官，你的推理听起来很精彩，但用在我身上完全不合适。因为在段明晖和程韵被杀的那天晚上，我跟着村中戏班里的演员一起在牛老才家唱戏，那场大戏从晚上 7 点一直唱到将近半夜 12 点才散场。戏班里所有师傅都可以作证，我当时就在戏班里，哪儿也没有去。如果我在上台唱戏的时候，还能跑到村后树林里去杀人，那只有一种可能，就是我有分身之术。"

"是吗？"

龙毅怔了一下，似乎没有想到这一点。

"当然是真的，不信的话，你可以去我们那个戏班里调查。"宋宝弟微仰着下巴，眼神中透着一丝挑衅。

"我们当然会去调查！"龙毅盯着他看了好一会儿，忽然转身就走。欧阳若等人跟上来，问："龙队，现在怎么办？"

龙毅边走边说："方可奇，你带人暗中守住宋家前后门，防止宋宝弟畏罪潜逃。老毕，你把宋家的锄头拿去化验，看上面有没有段明晖的血迹。小若，你跟我去戏班里看看。"

村戏班的办公地点就在班主赵志胜家里。龙毅带着欧阳若来到赵志胜家，几个戏班师傅正在他家里排练新戏。

龙毅道明来意，问几个师傅 8 月 5 日晚上在牛老才家唱大戏时，宋宝弟是否也在戏班里。

班主赵志胜点头说："他在的，他在那场戏里演了一个角色，不在怎么行呢？"

龙毅问："一直都在吗？"

赵班主回忆了一下后点头说："是的，一直都在。那天晚上我们演的是花鼓戏《刘海砍樵》，宋宝弟反串剧中女主角狐仙九妹胡秀英的八姐，虽然戏份不多，但从头到尾要上台好几次，所以他从晚上 7 点化好妆之后，一直在后台候着，以保证随时能上台演出。"

"从晚上 7 点开演，一直到半夜散场，他一直都在戏班里？"

"是的，一直都在，就算没有上台，也一直在后台候场。"

"中间没有离开过？"

“演员也是人，也要拉屎撒尿，他肯定离开过后台。但最多是出去透透气，或上厕所，时间一般不会超过十分钟。”

龙毅不由得皱起了眉头。凶手连杀二人，算上埋尸时间，加上从村子走到树林往返的时间，估计最少也要一个半至两个小时，绝无可能在短短的十分钟内办到。如果赵班主所说的情况属实，那么很显然，宋宝弟确实没有作案时间。

离开戏班的时候，欧阳若说：“龙队，你说会不会是这个赵班主在说谎？”

龙毅摇头说：“这个可能性不大。因为我单独问过戏班里的其他几个师傅，情况与赵班主所说的基本一致，不可能他们每个人都在说谎。”

欧阳若跟在他后边说：“我总觉得这事有什么地方不对劲。”

龙毅皱眉道：“是的，一定有什么地方不对劲。”

他俩又去问了村戏班的其他几个演员，他们因为没有戏份，所以没有参加今天在班主家的排练。他们得到的答案，与赵班主的说法完全一致。

次日中午，老毕来报告说，他把宋宝弟家的锄头拿去化验，果然在D形锄头箍与木柄结合处发现了少许血迹，经检测，正是段明晖身上的血液。这越发证实了龙毅的推理：宋宝弟就是杀人凶手，他击杀段明晖的凶器就是他们家的这把锄头！

可是经多人证实，宋宝弟确实有确凿的不在场证明。这其中到底有什么玄机呢？这个问题把龙毅给难住了。

第十三章　绝妙替身

整个下午，专案组的人都聚集在小卖部门口讨论案情，明明知道宋宝弟跟这个案子脱不了干系，却又没有办法推翻他案发时不在场的证明，大伙都有点儿恼火，却又无可奈何。

傍晚的时候，一个十六七岁、背着书包的少女哼着歌儿从村道上走过来，朝店主老冯叫了声“爸”，就走进店里去了。

老冯一抬头，看见几个警察正朝女儿的背影看着，就笑笑说：“这是我女儿小萌，在镇上念书，现在本来是暑假，但因为她马上要进毕业班了，所以这几天一直在学校补课。”

欧阳若笑道：“老冯你好福气，居然有个这么漂亮的女儿。”

老冯笑得咧开了嘴，脸上露出幸福的表情，说：“以前我和我老婆一直在外面打工，两年前正是为了照顾好女儿才下定决心回到村里来，开了这家小店过日子。我和我老婆这辈子也没有什么别的奢望，就是希望小萌好好学习，将来能考个好大学。”

“你女儿该不是想考音乐学院吧？”欧阳若说，“我看她刚才唱歌倒是蛮好听的。”

老冯说：“她呀最喜欢的就是唱戏，一直吵着要进村里的戏班学唱戏。我说你现在是个学生，不好好学习进戏班瞎掺和什么，她才没有去。”

“谁说的？”小萌正在屋里擦脸，听见老爸在外人面前数落自己，就从里面房间探出头来说，“上次牛老才家唱大戏，我还上台演了一回呢，可惜你和我妈都在家里守铺子没有去看戏……”

“什么，你去唱戏了？”老冯有点儿意外，“你又不是戏班的人，他们会让你上台？”

“我是替……”小萌说到这里，似乎发现自己说漏了嘴，忙闷头洗脸，不再说话。

龙毅似乎从她的话里听出了些端倪，走到小卖部门口问：“小萌，那天晚上你真的去唱戏了？”

“这个……”小萌看着他犹豫一下，说，“我不能说。”

老冯在旁边白了女儿一眼，佯怒道：“臭丫头，什么不能说？警察同志问你话，有什么说什么。快说！”

小萌嘟起嘴巴说：“可是人家宝弟哥不让我说出去嘛。”

老冯问：“是宋宝弟吗？这事跟他有什么关系？”

小萌瞧他一眼，赌气似的扭转头去不说话。见此情形，龙毅已经大致明白是怎么回事了，问：“那天晚上，你在《刘海砍樵》中演的是什么角色？”

小萌低头看着自己的脚尖，犹豫半晌，才轻轻地说：“我演的是八姐。”

龙毅问：“那不是宋宝弟的角色吗？”

小萌点头说：“是的，就是他让我去替他演的。”

“你替他演？”老冯急了，扯着她的耳朵说，“到底怎么回事？你给我说清楚。”

小萌看看她爸，又看看龙毅，脸色有点儿发红，知道再也瞒不住，就把事情的经过说了出来。

小萌因为爱好唱戏，一直想进村里的戏班跟师傅学习，可是她爸怕她耽误学习成绩，一直没有允许。她平时跟宋宝弟关系不错，就偷偷拜他为师，跟着他练习唱戏。

8 月 5 日那天，宋宝弟忽然来找她，说：“你不是一直想上台表演一次吗？今晚有个机会，你要不要试试？”小萌当然求之不得。宋宝弟就告诉她，今天晚上牛老才家请戏班唱《刘海砍樵》，他在戏中反串八姐，但因为这几天感冒，嗓子有点儿不舒服，想让小萌代替他上台演出。

小萌说：“这样行吗？要是被戏班的师傅发现了怎么办？我又不是戏班的人，冒名顶替上台演出，如果被发现肯定要挨骂的。”宋宝弟说：“你放心，我有办法，保证不会让他们发现。”

到了演出的那天晚上，7 点左右，宋宝弟在后台化好妆，脸上涂着白粉擦了胭脂，戴上假发头饰，再穿着长裙，就完成了八姐的扮相。候演的时候，他假装上厕所，从后台溜出来，与等候在外面的小萌会合，找了个没人的地方，把自己的装扮转移到小萌身上，又给她擦脸化妆，很快就把小萌打扮成了八姐，如果不卸妆，绝不会有人看出扮八姐的演员已经换了一个人。

就这样，小萌就神不知鬼不觉地代替宋宝弟上台演了一回八姐。因为她表演得惟妙惟肖，而且在后台的时候，一直没有跟别人说话，加之演出时戏班的每个师傅都很忙，所以从头到尾也没有人发现她这个“八姐”是冒名顶替的。

听小萌说完整件事情的来龙去脉，龙毅忽然有种拨云见日的感觉，这才明白宋宝弟完美的不在场证明到底是怎么来的。他问小萌：“你一直代替他把整场戏都演完了吗？”

小萌摇头说：“没有，大概晚上 10 点左右，趁后台没有其他人的时候，他在门口招手把我叫出去，让我把八姐的装扮还给他，后面的戏份就全是他自己演的了。后来他告诉我说，这件事是我和他之间的秘密，千万不能说出去，要不然被赵班主知道他偷偷让戏班以外的人参加演出，非将他开除不可。”

老冯有点儿不敢相信自己的耳朵，没想到自己一向老实本分的女儿，竟会做出如此“出格”的事。

他瞪着女儿问：“你说的是真的？没有骗警察同志吧？”

小萌看看龙毅，又看看门口的其他警察，见他们每个人都在盯着自己，这才感觉到现场气氛有点儿异常，点着头说：“我，我说的都是实话。为什么你们一定要问得这么清楚，是不是宋宝弟他……”

龙毅没有回答她，掉头快步走出小卖部，朝专案组的人挥挥手：“走，我们再去会会那个宋宝弟！”

众人听完小萌的话，都已经明白过来。杀死段明晖和程韵的凶手确实就是宋宝弟，他不在场的证据是伪造的。他让小萌替他上台演出，因为演员都化了妆，所以根本没有人瞧得出来。而他正是趁这个机会，才得以分身去杀人。

龙毅带人匆匆赶到宋家，宋宝弟看见警察再次登门，心知情况不妙，立即起身往厨房跑去。龙毅以为他要逃跑，立即追了上去。刚到厨房门口，就见宋宝弟左手拿着一把明晃晃的菜刀跑了出来。

龙毅以为他想持刀反抗，立即伸手拦住身后正要涌进厨房的欧阳若等人。

不想宋宝弟略一迟疑，手里的菜刀径直往自己的咽喉抹去。龙毅这才明白他是要自戕，叫声不好，阻挡不及，刚好瞧见旁边有一把小矮凳，立即用脚尖钩起，往前踢去。矮凳飞起，砸向宋宝弟。

宋宝弟下意识地挥动左手，将小矮凳击落。没容他有第二个动作，龙毅就已经飞身扑上，一招空手夺白刃，就把他手里的菜刀夺下了。后面的人一拥而上，将宋宝弟按倒在地。方可奇将他双手反转到背后，快速地给他上了铐子。

直到这时，在屋里干活儿的宋琅和纪玉珍才反应过来，奔进厨房问："你，你们这是干什么？为什么要抓我们家宝弟？"

龙毅说："我们怀疑段明晖和程韵之死跟你儿子有关，现在要正式拘捕他。"他把宋宝弟从屋里推出来，身后很快传来宋琅老两口号啕大哭的声音。

警方将宋宝弟带过河，押进警车，警车呼啸着往镇派出所开去。

在路上，警方对宋宝弟进行了初审，宋宝弟自知大势已去罪责难逃，反而全身轻松下来，身子往椅背上一靠，干脆利落地承认了自己的杀人罪行。他的作案经过，与龙毅先前的推理基本一致。

宋宝弟一直怀疑是段明晖害死了自己的姐姐，可是宋佳佳活不见人死不见尸，他苦于没有证据，无法找段明晖算账。这次他看见段明晖带着女朋友程韵回家，他忽然心生一计，决定冒险试探一下段明晖。

他把自己化装成一个怀孕的长发女人，半夜去找程韵，告诉她说自己是段明晖青梅竹马的恋人宋佳佳。为了给段明晖增加心理压力，他还特地准确地说出了他屁股上那个胎记的颜色、形状和位置。因为他知道，段明晖屁股上的这块胎记，除了他家里人，几乎没有外人知道。小时候有一次段明晖光着屁股偷偷下河玩水，恰好被他的跟屁虫小媳妇宋佳佳看到，宋佳佳当时还笑话他说："明晖哥，你屁股上怎么有一只蝴蝶啊？"就这样，宋佳佳成了唯一知道他屁股上有这样一块胎记的外人。而宋佳佳发现段明晖的这个秘密之后，又悄悄告诉了弟弟，所以宋宝弟也知道了这件事。

正是因为这个神秘"女人"准确地说出了段明晖屁股上胎记的颜色和形状，所以才让段明晖心中暗自惊恐，他对自己十年前的判断产生了怀疑。难道当时宋佳佳并没有气绝，她被自己埋在地底下之后，又奇迹般地爬出泥坑并且复活了？要想知道宋佳佳是不是真的复活了，最直接有效的办法，就是挖开她被掩埋的地方看看。

宋宝弟承认自己手持锄头，在8月5日晚上跟踪段明晖进入树林，并在他挖出宋佳佳的骸骨后，一怒之下举起锄头将段明晖砸死。但说到程韵之死，他却摇头否认，说并非他所为。

宋宝弟向警方交代，那天晚上，他杀了段明晖之后，忽然发现程韵躲在不远处的灌木丛中，他知道自己的杀人行径肯定都被她看见了，为了保全自己，他决定杀人灭口。于是，他就拎起锄头去追杀程韵。

程韵跑到树林后面那块乱石地就不见了，他找了好几圈也没有找到——现在想来，她当时应该是躲进山洞了——他只好返回树林，将被段明晖挖出的姐姐的骸骨捡出，再将段明晖的尸体埋进去。因为他在电视剧里看到警察可以根据手机定位找到某个失踪人员的具体位置，所以最后他拿走了段明晖的手机，并扔在了不远处的水沟中。

做完这一切，确认过没有留下什么痕迹之后，他才回到村里，悄悄跟小萌换回演出服装。

他知道自己杀人的经过都被程韵看见了，以为第二天程韵一定会报警告发自己，但是忐忑不安地等了两三天却没有看到任何动静，心里很是奇怪。直到后来警方在山洞里发现程韵的尸体，他才知道程韵在当天晚上被人用柴刀砍杀了。

宋宝弟痛快地承认自己用锄头击杀段明晖，却矢口否认程韵的事跟他有关，这一点很是出乎专案组人员的意料。

来到派出所，警方立即对犯罪嫌疑人展开正式审讯。宋宝弟仍然只承认段明晖是他杀的，而程韵之死则与自己无关。

他说："我既然被你们抓住，就没有想过要活着出去。反正我姐姐的仇已经报了，我死而无憾。本来杀一个人是死，杀两个人也是死，我身上再多背一条人命也无所谓，可是你们不能把我没有干过的事栽赃到我头上。我确实没有杀程韵，那天晚上我去追她，追到树林后面的乱石地她就不见了，我转了几圈找不到她，只好回树林处理段明晖的尸体。程韵真不是我杀的！"

案情出现了出人意料的变化，审讯工作进行到这里，就进入了僵局。龙毅只好把宋宝弟先行羁押，让专案组的人再补充调查，待证据完善后，再进一步审讯。

晚上，专案组的人仍然留在派出所过夜。夜里8点多，法医芮雪从法医中心给龙毅打来电话，说程韵详细的尸检结果出来了，有些情况跟她在案发现场做出的判断有出入。龙毅问："哪些情况？"芮雪说："主要是推定的死亡时间有了变化，根据法医中心尸检结果推断，程韵的死亡时间应该是在8月5日晚上11点左右。"

"晚上11点？"龙毅很是意外，追问道，"准确吗？"

芮雪用十分肯定的语气说："准确，前后误差不会超过半个小时。也就是说她的死亡时间最后被推定为8月5日晚上10点30分至11点30分之间。"

龙毅不由得皱起眉头说："可是我们先前推定的死亡时间，不是晚上9点多吗？为什么会出现这么大的变化？"

芮雪解释说："在现场时，我们推断程韵的死亡时间是在晚上9点11分前后，最主要的原因是她的手表被砍坏后指针停留在了这个时间点。但现在看来，这是我们的一个误解。"

"误解？"

"凶手拿柴刀砍向程韵，程韵转身躲避，刀刃砍到她被反绑到身后的手臂，她的手表被砍坏，指针停止在她被砍的这个时间点，那就是晚上9点11分。而实际上，这并非她遭遇的致命一刀，这个时候她只是受了刀伤，但并没有死去。这之后，凶手又拿着柴刀不断砍向她，至11点左右，终于有一刀砍断了她的颈动脉，于是鲜血喷涌而出，程韵很快就倒地死亡。"

"这么说来，凶手从晚上9点11分前后开始行凶，到夜里11点致程韵死亡，凶手整整用柴刀砍杀和折磨了程韵近两个小时，这……这也太令人发指了！"

芮雪叹口气说："其实程韵死亡之后，凶手并没有停止施暴。我们在程韵身上找到七八道伤口暗红的刀痕，周围比较干净，可以断定是在其死后约1小时内被柴刀砍出的死后伤。也就是说，程韵断气之后，凶手仍然还在拿刀砍她。我估计从晚上9点多一直到半夜12点左右，凶手施暴时间至少持续了三个小时。"

龙毅不由得倒抽一口凉气，凶手将程韵的手脚捆绑住，封住她的嘴巴，然后用柴刀向她疯狂砍杀四十余刀，施暴时间长达三个小时，这得是对程韵有多大仇恨，才能向这个弱女子实施这么不可思议的暴行啊！

芮雪说："关于凶手，我推测有两种可能性：第一，凶手与死者程韵之间有不共戴天的深仇大恨；第二，凶手心理变态，所以其行为举止不能以正常人的思维来推测。你觉得哪种可能性比较大？"

龙毅在电话这头沉默片刻，他没有回答芮雪，而是在思考另一个问题。半晌之后，他叹口气说："看来我们现在抓到的这个宋宝弟，还真的不是杀害程韵的凶手。"他在电话里对芮雪简单说了对宋宝弟的审讯结果。

芮雪思索着说："程韵的死亡时间是在晚上10点半至11点半之间，而按照你的说法，8月5日晚上，宋宝弟在处理好段明晖尸体之后，于夜里10点左右已经赶回戏班参加演出，那么很显然他不可能是杀害程韵的凶手。还有，你说宋宝弟是左撇子，而我们检查过程韵身上的刀伤，每一刀的伤口痕迹都是从左往右延伸的，显然凶手是用的右手持刀杀人。作案者是左撇子的可能性不大。"

龙毅还是有些不甘心，问道："有没有可能是宋宝弟明知自己是左撇子，却故意用右手拿刀杀人？"

芮雪说："你说的这种可能性倒不是没有，只不过成功的概率很小。左撇子不习惯用右手，就算勉力为之，右手的力量也比惯用的左手要小许多，这就跟我们平常人右手力气大，左手力气小是一样的道理。但是我们检查过程韵身上的刀伤，几乎刀刀见骨，力道很大，看上去显然不太像一个人用他不太惯常用的那只手持刀砍杀造成的伤口。"

龙毅明白她的意思，其实他心里也正是这么想的。现在的案情已经很明显，宋宝弟确实不是杀害程韵的凶手，他杀了段明晖，却没有杀程韵。用柴刀疯狂砍杀程韵的凶手另有其人。

第十四章　一桩悬案

第二天，龙毅让老毕带两个人押着宋宝弟回市局，而他带着欧阳若和方可奇等人留在马蹄村继续调查程韵的命案。

专案组的人一直以为段明晖和程韵是被同一名凶手所杀害，只要抓到杀死段明晖的凶手，自然也就把程韵的命案给破了。但宋宝弟被抓之后，只承认自己为了替姐姐报仇杀死了段明晖，并没有杀程韵。种种迹象表明，宋宝弟并没有撒谎，杀害程韵的凶手确实另有其人。

警方一直都是将这两个案子并案侦查的，现在拆分开来，单独调查程韵被杀一案才发现，程韵的案子其实比段明晖的案子更难调查，因为凶手几乎完全没有在现场留下什么有用的线索，现在回过头把这个案子重新审视一遍，专案组的人竟然发现不知道该从哪里开始着手调查。

方可奇最先提议，可以从凶手作案后留在现场的作案凶器——那把染血的柴刀开始调查。但是柴刀刀柄上包着一层稻草，警方无法在上面找到凶手的指纹。而且马蹄村村前村后树木很多，村民经常砍下树枝当柴烧，所以家家都有柴刀，有的人家甚至还不止一把柴刀。现场凶器只是一把样式普通的柴刀，刀上并无特别的印记，根本无法根据这把柴刀找到它的主人。

后来欧阳若又提出，应该从程韵的人际关系入手进行调查。世上没有无缘无故的爱，也没有无缘无故的恨。凶手在程韵身上狂砍四十余刀，不停折磨她近三个小时，若无深仇大恨，凶手怎么会如此残忍而疯狂？所以，从这一点来推测，凶手肯定是一个与程韵的生活有过交集的人。如果从这一点着手调查，应该不难把这个人找出来。结果经过调查之后发现，程韵是第一次来到马蹄村，所有村民都是第一次见到她，在此之前，村子里没有任何人跟她有过交集，更不可能跟她产生什么仇怨。

后来又有警员说："会不会是精神病人或疯子作案？"但调查之后发现，马蹄村并没有精神病人。

最后龙毅经过慎重考虑之后说："我们还是从凶手不在场的证据开始调查吧。我们现在已经调查证实，在程韵死亡前后，村里并无外人出入，也就是说杀死程韵的凶手，如同杀死段明晖的凶手一样，肯定也在村子里，也可以说凶手就是马蹄村人。马蹄村成年人口并不多，我们只要逐一排查，找到案发当晚9点至12点之间无法证明自己去向的人，基本就能锁定犯罪嫌疑人了。"

按照队长提出的侦查方向，专案组的人立即对全村村民案发时的不在场证明展开调查。

经核查，村子里包括已经死亡的段明晖在内成年人口共52人，排除掉段明晖和宋宝弟，还剩下50人。这50人中，有8人是村戏班的演员，程韵被杀的8月5日晚上，村中牛老才家请戏班搭台唱戏，8名演员全部到场演出，中途并没有人长时间离开。除了戏班里的演员师傅，还剩下42名村民。经过逐一调查统计，当晚共有包括主家牛老才本人及船夫刘驼子在内的40名村民带着二十多个孩子在台下观看演出，这一点村民间能相互证明。

剩下没有到场看戏的两名村民，是在村里开小卖部的老冯夫妇，他们是因为要在家里守店，所以没有去看戏。但是在唱戏途中，不断有村人到小卖部来买零食和饮料等，据说这一晚小卖部的生意特别好，从大戏开锣到演出结束，到店里来买东西的大人孩子就没有间断过。村民来买东西时看见老冯夫妻俩一直都在店里忙碌着，所以他们夫妻也不可能有时间跑去行凶。

这样一来，就等于全村每一个人都有明确的不在场证明，谁都没有作案时间。

专案组的人不由得傻了眼。没有外人进来作案，案发时全村人都有不在场证明。那这个案子只剩下一种可能性了，就是程韵自捆手脚，自己拿刀往自己身上狂砍四十多刀，最后气绝身亡。不过，这样的情节估计只有在神话故事中才能出现。

中午的时候，专案组的人垂头丧气地回到老冯的小卖部门口，一人泡了一桶方便面，坐在空地上闷头吃着。

老冯看着这帮警察天天在这里啃方便面，心里实在有点儿过意不去，就在店里炒了两个小菜给他们端过去，让他们将就着吃。龙毅已经好几天没吃过一口热菜了，连声道谢。

老冯有点儿心疼地说："你们这帮人，也真是太辛苦了。"迟疑一下，又问，"龙队，我听说那天晚上除了我们两口子，其他村民都到牛老才家看大戏去了，是吧？"

龙毅一边吃着方便面，一边点头说："是啊，大家都能相互证明，谁谁坐在自己前面，谁谁坐在自己旁边，都说得清清楚楚，每个人都能找到自己的证明人。"

"那个……"老冯犹豫了一下说，"你们问过段大谷了吗？"

"段大谷？"龙毅放下手里的方便面，掏出笔记本看看自己根据村民口述画出的座位图，说，"问过了，他当时坐在最后一排的最左边，他旁边是村民龚志强，龚志强证实他确实在现场看戏。"

"这样啊，那可能是我看错了……"老冯抓抓头发，转身要走。龙毅看出他似乎有什么话想说，就叫住他说："老冯，到底怎么了？有什么事就说吧。"

"是这样的，龙警官，"老冯搓着手说，"那个龚志强吧，是村里出名的懒汉，那晚村里人到我这里买东西，都是自己到店里来的，只有这个龚志强吧，打我店里的电话，总叫我给他送货上门。那天晚上他一共叫了我两次，第一次大概是晚上 7 点多，他要一包花生，是我亲自给他送去的，当时坐在他旁边的段大谷想向他要几颗花生吃，他硬是没给。后来大约到了晚上 8 点半的时候，龚志强又打电话叫我给他送一瓶可乐过去，我去了之后发现段大谷已经没有坐在他旁边，我往人群里扫了一眼，好像也没有看见段大谷。当时我以为他看戏看到半途就溜回家睡觉去了，现在听你这么一说，既然龚志强能替他作证，那可能是我去送东西的时候，他正好上厕所去了。"

"是吗？"龙毅连方便面也不吃了，他掏出笔来，在笔记本上段大谷的名字下面画了一条横线。

他咬咬笔头，忽然想起什么似的，问："哎，我说老冯，这个段大谷也姓段，他跟段明晖家有关系吗？"

老冯叹口气说："他是段明晖的亲大伯，是段一山的亲哥哥，年轻时结过婚，但老婆被他打跑了，至今没有再讨老婆，估计他今年也有五十七八岁了吧，身边无儿无女，一直是一个人过日子。他喜欢赌博，因为借钱的事跟他老弟段一山结下仇怨，两家人至今不相往来。”

龙毅不由得皱起眉头来。那也就是说，这个段大谷跟段明晖他们家有过节，那他有没有可能把这种仇怨转嫁到段明晖的女朋友身上呢？完全有可能。他对弟弟一家不满，想要对他们动手发泄自己的仇恨，但段一山一家三口都对他有了防范之心，他很难下手。正好这时段明晖带着女朋友回家，程韵只是一个柔弱女子，在并不知道他们两家恩怨的情况下，对他自然没有防范之心，他要动手对付她，自然比对付段家父子容易得多。

他立即来到段一山家，进一步了解情况。

段一山反映的情况，跟老冯说得差不多。不过，他特别向警方补充了一个细节。

就在他儿子带程韵回家的那天晚上，两个年轻人在村道上散步，恰遇段大谷牵着一头大水牛从前面走来。走到他们身边时，段大谷故意抖动缰绳指使大水牛用牛角去挑程韵。幸好程韵闪避得快，才没有被尖尖的牛角碰到。这件事是段明晖回家之后，悄悄告诉父母的。

从段一山家里出来之后，欧阳若说：“龙队，这个段大谷很可疑啊。”

龙毅点头说：“确实很可疑。”

欧阳若问：“我们要不要先把他抓起来，再慢慢审问？”

龙毅边走边摇头说：“现在还不是时候，我们得先去问问龚志强，搞清楚那天晚上段大谷到底有没有去看戏，具体看到什么时候离场的。”

两人找到龚志强时，他正靠着一把躺椅坐在自家门前的树荫下乘凉。看到有警察来找自己，他只是睁开眼睛看了一下，并没有起身。龙毅对他说：“龚志强，有个情况我们想找你核实一下。”

龚志强问：“什么情况？”

龙毅说：“牛老才家唱大戏的那天晚上，段大谷是坐在你身边看戏的，对吧？”

“对啊，”龚志强点头说，“我不是早就跟你们说过了吗？他就坐在我旁边，还跟我讨花生吃，我没给。”

龙毅问：“他一直都在现场看戏吗？”

龚志强犹豫了一下，说："是啊，一直都在。"

"你撒谎！"欧阳若忍不住怒道，"我们调查过，那天晚上不到8点半，段大谷就离开了。"

"是吗？他那么早就走了？"龚志强抬了一下眼皮，说，"哦，那可能是我看错了，刚开始时他确实是坐在我旁边看戏的，可能后来我看戏太入神了，他溜走了我也没有注意到。"

"那他后来有没有再回来过？"

"这个……好像回来过吧。"

"有就是有，没有就是没有，什么叫好像回来过？"龙毅也有点儿恼火了。

龚志强忙站起身，皱眉想了一下，说："对，后来他确实回来过。我记得大戏散场的时候，他还跟我说那个演胡九妹的女人太老了，演得不怎么好。"

"那他是什么时候回来看戏的？"

龚志强摸摸自己的腮帮子说："这个我真不记得了，反正嘛，一开始他是坐在我旁边看戏的，后来他悄悄溜走了，也不知道去了哪里。再后来我扭头一看，他又回来了，具体什么时候离开、什么时候回来的，我当时也没有看表，根本搞不清楚。"

龙毅听到这里，心中已然有底。离开龚志强家后，他们立即去找段大谷。可是段大谷家里大门紧锁，屋里根本没有人。找人一问，才知道他到村里王老三家赌钱去了。

龙毅带着欧阳若来到村民王老三家，看见他家大门也是紧闭着的，但是门外并没有上锁，屋里隐约传出麻将声。龙毅用力拍门，大门打开后，果然看见段大谷跟几个人在屋里打麻将。几个赌徒一见警察上门，都吓得浑身颤抖。

龙毅向段大谷招招手，把他叫到屋外，问他："段明晖的女朋友，程韵被杀的事，你已经知道了吧？"

段大谷说："这事闹得那么大，村里谁不知道啊？"

龙毅盯着他说："在她被杀前一天，有人看见程韵在村道上散步时，差点儿被你牵着的大水牛用牛角挑到，有没有这回事？"

段大谷一怔，说："这个……是啊，我跟我老弟家不和，当年吵架的时候段明晖这小子还帮着他爸踢过我两脚，所以我对这小子恨之入骨。那天看见他带女朋友回来，恰巧被我牵着大水牛在村道上遇见，我有心使坏，想让那个女人吃点苦头，所以就抖动缰绳让我家的大水牛用牛角去挑她一下，谁知她闪避得快，牛角并没有碰到她。”

欧阳若逼近一步，直视着他道：“这一次没有得手，所以后来你就变本加厉，干脆用一把柴刀将她给杀了！”

段大谷脸色一变，这才明白这两个警察来找自己的目的，忙苦着脸道：“冤枉啊警察同志，那次只是我临时起意，想给他们一点儿教训，过去之后也就算了，我也没有再想这件事。段明晖女朋友的死，根本与我无关。”

龙毅道：“那我问你，程韵被杀的时候，你在什么地方？”

段大谷说：“我在牛老才家看戏啊，我旁边坐的是龚志强，上次你们不是已经找他调查过了吗？他可以为我作证的。”

欧阳若说：“经过我们反复调查，现在发现龚志强在第一次作证时对我们撒谎了。他已经向我们证实，那天晚上 7 点左右大戏开演时，你确实就坐在他旁边看戏，但到晚上 8 点半左右，你就离开了，一直到大戏快要演完的时候，你才重新回来。我们想知道，这其中有三个多小时，你去了哪里？做了什么？”

“哪有三个多小时？我不到 10 点就回去看戏了，龚志强两只眼睛一直盯着台上的胡九妹，根本就没有注意到我是什么时候回去看戏的，所以他告诉你们的时间一点儿也不准确。”段大谷着急地大叫起来。

“好吧，”龙毅点了一下头，说，“就算你晚上 8 点半离开，至夜里 10 点钟回来，这中间的一个半小时，你去做什么了？”

“这个……”段大谷忽然脸现尴尬之色，挠挠头说，“这个我不能说。”

欧阳若忍不住道：“那我来替你说吧。你用这一个多小时的时间，跑去杀人了。你把程韵拖进山洞，用柴刀将她砍死，然后又回到村里看戏，等到大戏散场之后，你怕程韵没有气绝，于是又再次去到山洞，在程韵尸体上补砍几刀。你跟你弟弟之间的仇怨，跟程韵有什么关系？你竟然在她身上连砍四十余刀，就算是杀人狂魔，也没有你这么残忍！”

“不，不，警察同志，你们搞错了。那天晚上看戏的时候，我中间确实离开了一下，但并不是去杀人，而是……”

“而是什么？”龙毅盯着他逼问道。

“而是……”段大谷一张老脸憋得通红，“吭哧”半天，才低声说，“我在村里有个相好的，那天晚上我离开牛老才家后，跑去跟她亲热了一番，然后才重新回来看戏。”

“你那个相好的是谁？”

“她是个寡妇，叫丽红。”

“你们幽会的地点在哪里？”

“就在她家里。平时村里人多眼杂，我们不方便约会，那天晚上全村人都去看戏了，我们觉得这是个好机会，所以就相约一起半途离开，到她家里去亲热一番……完事后我们又重新回来看戏，大家的眼睛都直瞪瞪地盯着戏台上，根本没有人注意到我们是什么时候离开，又是什么时候回来的。”

龙毅立即找到这个名叫丽红的寡妇对段大谷说的话进行核实。

丽红是个年纪不到50岁的女人，脸上擦着厚厚一层白粉，说起话来有点儿嗲声嗲气。

警方经过详细调查后证实段大谷所言属实。当天晚上他和丽红确实在女方家里幽会，前后一个多小时。不到晚上10点，两人就收拾停当，若无其事地回去看戏了。

而根据警方推断，杀人凶手从晚上9点至深夜12点，一直在山洞里对程韵施暴，而且程韵死亡的时间是夜里11点前后。这样一来，段大谷显然没有作案时间，他不可能是杀死程韵的凶手。

这个调查结果，让专案组的人有些失望。

警方又在村子里调查了两个星期，案情仍然没有半点进展，这桩山洞杀人案，就此陷入绝境。再后来，市区出了其他案子，专案组的人被迫撤回市局，程韵这个案子就此搁下。

第四卷

毒魔魅影

第一章 投毒杀人

龙毅带着欧阳若、方可奇等人，再次进入白杨店镇马蹄村，是在段明晖和程韵命案发生大约半年之后，时间已经是第二年的2月。

2月17日这天，马蹄村有一对老年夫妻被人发现横死在家。接到报警后镇派出所所长老熊立即带人赶到现场，经检查确认死者系中毒身亡，考虑到有可能是人为投毒，老熊于是向市局刑警大队求援。

龙毅带人赶到现场后才发现，死者竟然是段明晖家的邻居，也就是宋宝弟的父母宋琅和纪玉珍夫妇。

法医芮雪检查尸体后说："两名死者均系砒霜中毒死亡，死亡时间应该是前天，即2月15日晚上。"

龙毅向老熊询问案发经过，老熊说发现两名死者并报警的人，是一个叫曹旺的村民。

曹旺今年已经五十多岁，是宋琅的表亲。他每天早上出去干活儿，都会从宋琅家门前经过，每次经过的时候，宋琅老两口都已经早早起床，有时还会站在大门口跟他打招呼。可是昨天早上他经过宋琅家门口时，大门却紧闭着，下午收工回家，宋琅家的门仍然没有打开，他心里就有点儿犯嘀咕。

今天早上他再次从宋琅家门口走过，发现老表家的大门仍然是从里面关上的，他心里就越发奇怪，站在门口喊了两声，屋里没有人答应。他绕到房子侧边，透过窗户缝隙往屋里看了一眼，却见宋琅两口子都横倒在卧室的地上。他知道出事了，立即叫来几个人把大门撞开，奔进卧室一看，发现宋琅夫妇七窍流血，早已气绝，而且尸体都已经僵硬了。他吓得腿脚发软，赶紧打电话报警。

老熊带人赶到现场后，发现卧室床上有两摊呕吐物，并散发出蒜臭味，怀疑两人是中毒身亡，于是打电话向市局报告。

芮雪从死者呕吐出的饭菜中检测出了砒霜成分，由此推测毒药应该是混合在当晚的饭菜中被两名死者吃下的。

从现场情况来看，两人吃过晚饭并没有立即出现中毒症状，直到收拾完饭桌，洗干净碗筷，上床睡觉之际才感觉到不适，两人在床上呕吐过后，挣扎着痛苦地爬下床，从两人把手伸向房门的姿势来看，有可能是想开门求救，但显然已经来不及，两人的手还没有碰到房门，就已经毒发身亡，死在冰冷的地上。

龙毅问："能检测出砒霜到底是下在哪一种饭菜里的吗？"

"现在还没有办法搞清楚这个问题，"芮雪摇头说，"从呕吐物的成分判断，两人晚餐大约吃了三至四种菜式，有可能每一种菜里都有毒，也有可能只单单某种菜里有毒，或者饭中有毒。具体情况现在还无法判断，必须要进行进一步的检测才行。"

龙毅想了一下，对欧阳若说："你到屋里找一下，看能否找到剩下的砒霜，或者用来盛装砒霜的包装材料。"

欧阳若明白他的意思，问："龙队，你怀疑他们俩是自杀？"

龙毅说："并不是没有这个可能。女儿十年前惨死，唯一能依靠的儿子最近又因杀人入狱，很可能要判死刑。老两口在儿子被抓走后苦苦支撑半年，已经感觉到心力交瘁，再也无法把生活继续下去，于是一起服毒自杀。这种可能性并不能被排除。"

欧阳若点点头，带人在屋里仔细搜查了一遍，并没有发现用过后剩下的砒霜，也没有发现任何疑似砒霜包装材料的物品。

龙毅把报案人曹旺带到一边，问："你跟宋琅是亲戚，与他们应该很熟吧？"

曹旺点头说："是很熟的。"

龙毅问："你觉得他们有自杀的可能吗？"

曹旺仰起下巴想了一下，说："这个嘛……如果是在以前，是有可能的，但是现在肯定不会了。"

"这话怎么讲？"

曹旺说："宋宝弟被抓走的那一阵，他们两口子整天以泪洗面，伤心欲绝，感觉到没有了儿子，活下去也没什么意思，所以有过寻短见的念头，但都被我们几个亲戚劝住了。最近听律师说，宋宝弟因为认罪态度好，可能会被判无期徒刑，如果在狱中表现好，坐十几二十年牢就会被放出来。他们两口子顿时觉得生活有了希望，还合计着要养好身子，再活二十年，等儿子从狱中出来。你说这种情况下，他们怎么会服毒自杀呢？警察同志，我看肯定是有人在他们的饭菜里下毒，是有人毒死了他们。”

龙毅“哦”了一声，不动声色地问：“那你觉得最有可能下毒害他们的，会是谁？”

“那还用问，”曹旺扭头朝邻居家望了一眼，脸上显出愤愤不平的表情，“除了段一山，还会有谁？”

“你为什么会认为是段一山干的？”

“很明显啊，宋宝弟杀了段一山的儿子段明晖之后，他们两家就结下了深仇大恨，尤其是最近听说宋宝弟不一定会被判死刑，段一山更加恼火。他曾在醉酒之后放出狠话，说如果宋宝弟不给他们家明晖抵命，他就杀光宋琅全家，反正自己一把年纪，也活够了……”

“他真的这样说过？”龙毅不由得皱起眉头。曹旺点头说：“是啊，这话他说过不止一次，村里好多人都听到了。”

龙毅摸摸下巴，想了一下，又问：“段一山除了这样说过，真正做过什么威胁到宋琅一家的事吗？”

曹旺摇头说：“这个倒是没有。”

龙毅又问了几个问题，但并没有再了解到什么新情况。曹旺离开后，他站在原地想了一下，觉得曹旺的怀疑并不是没有道理。

首先段明晖十年前杀死宋琅之女宋佳佳，而十年之后，宋宝弟为给姐姐报仇，又于去年 8 月杀死段明晖，并且间接导致段明晖的女朋友程韵被另一名凶手杀死在山洞里且命案至今未破，两家因此结下深仇，段一山想要报复宋家，那也不是没有可能。于是，他决定先去段家看看。

宋、段两家是邻居，相距不远。他来到段一山家，抬头一看，段家大门紧闭，门上挂着一把大锁。

他有些奇怪，难道段一山两口子下地干活儿去了？找到住在附近的村民一问，一个村民说，今天早上，派出所的人刚一进村，段一山就跟他老婆一人背一个背包，急匆匆出村去了。

“是吗？”龙毅忙问，“这是什么时候的事？”

那人回忆了一下，说：“至少也应该有两个小时了吧。我当时还问他们是不是要出远门，他俩只顾埋头赶路，根本没有理我。”

龙毅知道段一山夫妇这时候离开，其中必有蹊跷，立即跑到马蹄沟边，看见船夫刘驼子正在草棚里抽烟，就问他今天早上段一山夫妇是不是搭乘他的船过河了。

刘驼子点头说：“是啊，他们两人带着行李，好像要出远门的样子。”龙毅又问：“他们过河后，往哪个方向走了？”刘驼子用手指了一下，说：“往镇上去了。”

龙毅抬头看着对面河岸，脑海里想象着段一山夫妇慌张离去的样子。难道宋琅夫妇真的是他们投毒杀害的？如果不是，那宋琅家出事后，警察刚刚进村，段一山两口子就背着行李急匆匆地出远门，那也太过巧合了。

他暗暗计算了一下，段一山是大约两个小时前出村的，从村里到镇上，步行的话，大约需要半个小时。镇上有车站，站里不光有开往市区的公交车，还有许多开往周边市镇的长途班车，可谓四通八达。如果他们来到镇上的车站即刻上车的话，那至少已经乘车离开一个多小时，早已走出白杨店镇了。

现在急需要搞清楚的问题是，他们会坐车去哪里？龙毅回到村里，找到熟悉段一山家庭情况的村民，问段一山在市区或周边市镇有无亲戚。村民回答说：“段一山是土生土长的马蹄村人，他老婆何芹的娘家则在马蹄沟对岸一个村子里，他家的亲戚都集中在河两岸的村子里，外面好像并没有什么特别亲近的亲戚。”

这倒是有点儿出乎龙毅的意料，如果段一山夫妇不是赶到镇上坐车投奔外面的亲戚，那他俩又会去哪里呢？

欧阳若思索着说：“段一山夫妇都已经上了年纪，我觉得他们应该不会去一个完全陌生的地方。对了，他们两口子以前不是出去打过工吗？”她问那个村民，“知道他们以前是在哪里打工吗？”

那个村民说：“他们是在邻近的江海县打工，他们夫妻俩在那里的一个工地上给人家煮饭。”

龙毅立即打电话到镇车站，问从镇上开往江海县的班车什么时候发车。车站工作人员查一下班车时刻表后告诉他：“从我们这里开往江海县的班车只有两趟，上午下午各一趟，上午这趟车的发车时间是 9 点 45 分。”

龙毅看看表，现在已经是 9 点 40 分，看来这趟车还没有离开车站，他略松了口气，立即在电话里向对方表明身份，说：“我们正在追查的两名嫌犯很可能就在这趟班车上，你们先不要发车，并请锁上车门，不要让乘客下车，警方很快就会赶到。”

他挂断电话后，又请熊所长立即给镇派出所值班室打电话，镇派出所刚好还有两名民警留守值班。

龙毅让两名民警立即赶到车站，搜查今天上午开往江海县的班车，看有没有警方要找的这两个人。等两名民警出发之后，龙毅又找到段一山和何芹的照片，用手机翻拍后发给两名民警。

镇派出所距离车站不远，不到十分钟，两名民警回电，他们已经在该趟班车上找到段一山夫妇并遵照龙毅的指示，将他俩带往马蹄村。

第二章　精神障碍

龙毅再次见到段一山夫妇时，不由得大吃一惊，这才几个月没见，他们夫妇俩就好像突然苍老了十多岁，头发全白，背也有些佝偻，看人时目光显得茫然而呆滞，好像找不到焦点似的。他不由得暗自叹息，看来段明晖之死，对这老两口的打击实在太大了。

龙毅叫欧阳若找来两把凳子，让段一山夫妇坐下后，才问他们："看你们背着行李，这是准备出远门吗？"

段一山低着头，不敢看他的眼睛，畏畏缩缩地说："是……是准备出趟远门。"

龙毅问："你们要去哪里？"

段一山说："去……江海县，我们以前在那里打过工，原来的那个包工头打电话过来，想让我们过去继续给他的工人做饭，所以我和我老婆就……"

龙毅问："那个包工头叫什么名字，电话号码是多少？"

"这个……"段一山没想到他会问得这么细致，一时答不上来，犹疑半晌才嗫嚅着说，"那个包工头外号叫包老四，真名叫啥不知道，电话号码我忘记了……"

龙毅已经看出他在撒谎，也没有继续追问，而是换了一个问题："今天早上，你邻居宋琅家里出事了，你们知道吗？"

段一山扭头朝宋琅家的方向望了一眼，说："知道，一大早就听见有人在他屋里大喊大叫，后来看到派出所的警察同志来了，才知道宋琅两口子都中毒死了，估计是吃了什么不干净的东西吧……"

"他们不是因为误食不干净的东西而中毒，"龙毅盯着他道，"是有人故意投毒，有人在他们前天晚上吃的晚饭里下毒，把他们毒死了。"

段一山“哦”了一声，目光显得有点儿慌乱，抿抿嘴巴，没有再说话。龙毅决定试探他一下，就说：“宋琅家刚出事，你们两个就慌慌张张地要出远门，你不觉得这事太巧合了吗？”

“是，是有点儿巧合，”段一山说，“不过宋琅和他老婆的死，真的不关我们的事。”

“是吗？”龙毅目光如电，直盯着他，像是要一直盯到他心里去一样。段一山抬头与他对视一眼，很快又低下头去，脸上一阵青一阵白，额角处已经冒出冷汗来。

旁边的何芹忽然站起身说：“你们不要为难我家老头子了，宋琅他们两公婆是我毒死的，是我给他们下的毒！”

“是你下的毒？”听到她突然蹦出这句话，龙毅和专案组的人都显得有些意外。本来盯着段一山的目光，一齐转移到了她脸上。龙毅皱起眉头问：“真的是你下的毒？”

“老婆子，你别乱说！”

段一山脸色一变，悄悄扯了一下老婆的衣角。

何芹没有理会他，自顾自地接下去说道：“宋宝弟杀死我儿子，却不用为我儿子抵命，这太没有天理了，既然杀人不用偿命，那我也要杀光他们全家为我儿子报仇。那天晚上，我看见纪玉珍把饭菜做好两口子准备吃饭时，他们家的猪从猪圈里跑了出来，两人都忙慌慌地去赶猪了。家里大门敞开着，饭菜摆在堂屋里没有人管，于是我就从家里拿出一包毒鼠药，悄悄跑进他家，把一包药全都倒在了他们家的饭菜里……”

龙毅看看芮雪，问：“有用砒霜做的毒鼠药吗？”

芮雪点头说：“有的。不过国家现在已经明令禁止生产和销售这种含有砒霜的毒鼠药，但是在有些地方，尤其是一些鼠类横行的城乡接合部，现在仍有一些小店在偷偷制售这种毒鼠药。”

龙毅看见何芹的情绪有些激动，就示意她先坐下，然后才问：“你的毒鼠药是从哪里弄来的？”

“我的毒鼠药是从哪里弄来的？”何芹偏头想了一下，没有想起来，就问段一山，“老头子，你说那些毒药是从哪里弄来的？”

段一山叹了口气说："是你过年前从镇上一个摆地摊的小贩手里买来的。"

"哪个小贩，具体在什么位置摆摊？"龙毅问，"现在还能找得到吗？"

段一山摇头说："他们怕被城管抓住，打一枪换一个地方，没有办法找到了。"

"是的，打一枪换一个地方，找不到，找不到了。"何芹把丈夫的话重复了一遍。

段一山看了她一眼，见她已经说了实话，知道再也瞒不住，只好把事情的经过说了出来："今天早上听说宋琅和他老婆都被毒死了，我正纳闷呢，我老婆突然把我拉进房里，小声跟我说是她下毒毒死宋琅他们两公婆的。刚开始，我有点儿不相信，问她哪里来的毒药？她告诉我说是春节前在镇上买回来准备杀老鼠用的毒鼠药。后来看见派出所的人来了，我就知道情况不妙，想赶在警察找到我们之前赶紧逃走，所以急急忙忙收拾了几件衣服，就带着她到镇上坐车。我们在外面也没有什么熟人和亲戚，想来想去，只有去我们以前打工的地方躲一躲。谁知班车还没开，就被你们给抓回来了。"

"对，被你们给抓回来了，抓回来了，嘻嘻！"段一山每说完一句话，何芹都要用一种奇怪的腔调重复一遍。

龙毅似乎还是不大相信何芹就是毒杀宋琅夫妇的凶手，向她确认道："宋琅夫妇俩真的是你下毒害死的？"

何芹说："那是他们该死，谁叫他儿子杀了我儿子？"

"你是在什么时候下毒的？"

"吃晚饭的时候。"

"我是问具体日期。"

"具体日期好像是……"何芹想了一下，忽然抱住自己的头，脸现痛苦之色，说，"我的头好痛，我记不清了……"

龙毅问："是昨天，还是前天？"

何芹抬眼看着他，皱起眉头装出一副用力思考的样子，说："大概是昨天吧。"

龙毅说："可是宋琅两口子死亡的时间是前天晚上。"

"嘻嘻，我骗你们的，"何芹脸上忽然露出诡异的笑容，说，"我就是前天在他们中午的饭菜里下毒的。”

龙毅一怔，说：“你刚才不是说，是在他们晚饭里下毒的吗？”

“对，就是晚饭，我把一包毒鼠药全都放进了他们的饭菜里。如果这都毒不死他们，我肯定要去找那个摆地摊的小贩，谁叫他卖假药给我？”

她这么东一句，西一句，把龙毅彻底给搞糊涂了。倒是旁边的欧阳若看出了端倪，她朝队长眨眨眼，指指自己的脑袋，意思是告诉他，何芹好像脑子出了问题。

龙毅皱皱眉头，又试探性地问了何芹几个问题，何芹果然颠三倒四，完全答非所问，而且每回答完一个问题，就要“嘻嘻嘻”地笑几声，仔细观察，还真不像正常人的言谈举止。

龙毅看看段一山，段一山看着自己的老婆，哀哀地叹气，说：“自从我儿子出事之后，她就变成现在这样了，到镇上的医院看过，大夫说可能是精神失常，叫我带她去城里的大医院检查，可是我哪里有钱带她上大医院啊。”

龙毅觉得有些为难，说：“那你觉得你老婆刚才说的话，是真的吗？”

“我也不知道是真是假，”段一山说，“反正早上听说宋琅和纪玉珍被毒死之后，她就悄悄跟我说是她下的毒，我是宁可信其有不可信其无，怕她万一说的是真的，那可是要吃枪子的，所以才慌里慌张地带她逃走。”

龙毅看着何芹，一向行事果断的他，脸上也不禁现出犹豫的表情。他干了大半辈子警察，这样的事还是头一次遇上，虽然他目光犀利，却也看不透这个女人说的到底是真话，还是只是她自己臆想中的事。

欧阳若说：“龙队，我看这样吧，我先带她去精神病医院检查一下，看看是不是真的精神不正常。她说的话不可不信，却也不可全信，你再在村里调查一下，看看这桩投毒案还有没有别人作案的可能。”

龙毅点头说：“行，那就辛苦你了。”

欧阳若很快就将何芹带出村子，坐上警车直接去往市区医院。龙毅则带着方可奇等人留在马蹄村继续调查。

经过细致的现场勘查，警方并没有在宋琅家里发现凶手作案后留下的任何线索。整个屋里，除了曹旺等人早上砸门进屋时留下的印迹，就只有宋琅和他老婆的脚印和指纹，并无外人进入的痕迹。

最重要的是，龙毅发现宋琅家的猪圈里干干净净的，根本看不到一头猪，找到曹旺一问，才知道宋琅家最近一年根本就没有养猪。

而据另一个经常在村前水塘边钓鱼的村民反映，前天傍晚他在池塘边钓鱼的时候，看见何芹在距离水塘不远的一片菜地上锄草，直到天色完全黑下来，她才收工回家。

第二天，欧阳若从市精神病院打来电话，说经过医院初步诊断，何芹患有心因性精神障碍，需要留院治疗，她已经给她办好入院手续。龙毅把自己在村里调查到的情况跟她说了，欧阳若说："何芹自述那天晚上自己是在宋琅夫妇出门赶猪时趁机在两人饭菜中下毒的，既然宋家根本没有养猪，这个说法自然不攻自破。还有，既然有目击证人看到她在菜地锄草直到天黑才回家，那她自然也就没有作案时间。如此一来，何芹投毒作案的可能性就基本被排除了。从她嘴里说出的投毒害死宋琅夫妇的经过，很可能只是她自己的一番臆想。"

龙毅同意她的推断，何芹不可能是毒杀宋琅夫妇的凶手，真凶另有其人。

他来到马蹄沟边，再次找到船夫刘驼子，问他："最近几天，有没有外人进村？"

刘驼子摇头说："没有，我们这个偏僻的小地方，进出的都是本村人，除了过年过节，平时很少有外人进入。"

龙毅点点头。既然排除了外人进村作案的可能，那么凶手只能是村里人了。但是根据警方的调查，宋琅除了跟邻居段一山家因为宋佳佳和段明晖被杀之事结下生死大仇外，跟其他村民并无仇怨，如果说是村子里的某位村民用如此恶毒的手段下毒杀人，实在很难让人相信。警方对全村人展开逐一排查，并没有发现可疑之人。

这个案子又陷入了和程韵命案一样的怪圈，没有外人进村作案，但又在村子里找不到凶手。

欧阳若回到村里之后，提出假设："这起投毒案，会不会跟我们还没有侦破的程韵命案有关联？"

"并不是没有这种可能。"龙毅点点头，把目光转向方可奇。程韵命案侦查遇阻，专案组人员被迫撤回之后，后续调查工作一直是由方可奇在跟进。

方可奇摇摇头说："我后来一直在跟进程韵的案子，但实际上并没有什么突破性进展。”

“你跟程韵的姐姐程依琳有联系吗？”龙毅忽然问。

方可奇说：“我们通过一两次电话。后来她曾一个人到村子里来祭奠她妹妹，按照她们老家的习俗，祭奠亡者最好是到对方生前最后待过的地方，据说那里距离死者的灵魂最近。”

“她又来过马蹄村？”龙毅皱眉问，“上次她不是已经祭奠过了吗？”

方可奇明白队长的意思，他是在推测有没有可能是程依琳觉得是宋宝弟杀了自己的妹妹，只是警方找不到证据，既然警方无能为力，她只好自己动手报仇，所以潜回马蹄村下毒杀害了宋琅夫妇。

“龙队，凶手不可能是程依琳，”方可奇说，“她最后一次来马蹄村，已经是去年9月中旬的事了，是在程韵‘五七’的时候，特意再次过来祭奠妹妹的。到现在至少已经过去了五个月，所以凶手不可能是她。”

欧阳若说：“我也觉得不大可能是程依琳作案，毕竟我们拥有有力证据排除了宋宝弟杀害程韵的可能，所以程依琳没有理由对宋琅夫妇产生仇恨。”

“如此一来，我们能想到的嫌疑人，都已经被排除了。”龙毅叹口气说，“目前我们手里并没有掌握到任何有用的线索，看来这个案子，还真是一块难啃的骨头。”

欧阳若说：“龙队，我觉得这个案子我们还是得从作案动机入手，像这样的恶性杀人案，凶手不可能是无缘无故地杀人。反正村里就这么些人，我们再挨家挨户重新摸排一遍，也许宋琅除了段一山一家，在村里还真有什么仇家，只是这条线索目前还没有被我们掌握到。”

龙毅点头说：“也只能这样了，另外还得再仔细调查一下，看有无目击证人在2月15日晚饭期间看见有什么人进入过宋家。”

欧阳若和方可奇说声“是”，领命而去。

第三章　毒魔再现

下午3点多的时候，龙毅带着欧阳若和方可奇正在一户村民家里进行调查，忽然听到外面传来一阵吵闹声。走出去一看，只见有人用一辆板车拉着一男一女两个人，拼命往村口跑去。

龙毅忙问："怎么了？"旁边有人告诉他说："下午的时候，有人忽然听到丽红家里传来呼救声，跑去一看，只见丽红和她男人赵志胜正口吐白沫倒在堂屋里，那人知道情况不妙，立即找来一辆板车，想要把丽红两口子拉到镇上的医院去。"

龙毅上前看了，躺在板车上不断抽搐的那个女人，果然是以前跟段大谷相好过的村中寡妇丽红。不过她现在已经结婚，但男人并不是段大谷，而是村里的戏班班主赵志胜。他看看两人的症状，心就开始往下沉，这应该也是急性中毒的症状。

村民用板车把丽红夫妇拉到河边，刘驼子急忙撑船渡他们过河，河对岸停着两辆警车。

龙毅赶紧叫人把丽红和赵志胜抱上警车，自己跳进驾驶室，亲自开车将两人送往镇中心医院。

医生对丽红二人展开急救，大约二十多分钟后，医生宣布丽红经抢救无效已经死亡，而她丈夫赵志胜则处在重度休克之中。镇中心医院派出救护车，将其紧急送往市人民医院，进入ICU病房急救。但情况并未好转，赵志胜一直处在深度昏迷中。

经医生诊断，丽红和赵志胜均系砒霜中毒。虽然龙毅早已有了心理准备，但听到这个诊断结果，还是忍不住大吃一惊。宋琅夫妇被毒杀的案子还没头绪，想不到这才几天时间，村里居然又出了一桩毒杀案，仍然是砒霜中毒。难道是马蹄村出现了连环投毒案？

他回到马蹄村，已经是傍晚时分。留守在村里的欧阳若向他报告说，已经抓到向丽红和赵志胜投毒的凶手了。

龙毅一愣，问："这么快？凶手是谁？"

欧阳若说："就是丽红原来那个相好的，段大谷。"

欧阳若说，丽红和赵志胜出事之后，她立即带人到他们家进行勘查，从堂屋里的呕吐物中又嗅到了一股蒜臭味，所以怀疑他们也跟宋琅夫妇一样，都是砒霜中毒。因为案发时间刚好是午饭后不久，所以显然是有人把砒霜投放在了他们所吃的中午饭里。

丽红家里有一台冰箱，是她跟赵志胜结婚时买的。警方查看冰箱，看见里面放着两碟他们中午吃剩的青菜和一盘剩饭，但并没有从剩饭剩菜中检测出有毒成分。

欧阳若推测可能被下毒的那一碟菜已经被丽红和赵志胜吃光，而且盛菜的碟子已经被清洗干净，所以很难找出下毒的痕迹。法医芮雪已经赶到，正在对呕吐物进行检测，希望能尽快查出一些线索。

欧阳若在走访丽红家左右邻居时，得到一个重要线索。中午的时候，邻居亲眼看见段大谷曾经到过丽红家里。鉴于段大谷与丽红的关系，警方立即将他列为头号嫌疑犯，很快就把他控制起来。

龙毅问："他承认自己投毒杀人了吗？"

欧阳若摇头说："暂时还没有。他只承认自己中午去过丽红家，但不承认自己投毒杀人。但是我们调查过，他以前跟丽红相好过，最近丽红结婚，但对象并不是他，他有杀人动机。最重要的是，他是今天唯一到丽红家里去过的人，如果丽红两口子真的是遭人投毒，那凶手只能是他。"

"你们做得很好。"龙毅问，"他现在在哪里？"

"暂时被我们铐在小卖部门口。"

龙毅掉头往小卖部走去。来到老冯的铺子门口，果然看见段大谷被一副手铐铐在路边一棵手臂粗的树干上。上次因为程韵的案子，段大谷跟龙毅有过接触，知道他是这帮警察中官儿最大的，所以一见到他，就冲着他大呼冤枉。

龙毅搬了一个凳子，坐在他跟前说："今天中午，有人在赵志胜家的午饭里投毒，现在丽红已经被毒死，赵志胜还在医院抢救，能不能活过来还不知道。而你，是丽红的老相好，而且还是今天唯一去过他们家的人，你自己说，警方有什么理由不怀疑你？”

“龙警官，我真的是被冤枉的！”段大谷哭丧着脸说，“我今天确实去过他们家，但我什么都没有做过啊。”

龙毅盯着他问：“既然什么都没有做，那你去他们家干什么？”

“我，我……”段大谷低下头，犹豫半晌才说，“我其实是去找丽红的。你们也知道，这个女人是我的老相好，可是自从她跟赵志胜结婚之后，就不理睬我了。今天上午我喝了点酒，正好看见赵志胜出门干活儿去了，酒壮色胆，于是就摸进他们家，想跟丽红叙叙旧，结果没想到丽红这个臭婊子翻脸不认人，提着菜刀把我赶出来了。”

“你在他们家待了多久？”

“前后不到五分钟吧。”段大谷像是忽然想起了什么，抬起头说，“对了，我去的时候是上午 11 点多，丽红正在家里看电视，根本就没有开始做饭，你说我怎么能在他们饭菜里下毒？”

龙毅听罢，转头看着欧阳若问：“他说的这些情况，你们核实过了吗？”

欧阳若摇头说：“因为时间紧迫，所以还没有来得及调查核实。”

“简直是胡闹！”龙毅不由得沉下脸来，加重语气说，“就算时间再紧迫，也不能如此潦草办案。”欧阳若见队长发火了，不由得脸色通红，低下头去，不敢吭声。

龙毅再次来到丽红的邻居家，询问关于段大谷进入丽红家的事发经过。邻居说，他们看见段大谷进入丽红家，确实是在上午 11 点半左右，那时丽红的丈夫赵志胜下地干活儿去了，家里应该只有丽红一个人在家。再问：“段大谷在丽红家里待了多长时间？”邻居想了一下才回答说：“应该没有多长时间，进去不一会儿就出来了，我好像听见他背后还传来了丽红的骂声，但具体骂了些什么话，我没有听清楚。”邻居反映的情况，与段大谷的口供并没有太大出入。

龙毅知道农村生活并不像城市人那么按部就班，以他对马蹄村村民的观察来看，村民的午饭时间，大多是在中午 1 点过后，有的人家甚至到了下午两三点才开始吃中午饭。也就是说，段大谷所言，他到丽红家时，他们家还没有开始做午饭，这一点是能够成立的。

最重要的是，他调查发现这个丽红其实是一个非常懒惰的女人，结婚后几乎从来不做饭，每餐都是她丈夫赵志胜下地干活儿回来后做好饭菜她才上桌吃。

而且据邻居反映，今天中午跟以往一样，大约中午 1 点的时候，赵志胜在地里干完活儿，才从菜园里拎了几把青菜回来开始做午饭。由此可知，段大谷上午 11 点半到丽红家的时候，丽红家不但没有开始做饭，甚至连菜都还没有摘回来，所以欧阳若推测段大谷将毒药投放在丽红家午饭里的说法，是不成立的。

龙毅让欧阳若立即把段大谷放了，并对这个案子重新展开调查，但并没有再发现新的线索。

晚上，专案组的人回到镇派出所召开了案情分析会。方可奇说："我觉得这两起投毒案完全可以并案侦查，因为无论是从作案手法，还是所使用的毒药种类来看，两个案子都高度相似，这显然是一起连环投毒案，凶手应该是同一个人。我们只要在村子里找到那个与宋琅和丽红两家同时存在仇怨瓜葛的人，这个案子基本上就算是破了。"

欧阳若显然不赞同他的意见，站起身反驳道："我们已经对全体村民进行逐一排查，根本就没有找到跟宋琅或丽红一家有什么深仇大恨的人，所以我觉得将这两个案子的杀人动机归结为仇杀，显然是不能够成立的。另外，如果我是投毒害死宋琅夫妇的凶手，绝不会如此急切地第二次作案。因为宋琅夫妇死亡还没过几天，警察都还在村子里四处调查，此时进行第二次作案，无疑要冒极大风险。如果我是凶手，肯定不会在这个危险时刻再次跳出来用同样的手法作案，至少也要等到警察离开村子之后再动手。"

龙毅"嗯"了一声，点点头，对她的推断表示赞同。他问："那你的意思是……"

欧阳若这才抛出自己的观点，说："我认为这两桩投毒案，是两个完全不同的凶手做的。第一个人毒杀宋琅夫妇后，警方没有破案，第二个人觉得这是一个可行之策，于是模仿第一个人的手法，去向丽红两口子下毒。第二个凶手觉得，就算警方能从丽红夫妇的案子中发现什么蛛丝马迹，最后也一定会把账算在第一个凶手头上。”

方可奇说：“可是我们在案发现场完全找不到凶手在这两户人家停留过的痕迹，这个又怎么解释？”

欧阳若说：“既然凶手谋划已久，进入现场时自然会倍加小心，既不会让其他村民看见，更不会在现场留下足印让警察抓到把柄。我觉得如果我是凶手，我完全可以轻松做到这两点。”最后，她把目光转向队长，“龙队，你觉得呢？”

龙毅脸色凝重，并没有说话，似乎是在思考他俩提出的这两种可能性。老毕忽然抬了一下屁股，说：“不知道大家有没有想过另外一种可能性，那就是误食。”

“误食？”

大家都愣住了，一齐看着他，等着他往下说。

老毕说：“是的，现在正是老鼠横行的季节，村里有很多村民都买了毒鼠药回来治鼠。有没有可能是因为某种原因，使得这两家在使用毒鼠药杀鼠时，不小心将毒鼠药掉进了菜碗或者米饭中，结果导致四人误食毒鼠药而不幸中毒？”他看了大家一眼，停顿了一下，然后补充说，“如果有外人入室投毒，无论他做得如何小心，都一定会或多或少地留下一些痕迹和线索，但目前的情况是，我们在两个案发现场居然完全找不到有外人进入过这两户人家的痕迹。所以我就在想，会不会还存在另外一种可能，那就是这两个案子根本没有凶手，宋琅夫妇和丽红两口子仅仅是因为误食才中毒的？”

他说完之后，会议室里忽然安静下来，大家都在考虑到底有没有他说的这种“误食”的可能性存在。

方可奇想了一下，总觉得老毕的这个推断似乎有什么地方不对劲，可一时之间好像又找不到反驳的理由，只好摇头说：“如果说有一家是因为误食而中毒，倒还说得过去，如果连着两家中毒都是因为所谓的误食，这就未免太过巧合了。”

龙毅说：“如果是误食，那至少得满足一个条件，就是这两户人家家里必须得有主要成分是砒霜的毒鼠药才行。如果是误食，剂量应该不会太大，肯定还有剩余的毒药。可是我们在这两户人家里找不到剩余的毒鼠药，甚至连存放过毒鼠药的痕迹，或者是包装纸都找不到，这个怎么解释？”

老毕搔搔头，一时说不出话来。正在这时，龙毅的手机响了，是法医芮雪打来的。

芮雪在电话里说："经过对宋琅、何芹、丽红和赵志胜四人呕吐物的检测，可以肯定四人均系三氧化二砷即砒霜中毒，经过对四人呕吐物进行分离检测，现已查明，砒霜是投放在他们用餐时所食用的芋头里而引起中毒的。"

"芋头？"龙毅一怔。

芮雪说："是的，砒霜是单独下在芋头里的，其他菜式和米饭中并未检出有毒成分，因为他们所食用的饭菜比较杂，分离检测有点儿困难，所以耽误了一点儿时间。不过现在总算搞清楚了，砒霜只投放在了他们所食用的芋头里。"

挂断电话后，龙毅把法医中心的检测结果对大家说了。方可奇听罢，不由得松了一口气，这样一来，他先前所推断的两个案子系同一凶手连环作案的可能性大增。而欧阳若所说的凶手为不同的两个人，第二名凶手是在模仿第一名凶手杀人的推断，就很难成立了。因为在芮雪打这个电话之前，连警方都不知道第一个案子中的毒药是投放在宋琅两口子所食用的芋头里的，所以就算第二个案子的凶手是模仿杀人，也很难做到刚巧也是在芋头里投毒，除非他有未卜先知的超能力。

第四章　连环毒杀

第二天早上，龙毅带着专案组人员进村后，重点对宋琅和丽红家的厨房进行了搜查。

宋琅家的厨房收拾得比较干净，没有发现有芋头，估计那顿晚餐之后，家里已经没有剩余的芋头了。而在丽红家的厨房里，则在灶头下发现了用簸箕装着的一些芋头。

警方对这些芋头进行化验，并没有检测出有毒成分。凶手趁宋琅和丽红家做饭时入室投毒的可能性进一步增大。

龙毅刚刚研究完那些芋头，拍拍手从丽红家的厨房走出来，就看见一个村民迎面跑来。

村民一看见他，就喘着粗气嚷起来："警察同志，我，我要报警……你快去看看，我邻居张博古家的大门今天还一直没有打开过呢……"

龙毅驻足听了半天，才算听明白他的意思。这个嚷着要报警的村民叫老吴，他有个邻居叫张博古，张博古和老婆一起带着一个 5 岁的孙子在家里住。张博古是个勤快人，他养了几百只鸭子，每天天刚亮就起床去放鸭子。可是今天早上，老吴起床的时候发现张博古家的大门仍然从屋里闩着，他们家的鸭子在鸭寮"嘎嘎"地叫着也没有人理。老吴心里就有点儿奇怪，自己吃了早饭，一直等到上午 9 点多，还不见张博古起床开门。因为村里闹出宋琅和丽红两家中毒的事，现在村里人都如惊弓之鸟，如果看见哪家哪户早上没有开门，就会想到是不是也跟宋琅家两口子一样，半夜中毒惨死也没有人知道。老吴去叫张博古家的门，家里果然没有人应门，他心里越发惶恐，知道有警察在村子里，于是赶紧跑来报警。

龙毅听了，嘴上虽然没说什么，但心里还是有点儿怪这个老吴小题大做。

如果每个人看见别人家关着大门都来找警察报案，那他们这些做警察的可就真有的忙了。

可老吴却不管这些，拖着他就往张博古家跑，方可奇觉得事有蹊跷，也跟在了后面。

三人来到张博古家，果然看见他家两扇木门紧闭着，方可奇上前推了一下，发现大门从里面闩上了。他一边拍门，一边叫着张博古的名字，屋里无人应答。龙毅皱眉说："是不是一大早就出门去了？"

老吴说："不可能，大门还是从里面闩上的呢。"

龙毅说："也许是从后门走的。"

他们绕到房子后面，后门也是紧闭着的，门上装的是一把老式碰锁，无法判断是从屋里还是屋外将门锁上的。他凑到门缝前往屋内瞧瞧，屋里光线昏暗，什么也看不清。

老吴着急地说："肯定是出事了，我们砸门进去吧。"

龙毅却有点儿犹豫，说："仅仅就因为人家家里关着大门，就随便破门入室，这个不太好吧？要是张博古从外面回来，一看大门被人家给砸了，那还不得叫我们赔偿？"

老吴脖子一梗，说："怕什么，你们不是警察吗？"

龙毅不由得笑了，说："警察也得守规矩，不能私闯民宅。"

方可奇说："龙队，要不我来想想办法吧，万一这个张博古家里真的出事了呢？"

龙毅问："你能想出什么办法？"

方可奇说："这里有扇窗户关得并不紧，我有办法打开。"他掏出一把小刀，对着那扇窗户轻轻撬了一下，窗户果然应声而开。

方可奇往屋里瞧一眼，脸色就变了，说："不好了，龙队，真出事了！"

龙毅急忙凑到窗户前一瞧，窗户里面是一间卧室，卧室的地板上躺着三个人，是一对老年男女和一个五六岁大的男孩。

他心里"咯噔"一下，想不到还真出事了，赶紧带着方可奇几脚踹开大门闯进去。

跑进卧室一看，张博古一家老少三口横躺在地上，早已断气，尸体都凉了。床边有一些呕吐物，屋子里弥漫着一股蒜臭味。屋内情景，简直就是宋琅夫妇命案现场的翻版。虽然还没有做出详尽的现场勘查，龙毅心里已经明白是怎么回事了。

法医和警方的刑侦技术人员赶到现场后，确认张博古一家三口均已死亡，死因仍然是砒霜中毒，死亡时间是在头天晚上9点前后。在张博古家堂屋里的饭桌上，还放着两碟昨晚一家三口吃剩的小菜，其中有一盘是清炒芋头丝。经过检测，那一盘芋头丝里，果然含有剧毒砒霜。很显然，张博古一家三口就是在头天晚饭时吃了这盘有毒的芋头丝，才会在夜里中毒死亡的。

“又是芋头？”

看到检测结果后，龙毅不由得有些恼火，他脚尖一抬，把脚下的一颗石子踢得老远。

宋琅夫妇被毒杀之后的两个案子，丽红两口子和张博古一家三口，可以说就是在警方眼皮子底下被人下毒的。凶手这么做，分明是在向警方挑衅啊！可是相同的案子已经连续发生三次，警方却仍然两眼一抹黑，完全没有掌握到与凶手有关的任何线索，这不得不说是他从警二十多年来遭受的最大挫折与失败。

他把十个手指插进头发里，抱着头，沮丧地蹲在张博古家屋前的台阶边。“龙队，你没事吧？”有人轻轻拍了一下他的肩膀。

他抬头一看，是老毕。他摇头说：“我没事，只是没有想到凶手居然会这么猖狂，竟然连续两次在我们警方眼皮子底下作案。”然后又看着他问，“有事吗？”

老毕告诉他说，痕检人员已经在屋里屋外仔细检查过，除了张博古一家三口的脚印和指纹，屋子里没有找到外人进入的痕迹。方可奇也拎了一个蛇皮袋出来，说是在厨房里找到半袋芋头，但已经做过检测，没有发现有毒的芋头。

龙毅打开蛇皮袋看一下，里面果然装着半袋芋头，存放的时间应该有点儿久了，芋头皮已经干枯。

看着这半袋干芋头，他忽然心中一动，似乎想到了什么，对方可奇说：“赶紧通知全体村民，从现在开始，不要再食用家里的芋头！”方可奇一怔，虽然不明白龙队为什么会突然下这么一个命令，但还是领命而去，跑步通知村民去了。

欧阳若则已经大致明白队长的用意。投毒案已经连发三次，但警方在三个现场都没有发现有凶手入室投毒的蛛丝马迹。以现在警方的技术力量而言，凶手连番作案而又想让警方连半个脚印都找不到，那几乎是不可能的。无论凶手心思如何缜密，都绝不可能在仓促间把案发现场清理得如此干净。如此一来，警方就不得不怀疑，凶手到底是不是在这三户人家下厨做菜时将砒霜投进芋头里的呢？如果是，警方没有理由找不到一丝半点线索，如果不是，那凶手又是用何种方式投毒杀人的呢？

龙毅说："当我看到这一袋芋头的时候，忽然明白过来，其实凶手并不用在这三户人家当天做菜时偷偷潜入他们家在菜里下毒，凶手完全可以在芋头被做成菜之前，就在芋头里下毒。"

欧阳若点头说："是的，凶手应该是在毒杀案发生之前，就完成了下毒的工作。他完全可以提前好多天进入这三户村民家里，找到他们储藏在厨房里的芋头，然后选定一个，用铁钉钻出一个小洞，将砒霜塞进去，然后把细细的洞口用芋头皮盖好。就这样，这个芋头在被主人挑去做菜之前，就变成了一个毒芋头。"

"当然也还有另外一种可能，"龙毅说，"凶手如果嫌在现场制作毒芋头麻烦，他完全可以事先买好同种类的芋头，按照你说的这种方法制造出一些毒芋头，然后悄悄潜入村民家，把这样的毒芋头放进村民自己储藏的芋头里。村民做饭时，不一定会立即食用芋头，就算拿芋头做菜，也不一定就能立即挑选到凶手放进去的那个毒芋头。所以等村民吃到毒芋头中毒死亡，案件发生之时，应该已经距离凶手作案有一段时间了，厨房一定经过主人家多次打扫，凶手入室作案的痕迹就完全找不到了。"

欧阳若点头赞同队长的推理，她补充说道："宋琅夫妇中毒几天后，丽红家也吃到了这种毒芋头，然后就是张博古家。因为每一家的毒芋头只有一个，吃完之后，警方在剩下的芋头里也找不到投毒痕迹。凶手这一招，确实很高明啊。"

龙毅皱起眉头说："现在我怀疑凶手此举，并不只是仅仅针对已经案发的这三户人家。"

欧阳若问："你是说凶手的目标，是全村村民？"

龙毅点头说："是的。我已经调查过，已经案发的这三户村民之间并无特别的交集，没有理由会成为凶手同时毒杀的特殊目标。所以我怀疑凶手的本意，很可能是针对全体村民，他应该在每家每户储藏的芋头里，都悄悄放进去了一个毒芋头。"

"难道他想杀光全村人？"

欧阳若不由得倒抽一口凉气。

"并不是没有这个可能。"龙毅冷静地说。

"那凶手的目的并不是杀人，而是屠村啊！"欧阳若脸上露出难以置信的表情。

没过多久，方可奇又气喘吁吁跑来报告，说他已经逐户通知村民，不要再食用芋头。另外经过走访调查发现，村里还有五户村民家的厨房里储藏有芋头，经过警方检测，每户家里储藏的芋头中，都有一个芋头被人隐蔽地钉了一个小洞，里面塞满了砒霜。所幸的是这些村民还没有吃到这个毒芋头，所以没有被毒死。当警方把消息告诉村民时，他们都惊出了一身冷汗。

很显然，方可奇的调查完全印证了龙毅刚才的推理。

龙毅拍拍这名年轻刑警的肩膀说："干得好，小方！走，带我去这五位村民家里看看。"

方可奇说："我知道你会找他们，所以把他们都叫过来了。"他向身后招招手，五位村民就围了上来。

龙毅看了他们一眼，问："在你们家储藏的芋头里发现了毒芋头，这事你们以前知道吗？"

五个村民一齐摇头，说："不知道，要不是警察帮我们检查出来，我们根本不知道还有这样的事。"

龙毅问："平时你们都是把芋头用袋子装着，放在厨房里保存的吗？"

五个村民相互看了一眼，又一齐摇头，一个叫老黄的口齿比较清晰的村民站出来回答说："不是的，我们一般都是把芋头埋在泥坑里储藏和保存的，也就是昨天才从坑里挖出来，准备做菜吃的。"

这位村民告诉龙毅说，村里家家都种了芋头。芋头一般在农历八月成熟，所以在乡下有句农谚叫作“八月初一，芋头生日”。每年进入农历八月，村民都会把芋头从地里挖出来，除了留下少许新鲜芋头当时食用之外，都会在向阳的地方挖一个地洞，把剩下的芋头用稻草包好，储藏在洞中，这样可以较长时间保持芋头的水分和新鲜度。等到第二年春季，菜园里青黄不接的时候，就把芋头从地洞里挖出来，提回家做菜吃。

龙毅问：“那么，你们一般会把芋头埋藏在什么地方？”

老黄说：“我们都是把芋头埋在安民台南面的斜坡上，那里地势较高，不会被雨水浸到。”

他说的安民台，龙毅知道，就在村子最中间。据说三四十年前，村里人丁兴旺，人口大约相当于现在十倍之多。那时马蹄沟经常发洪水，直接威胁到全村人的生命财产安全，于是村人集体出力，花了两年时间，在村中筑起一个高约十米，占地面积达数千平方米的大土坝，叫作安民台。如果河水冲垮堤坝，洪水涌进村子，村民可以快速地爬上安民台躲避水灾。

大约在 20 世纪 80 年代初期，马蹄沟遭遇百年不遇的大洪水，导致河堤垮塌，村庄被淹，多亏了有这座安民台，才救了全村人一命。后来，因为当地政府兴修水利，河水逐渐得到控制，马蹄沟再也没有发过大洪水，所以安民台的防汛功能渐渐退化，数十年过去，如今已经成了一个长满杂草的大土丘。

龙毅对老黄说：“你们把芋头具体储藏在安民台什么位置？能带我们去看看吗？”

老黄点头说：“行啊。”

第五章　卖地风波

龙毅等人随着老黄来到安民台，在安民台南面向阳的土坡上，果然看到已经被人挖出好多个地洞。

老黄指着那些地洞说：“你们看，那些已经被掏空的地洞，都是里面的芋头已经被村民挖走了的。而那些洞口仍然掩埋着泥土的地洞，里面的芋头还没有被村民挖走。”

龙毅仔细看了一下，果然看见有些地洞已经被掏空，里面只留下一些散乱的稻草。那些被掏空的地洞大约有一米深，直径一尺有余。而仍然被泥土封住洞口的凹陷处，每一处都插着一束玉米秸秆。

他不觉有些奇怪，问老黄：“为什么要在这些地方插上秸秆？是为了留作记号吗？”

老黄不由得笑了，说：“基本上每一年村民都会把芋头储藏在相同的地方，自己挖出的洞不用做任何记号也会记得的。之所以在洞口插上秸秆，是为了透气。你看这一面土坡面向南方，阳光充足，泥土比较干燥，而且地势较高，不用担心被雨水浸泡到，再加上有空心秸秆通风透气，所以埋藏在这里的芋头，一般留到第二年春天也不会腐烂生霉，更不会发芽变质。”

老黄向前走了几步，指着一个空着的地洞说：“你看，我们家的芋头，就是埋在这里的。”

龙毅点点头，走到那个地洞前看了看，又问他：“那你们家的芋头，是什么时候从这里挖走的？”

老黄说：“就是昨天下午。家里菜园里实在没什么菜可以吃了，于是便想起把这些芋头挖出来应应急。挨过这个把月，一场春雨下来，菜园里的青菜很快就会长起来。”

欧阳若柳眉一皱，说：“龙队，这几户村民都是昨天才挖出芋头来的，我想凶手应该没有这么快潜入他们家去下毒，但是我们却确实从他们家里发现了毒芋头，所以……”

龙毅明白他的意思。如果凶手不是在这些村民把芋头挖出来提回家之后下的毒，那么就只剩下一种可能——芋头埋在地洞里的时候，就已经被人下毒了。那么现在急需查明的是，除了已经发现毒芋头的这几户村民，其他村民的芋头里是否也被人下毒了呢？

他叫方可奇找了一些人手过来，把所有村民埋藏在地洞里的芋头都挖出来，然后逐一检查，看看到底还有多少毒芋头。

一直忙到傍晚时分，警方才把全村挖出来的芋头检查完毕，结果完全像龙毅预料的一样，在每户村民储藏的芋头里，都发现了一个致命的毒芋头。且下毒手法完全一致，都是有某个芋头被钻出小孔，里面填塞进一些砒霜，如果不仔细检查，根本无法发现芋头被人动过手脚。

欧阳若望着摊放在地上的一堆堆芋头，顿觉不寒而栗，叹道：“凶手给每一户村民都下了毒，这完全是要毒杀全村人的节奏啊！”

龙毅点点头，亦觉遍体生寒。他从警多年，如此歹毒的作案手法，如此大规模的杀人计划，倒是头一次见到。如果警方没有及时发现这些毒芋头，那后果可就真的不堪设想了。

这时安民台旁边已经围了不少村民，听说从自家储藏的芋头里检测出了致命的毒芋头，个个都感到后怕不已。“这不是想害死我们全村人吗？”村民们都感到义愤填膺。

“一定是那个蒋老板干的好事！”人群中，不知是谁说了一句，立即引来一片附和的声音：“对，一定是他，他想把我们赶出去，好霸占我们马蹄村！”“对，警察同志，你们快去把那个蒋老板抓起来，他就是投毒杀人的凶手！”……人群变得骚动起来。

龙毅不由得皱起眉头，问身边的老黄：“蒋老板是谁？”

老黄告诉他：“大约在春节前不久，有一天，镇里的领导陪同一个姓蒋的大老板到马蹄村来，东看看西瞧瞧之后，这位蒋老板说要把我们马蹄村买下来，建成一个世外桃源度假村。据说他还坐直升机到马蹄山山顶考察过，说上面全是原生态风景，非常适合旅游开发，他要从山下建一部电梯直达山顶，这样到度假村来的每个游客，都可以坐电梯到山顶旅游观光。他当时提出给村里每户补偿20万，让村里人全部搬走。可是村民们却说马蹄村是村民们的生养之地，就算是每人给100万元，也绝不搬家。那个姓蒋的老板只好悻悻地走了。后来他又到村里来了一次，手里提着一袋子钱，说只要有人在卖地合同上签字，马上就付现金，可是村里没有人理他。他带来的几个戴墨镜的保镖急红了眼，还想对村民动粗呢，结果我们全村老少手持菜刀一齐出动，一下子就把他们包围了，蒋老板几个人这才吓得落荒而逃。”

龙毅问：“在此之后，这位蒋老板又到村子里来过吗？”

老黄摇摇头说：“再也没有来过了。”

龙毅问他：“你的意思是说，就是这个姓蒋的老板因为征地不成，所以对全体村民都怀恨在心，于是派人潜入村子，悄悄地在芋头里下毒，想要毒杀全村人？”

老黄说：“除了他，我实在想不出还会有谁要谋害我们全村人了。”

欧阳若说：“这个蒋老板确实值得怀疑。就算他没有能将全村人毒死，但如果村里接连有人莫名其妙地死亡，村民人心惶惶，个个都想离开村子保命，那他这时再来收购土地，岂不是会事半功倍？”

“嗯，这确实是一条线索。”龙毅点了一下头，然后又问老黄，“那个姓蒋的老板，具体叫什么名字，你们知道吗？”

老黄挠挠头说：“这个就不知道了，反正我听镇里陪同的领导都恭恭敬敬地叫他蒋老板。”他想了一下，忽然一拍巴掌，“对了，他第二次进村的时候，给许多村民都派发过名片，我去找找看，兴许还有村民保留着。”

老黄说完，转身急匆匆去了。十来分钟后，他果然拿了一张名片跑过来，说是在某个村民家里找到的，正是那个蒋老板当时派发给这个村民的名片。龙毅接过名片一看，只见上面写着：蒋顺发，南州市顺发旅游产业开发有限公司董事长。再看公司地址，就在南州市城区的一幢写字楼里。

龙毅把那张名片紧紧捏在手里，就好像真的捏住了这个案子的犯罪嫌疑人一样。

他看看专案组的几名同事，说：“看来我们得去一趟市区，会一会这位蒋老板！”

他带着欧阳若和方可奇，立即驱车回到市区，循着名片上的地址，很快就找到了那家顺发旅游产业开发有限公司。

见到公司董事长蒋顺发时，龙毅有些意外。跟他印象中那些一身名牌、大腹便便的老板不同，这位蒋老板还不到30岁的年纪，瘦高个子，戴着眼镜，看上去文质彬彬的，一点儿也不像一个身家不菲的老板，倒像一个教书先生。

“龙警官是吧？”蒋顺发请龙毅三人在沙发上坐下，一边看着手表，一边说，“等下我还有个会要开，现在有十分钟时间可以跟你们聊聊。不知道你们来找我，有什么事情？”

龙毅也不跟他兜圈子，开门见山地说了马蹄村最近发生的连环毒杀案，最后他说：“现在我们警方调查发现，凶手是利用村民集中储藏过冬的芋头而向全村投毒的。”

蒋顺发听完之后，双手一摊，显得有点儿莫名其妙地说：“实在抱歉，我完全没有听明白自己跟这件事有什么关系。”

欧阳若忍不住开口道：“我们听说你早就想买下马蹄村那块地，准备搞旅游开发。”

蒋顺发“哦”了一声，似乎这才明白三个警察找上门来的原因，不由得哈哈大笑道：“原来你们是因为这件事而来。”

他起身踱了几步，忽然站定身子，看着三个警察说：“你们现在怀疑那个投毒凶手就是我，或者说这事是我派人去干的，对吧？你们认为我想买那块地，而村民们不同意，于是我就想出这么个毒招，就算不能全部毒死他们，至少也能让他们产生恐慌，使他们觉得村子里闹鬼，是一个不祥之地，这样我想要他们搬家，就省了许多力气，对吧？”

龙毅站起身与他对视着道：“我们警方确实是这么怀疑的！”

“哈哈哈，”蒋顺发忽然仰天大笑，说，“龙警官，如果你真是这么想的，那么我要告诉你，你想错了，完全想错了。这件事跟我蒋某人，或者说跟我们公司，完全没有任何关系。”

“有没有关系，得由我们警方来判断！”龙毅表情冷峻地道。

“你们警方要怀疑谁，那是你们警方的事，在这里我只想向你说明两点。”

蒋顺发踱到自己的大班椅前，一屁股坐下去，然后朝龙毅竖起一根手指头说，“第一，我想告诉你，我蒋顺发从来不做用钱摆不平的事。”

“此话怎讲？”

“我是个生意人，我承认有时候为了赚钱，我会做一些跟法律法规打擦边球的事，就算最后事情败露，对我也不会有太大损失，最多赔钱了事。但杀人放火害人性命的事，我从来不做，因为杀人得偿命，犯下这样的事，你有再多的钱也无法摆平，只能用自己的命去为别人偿命。我是一个生意人，生意人追求的是以钱生钱，而不是以命博钱。你们说对吧？”

“那第二点呢？”

“第二，当初我们公司开发新旅游项目的时候，一共选定了两个候选地址：一个是白杨店镇的马蹄村，我们想在那里建一个世外桃源度假村；另一个在丢家垸镇，那里靠近长江，我们可以在那里搞一个水上乐园。春节前，我们跟马蹄村村民的征地合同没有谈成，我们并没有在这件事上做过多纠缠，立即转身去跟丢家垸那边谈，结果水上乐园这个项目很快就谈成了。春节一过，项目立即上马，现在正热火朝天地开发之中。”蒋顺发把头靠在椅背上，看着龙毅说，“不知道龙警官有没有听明白我的意思？”

龙毅点头说：“我想我应该听明白了。你的意思是说，马蹄村这块地在你眼里，并没有重要到要不惜一切代价拿下的地步。村民们拒绝你的征地要求之后，你就立即放弃了这个项目，把全部精力都投入到了另外的开发项目之中，对吧？”

蒋顺发说：“对的，做生意嘛，绝不可以在一棵树上吊死。既然我已放弃马蹄村这个开发项目，找到了另外的投资目标，你说我还会为这点小事节外生枝，去下毒杀人吗？”

他说到这里，看看手表，起身说：“不好意思，十分钟到了，我还有个会要开，就不陪你们了，我的秘书会送你们下楼。还有，我所说的话都是真的，你们可以去调查核实！”

龙毅也起身说：“行，你说的这些情况，我们会一一调查核实的。”

离开顺发公司后，他立即给丢家垸镇政府打电话，对方在电话里证实，顺发公司确实有一个水上乐园的旅游项目在该镇紧锣密鼓地进行开发，项目开始的前因后果，与蒋顺发所言基本一致。

三人又围绕蒋顺发和他的公司做了一些调查，并无意外收获。

这时已经是晚上 9 点多，龙毅在街边找了一家大排档，请欧阳若和方可奇吃夜宵。坐下之后，他问两名下属：“你们觉得蒋顺发说的是真话吗？”

欧阳若喝了口茶，说：“我觉得他说的是真话。我们刚才已经调查过，最初他们公司确实列出了两个备选的开发项目，马蹄村的项目出现征地困难后，他们立即把全部精力投入到另一个项目中，并没有在马蹄村这个项目上做过多的纠缠。”

方可奇也点头说：“还有，如果我是蒋顺发，就算我真的想把村民赶出村子，也绝不会用这种方法。你们想啊，马蹄村一下子死了这么多人，现在新闻资讯这么发达，无论远近，人们都知道那个地方正在‘闹鬼’，就算在那里建成一座皇宫，也没有哪个游客敢去玩啊。”

“嗯，从我们已经查明的情况来看，这个连环投毒案确实不像是蒋顺发干的。”龙毅抬起头，看着大排档外面街道上来来往往的行人，沉思着说，“看来这个案子，远比我们想象中的复杂啊！”

第六章　锁定凶手

第二天早上，龙毅带着欧阳若和方可奇回到马蹄村，把调查到的情况跟专案组的人说了，大家一听这个案子居然跟那个蒋老板无关，都不免有些失望。

老毕站起身说："龙队，我觉得从一开始我们的调查方向就错了，我们不应该把调查重点放在进入村子的外人身上。"

龙毅眉头一挑，看着他问："你的意思是说，这个案子是村里人做的？"

老毕点头说："是的。我觉得这个案子很显然就是村里的村民做的，凶手就在那些村民之中。"

龙毅问："为什么这么说？"

老毕在他面前来回走了几步，像是在整理自己的思路，过了一会儿，才说："从去年查段明晖和程韵的命案，到今年查这桩连环投毒案，我们这些人也算在马蹄村待了不短的时间，对吧？可是我们谁知道那个安民台南面的土坡上埋了那么多芋头？如果不是村民自己告诉我们，我们根本不可能知道，对吧？"

"如果不是村民自己说出来，我们确实不知道。"龙毅自然听明白了他的话外之音，说，"你的意思是说，一般外地人不可能知道村民把芋头储藏在安民台那里，知道这个情况的只有村子里的人，对吧？"

老毕点头说："就是这个道理。到村里来的外地人本就不多，就算偶尔有几个外地人进村，也不可能知道这个秘密。"

"不对啊老毕，你这个说法其实有一个漏洞。"方可奇用手挠着自己的额头，忽然开口道。

老毕瞪着他问："什么漏洞？"

方可奇说："据撑船的刘驼子说，春节期间，有好多外出打工的年轻人都回村了，村子里着实热闹了几天，春节假期一过，他们又都出门打工去了。这些人是在村子里长大的，当然也知道村民在安民台挖洞储藏芋头的事，这样一推断，其实他们也是有投毒嫌疑的。所以就算你的说法能够成立，真的是村里人投毒，那我觉得这个‘村里人’也不能光指现在住在村子里的这些人，至少还应该包括那些外出打工，而且在这期间回过村子的人。还有，你说是村里人投毒，可是现在村子里每家每户的芋头里都检出了毒芋头，这个又怎么解释？如果凶手真的是村里人，他为什么要给自家的芋头里也下毒？难道他想毒死自己吗？”

老毕往他脑袋上指了一下说：“你的头脑太简单了。凶手给自家芋头投毒，这只是一种掩人耳目的手法。试想如果全村人的芋头都被人投毒，只有他家的芋头没有毒，那不就等于承认凶手是他了吗？所以，他无论如何也要装模作样地往自己家芋头里塞进一个毒芋头，只要他不吃这个芋头，那就行了。”

“你们两个的说法，似乎都有些道理。”龙毅看看老毕，又看看方可奇，有点儿模棱两可。

方可奇笑嘻嘻地凑到他跟前，问道：“龙队，那你觉得我跟老毕，谁说得更有道理？”

龙毅看看他俩，话锋一转，说：“不过，我还是觉得外人入村作案的可能性比较大。我之所以认准了这一条，主要还是从作案动机方面考虑的。毕竟同在一个村子里生活，如果说某位村民因为某些仇怨，想要害死另外一个或几个村民，这都可以理解。但是如果说某位村民因为某件事而想害死全村村民，这个可能性就大打折扣了。我们已经彻底调查过，村民之间，除了宋琅和段一山两家，其他村民相互之间并没有什么非要杀得你死我活的深仇大恨，无论是留守在村里的村民，还是外出打工的村民，都是如此。所以到目前为止，我还是坚持我最初的看法，这桩连环投毒案，村外人作案的可能性比村里人作案的可能性更大。我认为从现在开始，我们应该重点调查从去年农历八月，如果换算成公历的话，应该是9月份，芋头被村民埋进地洞里开始，至宋琅夫妇被毒死之前，这中间近六个月的时间里，所有进入过村子的外人。并且我推测，这个外人很可能向村里人打听过村民储藏芋头的事，要不然他不可能如此准确地知道每家每户埋藏芋头的具体地点。”

专案组的人讨论了一下，最后还是觉得队长的推理最切合实际。于是散会之后，大家深入到村民之中，开始分头进行调查，看看最近几个月里，有没有外人入村向村民问起过在安民台地洞里储藏过冬芋头的事。

功夫不负有心人，中午的时候，果然有一名村妇向专案组的人反映说，去年的时候，有一个操外地口音的女人，曾向自己打听过村民在安民台储藏芋头的事。这名侦查员立即警惕起来，将该名村妇带到了龙毅面前。

那名村妇告诉龙毅说，大约是去年 8 月间，就是段明晖和他女朋友的命案发生后不久，那时村子里还有很多警察。一天她在安民台附近的草地上放牛，有一个陌生女人转悠着走过来，看到安民台南面斜坡上被人挖出了许多地洞，觉得奇怪，就向她打听这些地洞是做什么用的。这名村妇当时也没有多想，就告诉她说，这些地洞都是村里人用来储藏芋头的，每年农历八月初村民把芋头从地里挖出来，为了让芋头在冬天里还能新鲜保存，就把芋头埋进这些位置比较高的地洞里，并在上面插上秸秆通风透气，这样储藏的芋头在第二年春天挖出来时还能保持水分且不会腐烂。因为现在芋头还没有成熟，没有埋进地洞，所以这些洞都还空着。当时那个陌生女人好像对这件事很感兴趣，指着这些地洞，东一句西一句地问了她好多问题。

龙毅听到这里，已经大约知道她说的那个陌生女人是谁了。

他问："那个女人是不是二十六七岁年纪，长着一张方形脸，两边颧骨很高？"

村妇急忙点头说："是的是的，正是这样，我当时还在心里直嘀咕，这个女人怎么长得这么难看呢！"

龙毅回过头，看看欧阳若和方可奇。欧阳若也已经明白过来，说："龙队，她说的这个陌生女人，应该就是程韵的姐姐程依琳了。我记得程依琳当时来到村子里祭奠完她妹妹之后，曾向我们提出想一个人在村子里四处转转。她向村民询问安民台地洞储藏芋头的事，应该就是在这个转悠的过程中发生的。"

方可奇皱起眉头说："可是从时间上推算，这个时候正是农历七月，地里的芋头还没有成熟，村民根本还没有开始往地洞里储藏芋头，就算程依琳向人打听过这件事，也不可能在这时候往芋头里下毒啊。"

"她不是后来又到村子里来过一次吗？"欧阳若忽然问了一句。

"哦，对了，"方可奇一拍脑袋说，"后来程依琳确实又到村里来祭奠过她妹妹，时间应该是在程韵死后的‘五七’那天。当时她还给我打过电话，主要是询问她妹妹的案子有没有什么新进展。我告诉她说我们一直还在调查，但暂时没有什么进展。当时我问她要不要我陪她一起到村子里来，她说不用了，她一个人进村就行了。”

欧阳若心中一动，看着龙毅问：“龙队，你说有没有可能就是程依琳第二次进村的时候，往芋头里下毒的？”

龙毅紧抿双唇没有说话。他在心里默默计算了一下时间，程韵遇害的时间是去年 8 月 5 日，她的“五七”，应该是在死后的第三十五天，也就是 9 月 9 日，按照农历来算，这个时候已经是八月中旬，村民种在地里的芋头应该已经成熟。

他问那名农妇：“去年农历八月中旬的时候，村民已经把芋头埋到地洞里了吗？”

农妇想了一下之后才回答他：“我们一般都是在八月初开始把芋头从地里挖回家，到八月中旬的话，那些不打算当时食用的芋头都已经在安民台那儿储藏好了。”

龙毅不由得右手握拳，猛地击在左手掌心里，说：“如此一来，这个程依琳就完全有作案时间了。她第一次进村时，打听到了村民们有将过冬的芋头储藏在安民台南面土坡的习惯，所以第二次进村的时候就在背包里带来了砒霜和作案工具，悄悄来到安民台附近，趁没有人看见的时候，将村民插有秸秆做标志、埋藏着芋头的地洞一一打开，然后在每个洞里都留下了一个她制作的毒芋头。从时间上推测，她完全有作案的可能。”

欧阳若说：“当宋琅夫妇中毒身亡的时候，我们其实已经怀疑过一次程依琳了，但是当时却在她的作案动机上卡住了。现在看来，这个问题仍然存在啊。如果真的是她作案，那么她的动机是什么？她为什么想要毒杀全村人？难道仅仅是因为她妹妹死在村子里，所以就将全村人都恨上了，于是处心积虑地在埋藏的芋头里下毒，要让全村人都为她妹妹偿命？这个解释好像也太牵强了一些吧？”

“是啊，如果真的是她下毒，那么她的杀人动机又是什么呢？”龙毅背着双手，遥望远处的山峰，眉心紧锁，陷入沉思。

第七章　无尽羞辱

已经到了午饭时间，专案组成员都陆续回到老冯的小卖部前。

龙毅向大家通报了案情的最新进展，大家也都觉得，如果程依琳仅仅是因为其妹死于马蹄村，所以就要杀光全村人泄恨，那也太不可思议了。老毕说：“如果她真的怀疑村中某人是杀死她妹妹的凶手，她完全可以向警方反映，如果她真的想自己动手报仇，那也只需要针对她认准的那名凶手即可，完全没有必要向全村人下毒。”

大家你一言我一语，谁也无法猜透程依琳的作案动机。

“午餐来啰！”这时候，老冯已经热情地为大家端来泡好的方便面。专案组的成员们有的坐着矮凳，有的蹲在路边，因陋就简，快速地解决了一顿午餐。

午饭后，大家略作休息，有人就靠着小卖部的墙壁打起盹来。龙毅四下走动，看见方可奇正捧着手机蹲在路边看得入神，就走过去问：“小方，看什么呢，这么认真？”

方可奇扭头一看是队长来了，急忙站起身，不好意思地说：“没，没什么，就是程韵的照片而已。”

龙毅不由得笑了，说：“你手机里还储存着她的照片啊？”

方可奇搔搔后脑勺说：“不是啦，我手机里的照片，在分手的时候她就已经让我全部删除了，现在看的是她 QQ 空间里的相片。她遇害的时间已经有半年之久，可是凶手却一直没有抓到，每当我对这个案子感到绝望的时候，就会看看她的照片，我想也许有一天她在照片里的笑脸能带给我破案的灵感呢。”

龙毅的心情也变得沉重起来，叹口气说：“是啊，程韵从去年 8 月遇害到现在，已经足足过去了半年时间，这案子一直破不了，就好像有一块巨石压在我胸口，让我时时有种喘不过气来的感觉。”

他伸手拍拍方可奇的肩膀，正要转身离开，目光不经意地往方可奇的手机屏幕上扫了一下，只见手机里正打开着一张照片，照片上有两个年轻女孩儿对着镜头一齐摆出剪刀手，一个女孩是程韵，另一个女孩……居然好像也是程韵。

他不由得一怔，说：“这照片，是程韵对着镜子拍摄的吗？”

方可奇愣了一下，见他的目光正落在自己手机屏幕上，这才明白他问的是手机里的照片，他快速地看看那张照片，忙说：“哦，不是的，这是程韵跟她姐姐的合影。”

“她姐姐？”龙毅止住正要离去的脚步，说，“可以让我看看这张照片吗？”

方可奇犹疑了一下，把自己的手机递给了他。龙毅仔细端详着手机里的那两个女孩，这才看出一些差别，左边的女孩是程韵，右边女孩年纪略大，也长着一张漂亮的瓜子脸，看相貌竟然跟程韵有七八分相似，若不细看还真容易搞混淆。

他皱皱眉头问：“程韵有几个姐姐啊？”

方可奇说：“一个呀。”

龙毅诧异地道：“怎么照片上的这个姐姐不是程依琳呢？”

“哦，你问这个啊，”方可奇不由得搓着手笑了，指着照片里的女孩说，“程韵旁边这个女孩，其实就是她姐姐程依琳。程依琳以前就是长这个模样，跟程韵很像，大概两年多前，那时程依琳刚刚考上公务员不久，在一次出差途中遭遇车祸，面部受伤，后来虽然做了整容手术，但也没有办法恢复原貌了……”

“竟然有这样的事？”龙毅盯着他问，“你确认她真的做过整容手术？”

方可奇说：“当然可以确认，这是程韵亲口告诉我的。程依琳出车祸的时候，程韵还在上大学，当时她还请了假回家照顾姐姐。这些事我都知道的。”

“你怎么不早说？”

方可奇面露难色，说：“我总觉得在背后评论程依琳的相貌似乎不太好，所以就一直没把这事说出来。”

“嗯，这也不能怪你。”龙毅把手机还给他，转身走了两步，忽然抬起头，眼睛里闪着兴奋的光，对专案组所有的人说，“我好像知道程韵为什么会被杀了，而且我也大概知道程依琳的杀人动机了！”

小卖部门前的空地上忽然安静下来，专案组所有的人都回过头，一齐看着他，就连靠在墙壁上打盹的那名警员，也蓦然睁开眼睛望着他。大家都不由自主地张大嘴巴，静静地盯着他，等着他接着往下说。

但是龙毅却好像完全感受不到大家期待的眼神，挥一下手说：“不过在公布案情真相之前，我们还得搞清楚最后一个问题，那就是程依琳究竟跟马蹄村的村民有什么交集。虽然我心中已经有了大致的轮廓，但是还需要最后查证核实。”

欧阳若仍然是一头雾水，说：“龙队，程依琳是曲江市人，一辈子生活在曲江市，跟我们南州市中间还隔着一条长江呢，估计也没有到南州市来过几回，跟这地处偏僻的马蹄村更是八竿子打不着，她怎么会跟这里的村民产生什么交集呢？”

龙毅笑笑说：“你都还没有开始调查，所以最好别这么早就急着下结论。我相信自己的判断，这个程依琳在此之前，一定跟马蹄村的人有过某种交集。”

“她跟村里人是否有过什么交集，我们直接去问那些村民不就知道了？”方可奇大声说。

“如果村民们肯说出这个秘密，他们早就跟我们说了。村里人至今没有向警方提过这件事，这说明他们不想告诉我们。这其中的蹊跷之处，还得靠我们自己去调查。”龙毅转过身，大步朝村口走去，“欧阳若，方可奇，你们两个辛苦一下，跟我去一趟曲江市，我相信等我们从曲江市回来的时候，这个案子已经水落石出了。”

“是！”欧阳若和方可奇答应一声，急忙跟上他的脚步。

三人搭乘刘驼子的渡船过河之后，开着停在对岸的警车直奔曲江市。尽管龙毅一路上把车开得飞快，但进入曲江市时，也已经是傍晚时分。警车在曲江市的街道上快速行驶着，方可奇透过车窗玻璃，好奇地打量着这座陌生的城市。曲江市是一个新兴的旅游城市，街道两边全是新建的高楼大厦，星级酒店一家挨着一家。

龙毅先到曲江市公安局，找到分管刑侦工作的马副局长，道明来意后，马副局长派出手下两名得力警员小孙和大刘负责协助他们的调查工作。上次龙毅到曲江市调查“死亡车厢”的案子时（详见《猎凶记 1 · 死亡车厢》），也曾得到小孙和大刘的大力协助，双方也算是老朋友了。

从公安局出来后，小孙问：“龙队，你想从什么地方查起？”

龙毅说：“程依琳现在是曲江市旅游局的公务员，我想去他们单位看看她的个人档案，因为这个案子目前处在秘密侦查阶段，所以最好不要让其本人有所察觉。”

大刘立即给市旅游局打了个电话，最后得到的消息是，该局并不保存本单位公务员的档案，全市所有公务员的档案已经交由市人事局保管。于是众人又驱车赶往人事局，在办理完相关手续之后，龙毅终于在档案室找到并查看了旅游局科员程依琳的档案。

程依琳出生在曲江市城区，父亲早亡，母亲是市棉纺厂下岗职工。程依琳从曲江市第二高级中学毕业之后，曾在曲江市新世界旅行社从事导游工作，两年多前通过公务员招聘考试以公务员身份进入曲江市旅游局工作。

从人事局走出来，欧阳若见队长一直沉默不言，也不知道他是否在程依琳的档案里找到了他想要的线索。上车后，她忍不住问道：“龙队，我看这档案上写得比较简单，你还要查看一下程依琳的其他履历吗？”

龙毅眉头一展，说：“不用再看了，我已经找到我想要的线索。”他拍拍在前面开车的小孙的肩膀：“请带我们去新世界旅行社。”

“好嘞！”小孙一打方向盘，小车拐上另一条街道，向前行驶十来分钟后，在街边一幢楼房前停下了。龙毅跳下车，就看见“新世界旅行社”的霓虹灯招牌在头顶闪烁，大门口挂着的木牌上写着旅行社的上下班时间，是从早上 8 点到晚上 8 点。

他看看手表，时间是晚上 7 点多，应该还是上班时间。他推开旅行社的玻璃大门走进去，立即有一名女接待员微笑着迎上来。龙毅向她表明身份后说：“你们老板在吗？”

接待员见是警察上门，不敢怠慢，把他们领进接待室后，说声“请稍等”，就快步上楼，把他们老板叫了下来。

老板四十多岁的年纪，梳着大背头，身上透着一股很浓的香水味儿。看见警察，脸上露出习惯性的假笑，上前给龙毅递了一张名片说：“在下姓邱，是这里的负责人，不知道几位警官找我有什么事？”

龙毅打量了他一眼，说：“我们想找你打听一个人。”

邱老板问：“你们想打听谁？”

龙毅说：“程依琳。”

邱老板似乎感觉到有点儿意外，“哦”了一声，疑惑地看看几个警察，问：“她是不是犯什么事儿了？”

龙毅摇摇头，故作轻松地一笑，说：“没有你想的那么严重，我们只是想核实一些情况。”

邱老板这才松了一口气，在沙发上跷起二郎腿说：“这个程依琳嘛，确实在我们旅行社做过地陪导游，不过大概两三年前，就已经辞职走了，听说她现在已经考上公务员，端上铁饭碗了。”

“能说一说她在这里的工作情况吗？”

“她在这里工作得挺好啊。她是我们旅行社的一名地陪导游，她在职的时候，可能是我们旅行社带团最多的导游了。她工作很卖力，当然，也为我们旅行社创造了不少财富，所以我对这个员工印象比较深刻。”

龙毅问：“既然她在这里干得不错，那为什么要辞职呢？”

邱老板双手一摊，说：“这我就不清楚了，应该说她辞职是因为个人原因吧。”

龙毅停顿了一下，忽然话锋一转，问：“邱老板，你对‘马蹄村’这个地名有印象吗？”

“什么村？”邱老板愣了一下。

“马蹄村！”龙毅又重复了一遍。

“没，没印象，”邱老板摇头说，“我从来没有听说过这个地名。”

“你再仔细想想。”龙毅紧盯着他，脸上的表情渐渐变得严肃起来，“我们可是从马蹄村赶过来的，那里的村民可不是像你这么说的。”

“他……他们是怎么说的？”邱老板眼睛里闪过一丝慌乱之色。

“他们是怎么说的，难道你会不知道？”

邱老板的额头上忽然渗出汗珠来，好像是为了掩饰自己慌乱的表情，他站起身，拿起茶几上的纸巾胡乱地在额头上揩了两下，说：“那个……对了，我好像记起来了，我对这个地名有点儿印象，以前我们接待过来自这个村子的游客。”

他说大约三年前，新世界旅行社接待了一个来自南州市的农村旅游团，据说这个旅游团的游客，全部来自一个叫马蹄村的地方。当时他们旅行社派出的地陪导游，就是程依琳。但是在接待的过程中，好像出了一点儿问题，结果闹得双方都不太愉快。

“到底出了什么问题，闹出了怎样的不愉快？”龙毅冷声发问。

邱老板抬眼看看他，知道再也无法隐瞒，只好叹了口气，硬着头皮把事情的来龙去脉说了出来。

时间倒回到三年前。那一年，南州市白杨店镇马蹄村种植的大蒜获得丰收，而且正赶上大蒜卖价最高的时候，村民们都挣了一些钱，于是就决定像城里人一样潇洒走一回，到外面去旅旅游，走走看看，开开眼界。最后村民们把目的地定在了团费最便宜的曲江市。他们一起报名参加旅游团，坐火车来到曲江市，负责接待他们的是新世界旅行社的地陪导游程依琳。

直到村民们坐上旅行社的大巴之后，才发现情况有点儿不对劲，车上的美女导游手里拿着扩音器，却并不是向他们宣讲景区景点的导游词，而是极力向他们推销当地价格不菲的土特产。而且旅游大巴停靠的地点，也不是他们想去的风景区，而是一些莫名其妙的超级商场。见村民不肯掏钱买东西，美女导游的脸就黑下来，开始对全车的游客冷嘲热讽，甚至还大声谩骂，说：“我遇上你们这个穷鬼团，真是倒了八辈子霉！”

村民们报的是三天团，好不容易熬到最后一天，一大早旅游大巴就直接把他们拉到一个玉器商城，导游极力怂恿他们去买玉器。村民一看，店里的玉器一般都要几万元一个，最便宜的也要七八千。大伙都不是有钱人，本以为出门旅游交了团费就不会再有其他开支，身上也没有带多少钱，这时就算把全村人身上带的钱凑到一起，只怕也不够买两个最便宜的玉器。大伙知道自己买不起店里的东西，个个都像做了亏心事似的抬不起头来，缩手缩脚地往门外退去。

“谁也不准走！”导游见没有一个人掏钱买东西，不由得恼羞成怒，立即拉下卷闸门，将他们关在一间小屋子里，并且放出狠话说，“如果不买东西，就不准回旅游大巴。”

一开始，村民们还以为她只是吓唬吓唬人，及至后来，情况越来越不妙，从早上一直到下午，卷闸门都没有打开。导游还拿着扩音器在外面一个劲地骂人："我们曲江是旅游城市，曲江欢迎你，欢迎你来干吗？是欢迎你来消费的，不是欢迎你来白吃白喝的。既然是一群买不起东西的穷鬼，那你们还出来旅什么游？直接在家里穷死算了，干吗要出门装有钱人来坑我？"骂到最后越来越难听，竟然把全村人的父母祖宗都问候了一遍。

村民们大多上了年纪，被关在小屋里一天不吃不喝，已是十分难受，又听导游在耳边不停谩骂，更是个个气得浑身发抖，却又不敢吭声。丽红的丈夫前一年才动过手术，这回连惊带吓一折腾，竟然一头栽倒在地，晕了过去。

丽红慌了神，大声央求导游开门救救她丈夫，导游只是从门缝里看了他们一眼，根本没有理会。有村民掏出手机打 110 报警，警方却说这是游客和旅游公司的纠纷，叫他们自己协商解决。

双方僵持到傍晚，村民们又累又饿，有几个年纪大的已经支撑不住，大小便失禁，瘫软在地。丽红的丈夫也开始手脚抽搐，口吐白沫，情况危殆。全村人再也坚持不下去，一齐向这个年纪只有自己儿孙辈大的女导游下跪，哀求她开门放自己出去。

导游从门缝里看到全村人下跪哀求，却丝毫不为所动，还在扩音器里大叫："不买东西的人，就没有资格做我的游客。我辛辛苦苦为你们服务了三天，你们对我一点儿回报都没有，你们的良心被狗吃了吗？我上要赡养老母，下要供妹妹上学念书，如果你们不买东西我就挣不到钱，如果我挣不到钱她们就得活活饿死……"然后又是一通威胁和谩骂。

最后实在没有办法，村里人凑钱买了四件玉器，身上带的现金不够，就把手机、戒指等值钱的物品抵押在了店里。导游这才开门放他们出来，而这个时候，丽红的丈夫已经被活活闷死了。

丽红悲愤之下再次报警，这次辖区派出所终于来了两个警察，到现场看一眼，却说这个不属于刑事案件，建议双方协商赔偿了事。

邱老板最后说："这件事发生之后，我们公司赔了点钱给死者家属。但不想那些游客回到家里，打电话把事情的经过告诉了在外面打工的儿女们，一些年轻人觉得很气愤，就把这事捅到了网上。"

龙毅点头说："对，我确实曾在网上看到过这个新闻，现在还有些模糊印象，只是现在想在网上搜索这条新闻，却一个字也找不到了。"

邱老板苦笑一声说："你当然找不到，为了把这件事捂住，我花费十多万请删帖公司在网上删帖。也幸好我处理及时，才没有给我们旅行社带来灭顶之灾。最后只是处理了当事导游，也就是程依琳，让她自动辞职，替公司担下了全部责任。"

第八章　旧恨新仇

离开新世界旅行社，方可奇看看表，已经是晚上 8 点多。他紧走几步，追上龙毅，问："龙队，接下来我们要去哪里？"

龙毅微微皱着眉头，没有说话。欧阳若抬头看了队长一眼，心中已大致明白了他的思路。

她朝方可奇甩了甩头，说："当然是去抓人！"

方可奇一愣，问："抓谁？程依琳吗？"

龙毅一个箭步跳上车，一边关上车门，一边说："对，就是她。"

老刘坐在车里接了个电话，然后说："龙队，刚才我已经请局里的同事查过，程依琳住在双亭街 117 号 402 房。"

龙毅把身子往椅背上一靠，长舒一口气，说："行，那我们就直接去双亭街。"

小孙点点头，一踩油门，小车就蹿出去，在热闹的街道上穿行起来。

欧阳若扭头望着车窗外，灯火通明的大街上人来车往，城市里热火朝天的夜生活正缓缓拉开帷幕。因为办案，她已经跟着队长多次来到曲江市，总觉得每来一次，这座年轻的城市都有很大的变化。跟南州市相比，这里的发展似乎更快一些。

她回过头，看了看队长，龙毅正靠在椅背上闭目养神。尽管她心里已经知道，现在要去抓捕的程依琳是解开这个案子最关键的"钥匙"，但实际上还有很多细节她并没有想明白。

这时看到队长一副气定神闲、胸有成竹的模样，她那颗忐忑不安的心，总算稍稍放松下来。她心里默默地想，但愿龙队真的像他表面看起来的这般有把握！

大约半个小时后，小车开进一条灯光昏暗的小巷，路面有些坑洼，小车开始颠簸起来。龙毅睁开眼睛，开车的小孙从后视镜里看看他，说：“龙队，这里就是双亭街。”小车缓缓开过去，终于在路灯下看到了双亭街 117 号的门牌。

大家下了车。那是一幢四层高的小楼，外墙灰扑扑的，看起来已经有些年头。楼梯口对着街道，门口有一道生锈的铁门，但并没有上锁。龙毅推开门，沿着台阶拾级而上，来到四楼，找到 402 房。正要伸手敲门，门却开了，有人拎着一袋垃圾走出来，是一个五十来岁的老妇。

看见门口站着几个警察，老妇有点儿吃惊，手里拎着垃圾袋，不知道是该继续往外走，还是应该退回屋里。

欧阳若上前说：“大婶，我们是来找程依琳的，请问她是住在这里吗？”

老妇狐疑地打量着他们几个，半晌才点点头说：“她是住在这里，我是她妈妈。”

欧阳若问：“她在家吗？”

老妇回头朝屋里望了一眼，犹豫着没有回答。“妈，谁呀？”这时屋里的人听到门口的声音，已经漫不经心地走出来。走廊里的灯光照到了她的脸，正是程依琳。

看到龙毅等人，程依琳不由得有些意外，问：“你们……”

龙毅看了那老妇一眼，朝程依琳偏一下头，说：“我们到楼下说吧。”程依琳点点头，把母亲送回屋里，然后跟着龙毅他们默默走下楼。楼下是无人的空巷，昏黄的路灯把他们几个人的影子拉得老长老长。

“是不是我妹妹的案子有消息了？”程依琳用低沉的声音问。

龙毅看着她点头说：“是的，你妹妹的案子，我们已经破了，但是……”

“但是什么？”程依琳有些不解地望着他。龙毅停顿一下之后才接着说，“但是马蹄村又出了一桩奇怪的案子。”他把马蹄村最近出现的连环投毒案简单说了一下。

程依琳感觉到有些意外，问：“这个跟我妹的案子有关系吗？”

“不但有关系，而且大有关系。”龙毅盯着她，一字一顿地说，“因为我们怀疑，你就是那个在村民芋头里投毒的凶手！”

“我是凶手？”程依琳后退一步，忽然夸张地笑起来。龙毅说：“我不觉得这有什么好笑的。”

程依琳说：“这当然好笑，从今年开始，我就没有去过南州市，更没有去过马蹄村。”

“你今年没有去过，但是你去年去过。”

“去年也只去过两次：一次是在我妹妹出事之后，是你们叫我过去的；第二次是在我妹妹‘五七’大祭的时候，我去她遇害的地方祭奠她。从我最后一次去那个小山村到现在，已经过去了半年时间，我总不可能在半年前投毒，让村民过了半年时间才毒发身亡吧？”

“对，你就是这么做的，半年前投毒，半年后才有村民中毒。”

程依琳在第一次来到马蹄村时，从那个农妇口中知道了村民有把芋头埋藏在地洞里过冬的习惯，所以等到她估计芋头已经成熟并被村民埋进地洞之后，又以为妹妹“五七”祭奠为由，再次进村。

她用自己携带的工具悄悄将每一个储藏芋头的地洞挖开，然后在每个洞中拿出一个芋头，钻孔后塞进早已准备好的毒鼠药，给全村每一户人家都留下一个致命的毒芋头之后，她又重新将地洞填埋好，让村民完全看不出曾被人挖开的痕迹。从这之后，为了不让人生疑，她就再也没有去过南州市，更没有去过马蹄村。

龙毅说完自己的推断之后，又盯着她说：“你谋杀全村人的计划虽然没有完全成功，但到现在为止，已经有三户人家六个人因吃了你制造的毒芋头而死亡，还有一个至今仍躺在医院重症监护室里没有醒过来。”

程依琳抬头看着他，眼睛里透出坚毅之色，说：“龙警官，我只想说两点：第一，你所说的这一切，都只是你毫无根据的揣测，请问你说我是投毒杀人的凶手，有何证据？第二，我为什么要杀人？难道仅仅是因为我妹妹在马蹄村遇害，所以我就要杀死全村人为她报仇？这是不是也太可笑了？”

龙毅说：“第一，我刚才说的那些，确实只是我的推理，但是并非毫无根据。我们在一个村民储藏芋头的地洞里找到了一根头发，我确信那是凶手作案时留下的，目前正在做 DNA 检测，挖开地洞制造毒芋头的人到底是不是你，相信很快就能证明。”

程依琳脸色微变，龙毅看在眼里，脸上却不动声色，接着说：“第二，说到你的作案动机，确实是为了给你妹妹报仇，但却又不是你说的这般简单。我想把整件事情的来龙去脉说清楚，就得从三年多前你在新世界旅行社当地陪导游时说起。”

大概三年前，还在当导游的程依琳接待了由南州市白杨店镇马蹄村村民组成的旅游团，因为用极端手段逼迫旅客购物，导致这些从年龄上看已经是她父母辈甚至是祖父母辈的老人向其下跪哀求，使村民受尽羞辱，甚至最后还闹出了人命。这位无良导游那张势利而恶毒的脸，就像用雕刀刻在石头上的印记一样，深深而耻辱地刻在了每个村民心里。

所以三年之后，当长得与姐姐十分相似的妹妹程韵，跟着男朋友段明晖一起走进马蹄村时，所有村民都立即认出她来——这不就是当年对村人极尽羞辱的那位女导游吗？当然，据警方调查，三年前因为段明晖的父母和开店的老冯夫妇都在外地打工而没有参加村里的旅游团，所以对其中的隐情并不知情。

如此一来，为什么段明晖的大伯段大谷在村子里刚一见到程韵，就让手里牵着的大水牛去攻击程韵，就完全可以理解了。段大谷并不是因对弟弟一家怀恨在心而迁怒于段明晖的女朋友，而是因为他一眼就认出程韵正是当年欺辱过他们的恶毒导游，所以当时就忍不住心中的怒火，暗中授意大水牛去攻击她。村民们都觉得，也许这个女人当导游时接待的游客太多，已经不记得他们了。但是她那张恶毒的脸，就算化成灰，村民们也不会忘记啊。

去年 8 月 5 日晚上，村民牛老才家唱大戏，全村人除了老冯夫妇在小卖部守店之外，都去看戏了。其间段大谷悄悄溜走，去跟他相好的寡妇丽红幽会。后来警方调查到，他们幽会的地点是在丽红家里。但是现在看来，显然不是，他们幽会的地点应该就在树林后面山壁上那个隐秘的山洞里。洞里的稻草，其实就是他们为了方便幽会而铺下的。

当天晚上，他们在山洞秘密幽会之时，正是程韵被宋宝弟手持锄头追杀之际。他们两个听到外面的呼救声，于是打开山洞的门，将程韵拉了进去。就在程韵以为自己躲过了宋宝弟的致命追杀之时，却没有想到，更大的杀机正在悄然降临。

丽红见害死丈夫的凶手送上门来，自然不会错过报仇雪恨的机会。她与段大谷合力将程韵制伏，捆绑住其手脚，堵住其嘴巴，然后拿来柴刀，带着满腔恨意，在她身上砍了一刀又一刀，对其极尽凌辱，直至将她折磨得奄奄一息。因为害怕闹出人命，两人这才住手，将受伤的程韵扔在山洞，丢下柴刀，收拾好现场回到村里继续看戏。

但是就在后来看戏的过程中，一向多嘴的丽红忍不住将这件事悄悄告诉了身边的村民。该村民为了报三年前旅游受辱之仇，也悄悄跑到山洞，在程韵身上补砍几刀。他回来后，又将消息透露给其他村民。于是又陆续有村民跑去，朝着程韵持刀乱砍，以泄心头恶气。而这其中就有一刀砍断了她的颈动脉，最终导致其重伤死亡。

其时只有段一山夫妇没有参与砍杀程韵的过程，但是因为看戏时他们坐在最前面，而且看得入迷，就算身后有村民中途陆续离场去做别的事，他们也并不知情。

及至后来，程韵的尸体被找到，村民们虽然没有明确约定，但都心照不宣地彼此作证，证明坐在自己旁边的人一直在晒谷场上看戏，中途没有离开过。这样一来，集体作伪证，人人都有不在场证明，使得警方的调查很快就陷入绝境。

在此期间，程依琳来到了马蹄村，她因车祸整容，相貌已经大变，村民自然无法认出她才是那个羞辱过他们的恶导游，但她却清楚地认出了村子里的村民都是参加过那个旅游团的游客。这个时候，她心里其实已经隐约知道妹妹的死因了。

后来程韵命案调查受阻，警方向程依琳通报调查结果，她听警方说到全村村民都能互证清白，她就知道这是一个全村人都参与了的巨大阴谋，所有村民都是杀害程韵的罪恶同谋。但是她并没有把这其中罪恶的因果关系告诉警方，因为她知道虽然全村人都是杀死妹妹的凶手，但警方绝不可能将全村人都抓去为程韵偿命，最多只是抓住其中一两个主犯，其他人几乎不必为他们的行为付出应有的代价。

这时，程依琳想起她在村中无意中打听到的，村民有将收获的芋头储藏在地洞里过冬的习惯，于是一个向全村人复仇的计划就在她脑海里形成了。

去年 9 月，她借进村为妹妹“五七”祭奠的机会，挖开安民台南边那些储藏芋头的地洞，给每一户村民都留下了一个毒芋头。她早已算计好了，村民们只有到第二年春天，才会将这些芋头挖出来食用。而这个时候距离她最后一次进入马蹄村，已经差不多有半年时间，警方再怎么精明，也很难怀疑到她头上，更不可能查到她下毒的证据……

“但是最后我想说的是，这个世界上不存在绝对完美的犯罪行为，”龙毅停顿了一下，最后看着程依琳说，“你最大的疏忽，就是让警方在其中一个储藏芋头的地洞里找到了一根你遗留下来的头发。当然，现在我们针对这根头发的 DNA 检测结果还没有出来，但是我相信，最终的结果不会出乎我的意料。对吧？”

“我，我也没有想到会这样，我已经很小心，很小心了……”程依琳脸色苍白，浑身颤抖，忽然捂着脸放声大哭起来，“我，我也不想杀那么多人，可是他们实在太狠毒。如果想报三年前的仇尽管来找我，为什么要对我妹妹下毒手，就因为她长得像我吗？她还那么年轻，大学毕业还没有多久啊……这帮畜生，我必须要让他们为自己的罪恶行径付出代价……”

欧阳若和方可奇听到她终于亲口承认自己的犯罪行为，都不由得暗暗松了一口气。

方可奇碰了欧阳若一下，悄声问：“我们什么时候在地洞里发现了一根头发啊？”

欧阳若说：“你不知道吗？那根头发还是龙队亲自发现的，大概有一尺多长，不过最后证明那根头发其实是一名村妇在储藏芋头时留下的，因为那其实是一根白头发。”

方可奇看看她，欧阳若朝他眨了一下眼睛，两人一齐抬头看着队长，忽然觉得队长一本正经忽悠人的样子真的好可爱！

“龙警官，我承认，你的推理很准确，”程依琳用手掌抹一下脸上悲伤的泪水，说，“但你却搞错了一件事。”

“什么事？”

程依琳说：“那些毒芋头并不是我在投毒现场制作的，我看过村民种植在地里的芋头，知道它们属于哪个品种，早就在家里买好相同的芋头，制作成了毒芋头，在安民台那里，我只需要挖开地洞，把自己准备好的毒芋头直接放进去就行了……”

龙毅叹口气说："你发现你妹妹死因存疑，如果及时报警，也许就不会是现在这个结果了。"

"我报警又如何？所谓法不责众，你们总不会把全村人都抓去枪毙吧？"

龙毅脸上的表情变得严肃起来，说："在我们警方眼里，没有'法不责众'这个词。无论你妹妹的死，跟马蹄村多少个村民有关，我们都会仔细厘清案情，让参与作案的每一个人都得到应有的惩罚。"

程依琳没有再说话，只是默默地伸出双手。欧阳若掏出手铐正要往她手腕上铐，龙毅微微摇头对程依琳说："我给你十分钟，你上楼跟你母亲告个别吧，我们在楼下等你！"

"谢谢！"程依琳一时之间不知道该说什么，最后朝着他深深地鞠了一躬……